An Artful Seduction
by Tina Gabrielle

緑のまなざしに魅了されて

ティナ・ガブリエル
高橋佳奈子訳

ラズベリーブックス

夢に向かって努力することを教えてくれた父に
日々あなたを恋しく思っています

謝辞

本を執筆するためには、家族や、物書きの仲間や、出版のプロたちの多大な支援が必要です。すばらしい夫であるジョンがいなければ、それを成し遂げることはできなかったでしょう。ＮＪロマンス・ライターズとＲＷＡのすばらしい友人たちみんなにも感謝します。また、大きな支えとなってくれているエージェントのステファニー・エヴァンスに、私の著書への秀逸なフィードバックに対してお礼を言います。エンタングルド・パブリッシングの編集者、アリシア・トーネッタにも感謝を。

読者のみなさんにも永遠の感謝を。みなさんがいなかったら、本が出版されることもないのだから！

緑のまなざしに魅了されて

主な登場人物

イライザ・サマートン……〈ピーコック版画店〉の経営者。
グレイソン・モンゴメリー……ハンティンドン伯爵。美術評論家。
アメリア……イライザの妹。
クロエ……イライザの妹。
ジョナサン・ミラー……イライザたちの父。贋作画家。
サラ・モンゴメリー……グレイソンの妹。
ブランドン・セント・クレア……グレイソンの友人。ヴェール伯爵。
ミスター・ケイン……画材商人。
ドリアン・リード……美術品仲買人。
レティシア……レディ・キンズデール。侯爵未亡人。
ヘンリー・ピケンズ……子爵。美術品収集家。
トマス・ベグリー……デスフォード公爵の事業管理人。

1

一八一五年一月十五日
メイフェア、タットン・ハウス
故バーソロミュー・タットン子爵の遺品競売会にて

その女を初めて目にしたときから、厄介な存在になるにちがいないとわかった。かねてよりハンティンドン伯爵のグレイソン・モンゴメリーは人の気質を見極める達人と自負していた。まちがったのはたった一度だけで、それには代償を払うことになった。

女は故タットン子爵の優美な図書室に大勢集まった身ぎれいな面々のなかを縫うように歩いていた。漆黒の巻き毛とふっくらした唇と胸のみずみずしいふくらみに目を惹かれる。美しい女であることは否定できないが、その美しさは見せかけのものだ。その緑のまなざしに表れた鋭い知性を見逃す男も多いのではないかと思われた。

「私が調べたかぎりでは、イライザ・サマートンはブルトン街の近くにある小さな版画店の立派な経営者です」とトマス・ベグリーが耳打ちしてきた。

グレイソンは横にいるずんぐりとした男に目を向けた。一週間まえに紹介を求めてきたデスフォード公爵の事業管理人だった。

「あれが例のご婦人か」グレイソンは言った。「父親はジョナサン・ミラー。ロンドンでもっとも悪名高い贋作画家だった。娘も何をどうすればいいかはわかっているはずだ」

ベグリーは眼鏡を鼻梁に沿って押し上げた。「それでも――」

グレイソンは眉をひそめた。「きみはぼくの援助を求めていたよな？」

ベグリーは頭を上下させた。「ええ、伯爵様。公爵は盗まれたレンブラントを見つけるのに、あなたのご協力が絶対に必要だとおっしゃっておられました。あの絵画は美術館に貸与される予定になっていたもので、かなり値の張るものでした。公爵は金を失うことが大嫌いでして」

公爵がどれだけ金を失おうがグレイソンにはどうでもよかった。結局、イングランドで誰よりも裕福な人間のひとりなのだから。むしろ、公爵に力を貸すことにした動機はふたつあった。そう、一般の人々のたのしみのために貴重な絵を美術館に展示させたいという気持ちももちろんあったが、ジョナサン・ミラーの問題もあった。悪名高い〝社交界一の贋作画家〃は、優秀な美術評論家や、競売人や、買い手をばかにしたのだった。

五年まえ、グレイソンもばかにされたひとりとなった。

グレイソンは通りすぎる何人かに会釈して挨拶した。その多くは裕福な収集家や、美術館の館長や、称号を持つ貴族たちで、みなすぐに競売にかけられる品々を熱心な美術収集家らしい貪欲な目で眺めていた。

壁には貴重な油絵、水彩画、タペストリーがかけられていた。棚にはギリシア陶器がところ狭しと並んでいる。ローマ時代の胸像や繊細な彫刻を施された象牙の小間物入れが、高価で多種多様な美術品を好んだ故子爵の趣味を表していた。

目のまえに美術品がずらりと展示されていたにもかかわらず、グレイソンの目は人ごみのなかを歩きまわるイライザ・サマートンから離れなかった。傲慢にすら見えるほどに堂々たる身のこなしだ——この図書室に集まっている裕福で影響力を有する収集家たちと肩を並べるかのような。

グレイソンは胸の内でつぶやいた。当然だ。父親がこの国一番のペテン師だったのだから。

「あの女の父親はもう何年も行方知れずです」グレイソンの物思いをさえぎるようにベグリーが言った。

「娘は居場所を知っているはずだ。真実を暴くのはむずかしくない」

「とはいえ、盗まれた美術品は偽物ではありません」ベグリーは抗議した。

「同じことさ。ジョナサン・ミラーは盗品や贋作を買いとるロンドンじゅうのありとあらゆる不埒な美術品仲買人と知り合いだったからな。ぼくは娘を使って父親を見つけるつもりだ」

イライザ・サマートンは十七世紀のカラッチの版画のまえで足を止めた。その官能的な作品は模造品でしかなかったが、細かい点まで申し分なくできていた――パリスとオイノーネー（トロイアの王子とその妻）が激しい情熱に駆られ、男が上になって四肢を絡み合わせ、唇をぴったり合わせている版画。

版画を見つめるミセス・サマートンの目がみはられ、赤い唇が少しだけゆるんだ。その作品のみだらさに気恥ずかしさを感じているとしても、顔には表していなかった。少しして、ひとりの男と肩がぶつかり、彼女の顔から純粋な喜びの表情が消え、無表情の仮面にとって代わった。

グレイソンの考えは変化した。ほんの短いあいだだったが、真の美術鑑定家だけにわかるものが垣間見えたのだ。彼女自身、美術愛好家であるのはまちがいない。

おもしろい。

ミセス・サマートンは足を進め、風景を描いた油絵のまえで立ち止まった。その画家の色使いは、鮮やかな緑の森と淡い灰青色の空を融合させた非常にすぐれたものだった。彼女は知己を探すようにまわりを見まわしたが、その絵画のまえは離れず、筆遣いや下の隅にある画家の署名をじっくり見ようとするように、ときどき絵画のほうに身を寄せていた。

その絵に興味を持ったのは明らかだ。しかし、なぜだろう？　その絵画は子爵の膨大な収集品のなかではささやかなものにすぎなかった。

あの女は何をたくらんでいるのだ？

「あの女と話してみるつもりだ」とグレイソンは言った。

分厚い眼鏡の奥で、警戒するようにベグリーの目がみはられた。「ここでですか？今？」

「ああ」

「でも、すぐに競売がはじまります」

「だったら、願ってもないころあいだな」

ストライプのウェストコートを身に着けた長身の禿げた男が部屋の正面に置かれた台へと歩み寄った。「紳士淑女のみなさま！　どうぞお席におつきください。競売がはじまります」

隙間なく三列に並べられていた椅子はすぐさま埋まっていった。グレイソンは急いでイライザ・サマートンの隣の席をとった。ミセス・サマートンは膝に小さなバッグを載せ、黒く濃いまつげを伏せたまままちらりと横目をくれたが、直接目を合わせるのは避けた。

「何かとくに興味を惹かれたものがありましたか？」とグレイソンは軽い口調で訊いた。

そう問われて女は目を上げた。これだけ近くに寄ると、部屋の反対側から見たときよりもいっそう目を惹く容姿をしていた。緑の目は端がわずかに上がっており、肌はしみひとつなくなめらかだった。ミラーのような罪人にどうしてこんな美しい娘がいるのだ？

「経験豊富な入札者はほかの人が何に入札するつもりか訊いたりしませんわ」と女は答えた。

「おそらく」

「ぼくが値段を釣り上げるんじゃないかと不安ですか？」

「おそらく、ぼくは単に好奇心に駆られているだけだ」

「そうは思いませんわ。あなたのことは存じ上げていますから」と女は答えた。

「へえ？」グレイソンは驚きを隠した。

「ロンドンでもっとも著名な美術評論家で、ご自身も収集家でいらっしゃるハンティンドン伯爵様ですもの」

「ぼくを不利な立場に置こうとしているようですね、レディ……」

「ミセス・サマートンです」

「ああ、では、未亡人でいらっしゃると？」とグレイソンは訊いた。

「どうしてわたしが未亡人だと思われるんです？」

「ぼくが夫ならば、あなたを自分の目の届かないところには置きませんからね。ほかの男と話をするのを許さないのはもちろん」

女は一瞬ためらったが、やがて肩をすくめた。「でしたら、あなたがわたしの夫でなくて幸運でしたわ」

女は冷静でおちついた様子を崩さなかった。グレイソンは女を動揺させてやりたいという衝動にふいに駆られた。女の気骨を試し、敵を正確に見極めたいという衝動に。

そこで女のほうに顔を寄せ、声をひそめて言った。「カラッチの作品を検分しているのを目にしましたよ。恋人たちの体勢はなんとも刺激的ですよね」

女は繊細な眉を弓型に持ち上げた。「そうですか？　あんな月並みな体勢は滑稽だと思われるお方に見えますけど」

官能的な情景がふと心に浮かび、鼓動が速まった。ミセス・サマートンが裸でグレイソンのベッドにいて、下に組み敷かれるのではなく、上に乗っている情景。体の動きとともにこの豊かな胸が上下している。

ああ、なんて生意気な女だ。不適切極まりない会話に乗ってくるとは。貴婦人相手だったら、よもやそんな会話をしようとはもちろん思わない。しかし、この女は貴婦人ではない、とグレイソンは自分に言い聞かせた。この女はジョナサン・ミラーの娘なのだ。

少しして、競売がはじまった。助手が最初の競売品をまえに持ち出した。中世後期の青銅の器。イライザ・サマートンは台のほうへ顔を戻し、すぐに競売品の力強さに魅せられたようで、そのすばらしい品が売れると興奮で目を輝かせた。簡単に会話を終わりにされたことにグレイソンは苛立った。女性に無視されることには慣れていなかったからだ。

競売が進むなか、グレイソンはいくつかの水彩画に入札したが、どれに対しても落札できる金額は示さなかった。金額を告げる競売人の調子のよい口調はすばやく正確だった。カラッチの版画がまえに持ち出され、千ポンドという驚くべき金額で落札された。ミセス・サマートンは入札しなかった。

「次は一六四〇年の油彩、フランドルの画家ヤン・ウィルデンスによる『農夫のいる風景』です」と競売人が告げ、油絵が競売にかけられるために部屋の正面に運んでこられた。グレイソンはそれが先ほどミセス・サマートンの関心をとらえた風景画であることに気づいた。彼女はすわったまま身をわずかにまえに乗り出し、下唇を噛んだ。

ああ、結局、この女もポーカーの達人にはなりそうもないな、とグレイソンは胸の内でつぶやいた。

競売人が咳払いした。「二十ポンドからはじめましょう」

イライザ・サマートンが手袋をはめた手を上げた。

競売は五ポンドずつ増額して続いた。競売価格は四十ポンドまで上がった。グレイソンは競売の参加者がふたりになるまで待った――ミセス・サマートンと一列目にすわっている年輩の紳士に。価格が五十ポンドに達すると、上がったのは手袋をはめた女性の手だけだった。

「これで決まりでいいですか、いいですね……」

グレイソンが手を上げた。「百ポンド」

ミセス・サマートンは息を呑んで彼のほうを振り向いた。

グレイソンは唇を笑みの形にゆがめた。

ミセス・サマートンは手を下ろした。競売人はそれを見てゆっくりと告げた。「百ポンドで落札されました！」

エメラルド色の目が燃えた。「どうして？　女に裕福なところを見せつけたかったの？」

「ほしいと思ったんでね」

「嘘よ」

「ぼくはほしいものがあれば、それを手に入れるのを誰にも邪魔させない」

ミセス・サマートンの唇がわずかに開き、すぐに閉じた。「将来、それを売ることに同意してくださったりはしないんでしょうね？」

グレイソンは女の顔のひとつひとつの部分へと目を向け、その目をドレスのボディスへとさまよわせ、胸のあたりでしばし止めてから女の目と合わせた。それから、何かを示唆するような笑みを浮かべた。「何にしても代償というものはあるんだ、ミセス・サマートン、そうは思わないかい？」

先ほどの女の目が怒りに燃えていたとしたら、今は人を殺しかねない様子だった。女は唐突に立ち上がり、そのせいで椅子が後ろに倒れた。「手に入れたものをおたのしみくださいな、伯爵様」

何人かの目がグレイソンに向けられたが、彼はそのすべてを無視して椅子に背をあずけた。

ミスター・ベグリーが急いでやってきた。「それで？　ミセス・サマートンはなんと？　父親がどこにいるか話しましたか？」

「まだだ。でも、彼女がほしがっているものを手に入れたから、すぐにぼくを訪ねてくると思うよ」


イライザ・サマートンは〈ピーコック版画店〉に勢いよくはいっていった。扉の上につけられたベルが騒々しい音を立てた。妹のアメリアが片手にリトグラフを、もう一方の手に木の額を持ってカウンターの奥に立っていた。

「ウィルデンスの絵を落札し損ねたわ」とイライザはまえ置きなしに言った。

アメリアの青い目がみはられた。「どういうこと？」

「ある男性がいて……ハンティンドン伯爵なんだけど、わたしより高い値をつけたの」

アメリアは息を呑んだ。カウンターに木の額があたって音を立てた。「ハンティンドン伯爵？　美術評論家で収集家の？」

「ひたすら厄介な人よ」

「その絵だっていうのはたしかなの？」

イライザの声は自分でも気に入らないほど震えていた。「できるかぎりよく見たから、たしかだと思う。お父様じゃなく、あなたの描いたものよ」

「嘘！　それでハンティンドン伯爵がそれを買ったと？」

「ええ」

アメリアは眉根を寄せ、肩に落ちたとび色のほつれ毛を押しやった。「もしかしたら、彼にはわからないかもしれないわ。過去にお父様の描いた絵を、本物と思って買ったことがあったんじゃなかった？」

イライザの胃が沈んだ。「相手がハンティンドンなんて最悪よ。お父様の贋作を買ったことがわかってから、彼の評判には瑕《きず》がついたの。中心になって治安判事に働きかけてお父様を告発しようとした人よ」

アメリアはカウンターをまわりこんで近づいてきた。「疲れてるみたいね。こっちで休んで」妹はそう言ってイライザを窓辺のストライプのソファーへと導いた。

アメリアはイライザのそばに腰を下ろした。「心配しないで。たぶん、ハンティンドン様はこれからも知ったかぶりの無知な貴族でいつづけて、三十年ものあいだあの絵を家に飾っておくでしょうよ。誰にもほんとうのことが知られることはないわ」

イライザは下唇を噛んだ。「あの人、知ったかぶりには見えなかった」

堂々としていて、自分本位で……男らしい人に見えた。競売のときに近くに来て隣の席にすわった瞬間から、そのことを意識せずにいられなかった。背が高く、引きしまった体をしていて、運動選手のような身のこなしだった。目は髪と同じ黒っぽい色で、その髪は最新流行の髪型よりも無造作に長くしてあり、襟をかすめるほどだった。顔立ちははっきりしていた――粗く削ったような鼻と顎が、彼をきれいというよりも驚くほどハンサムに見せていた。

そしてそのまなざし……ああ、わたしを裸にして隅々まで肌をなめたいというようなまなざし。礼儀正しい紳士なら、あんなふうにご婦人を見るべきではない。ハンティンドン卿のまえで冷ややかで無関心な未亡人を演じるには、自制心を目一杯働かせなければならなかった。

「悪い噂を立てられるわけにはいかないわ」イライザは言った。「この店を守るためにこんなに大変な思いをしてきたんだから」

イライザは店を見まわした。壁にかかった模造品ではない絵画、ソファーのまえにある版画を置いた台、装飾美術品が置かれた棚。「あなたとクロエがどちらもいいお相手と結婚できるという望みはあるのだから」

アメリアは目を天井に向けた。「わたしたち、結婚なんて考えてないわ」

奥の作業部屋へ続くカーテンがふいに開けられ、イライザの末の妹が急いで出てきて姉を抱きしめた。クロエは野花のにおいがし、ブロンドの豊かな巻き毛を揺らしていた。

「わたし、今日初めて商品を売ったのよ！　株式仲買人の息子に陶器を。ネイサンって薄い色の髪と温かい茶色の目をした若くてハンサムな人で――」クロエは途中でことばを止めた。イライザとアメリアが深刻な顔をしているのにようやく気づいたのだ。「何かあったの、リザ？」

アメリアがまず口を開いた。「イライザがウィルデンスの絵をある伯爵に競り負けたの」

クロエは肩をすくめた。「それで？」

イライザは眉を寄せて妹たちを見つめた。イライザよりも三歳年下のアメリアは二十一歳で、クロエはたった十八だった。妹たちには自分よりもいい人生を送ってもらいたかった――父の犯した罪を恐れながら生きる人生ではなく。

「そのハンティンドン伯爵は有名な美術評論家なの」とイライザは言った。

「ふたりとも心配することないわよ」とクロエは言い張った。「あれが贋作だなんて誰にもわからないから。アメリアの作品は非の打ちどころがないもの。お父様のものよりもいいぐらいよ」

「でも、危険だわ！」イライザは声に恐怖が表れるのを隠せなかった。

クロエは興奮して目を輝かせた。「その伯爵様ってハンサムだった？　あえて言うけど、最近毎日がつまらなかったから」

「クロエ！　イライザのことばを聞いてたの？」アメリアが注意した。「イライザに競り勝ったのは美術評論家だったのよ」

クロエは夢見るようにため息をついた。「たぶん、あなたのことをきれいだと思って、自己紹介したかったのよ」

官能的な版画について話したときのハンティンドンの熱いまなざしが心に浮かんだ。「求愛者みたいな振る舞いではなかったわね」

それどころか、経験豊かな高級娼婦との荒々しいみだらな夜を望む男の振る舞いだった。ずっと昔、別のときだったら、イライザもあんなハンサムな男性の注意を惹いたことでわくわくしたかもしれない。しかも伯爵なのだ！　しかし、そういう時期は過ぎ去った。イライザは男たちが信用ならないことを身をもって学んできた。

クロエは胸のまえで腕を組んだ。「求愛者がどう振る舞うべきかどうしてわかるの、リジー？　あなたに求愛者がいたのはずいぶんまえじゃない」

イライザは苛立って両手を上げ、アメリアのほうを振り返った。「言ってやって。クロエは殿方のことしか考えられないようだから。ハンティンドンのせいで、わたしたちが身を滅ぼすことになるって言ってやって。この店もだめになるって」そう言って手で店内を示した。「そうなったら、わたしたちはどこへ行くの？　街娼になるか、救貧院へ行く？」

沈黙がその場を支配し、やがてアメリアが口を開いた。「ハンティンドン様にはどのぐらい負けたの？」

「大差で」

じつを言えば、ヤン・ウィルデンスの贋作に支払うつもりだった五十ポンドは貯金の総額に近かった。それでも、それを費やす価値はあった。

そうしなければ、どうなるかは想像もできなかったからだ。

アメリアは深々と息を吸った。「そう、もう一枚仕上げることもできるわ。それを売って姿を消せば――」

イライザは首を振った。「だめよ！　お父様の轍を踏むつもりはないわ」

「でも、まえにもやったことじゃない」とアメリアは言い返した。

「一度っきりで二度としない」とイライザはきっぱりと言った。

父が姿を消してから一週間後、姉妹はつつましいタウンハウスを退去させられることになったのだった。父はほとんどお金を残していかなかった――店とその階上《うえ》の住まいとなる小さな部屋を借り、冬のあいだの食料を買うのにようやく足りるだけのお金しか。イライザは恐怖に駆られた。住まいの暖房のお金もなく、当時たった十二歳だったクロエは咳をするようになってそれが止まらなかったからだ。

その恐ろしい冬以来、アメリアのすばらしい模写の腕を利用するという考えはつねにイライザの心の奥底にあったが、最悪の結果を引き起こすことを恐れてもいた。

逮捕されて監獄に入れられ、不行状の烙印を押される。

アメリアは膝の上で両手をもみしだいた。「どうするべきだと思う、イライザ？」

イライザはためらってから、声に感情が表れないように努めた。「ハンティンドン様が真実を見破るまえに絵をとり戻さなければならないわ」

アメリアは正気なのかという目で姉を見つめた。「まさか本気じゃないわよね？　危険すぎるわ」

「わたしが誰か伯爵は知らないはずよ」イライザは指摘した。

「疑われたらどうするの？」とアメリアは言い返した。

イライザは立ち上がり、決意を固めて背筋を伸ばした。「疑われないわ。この五年のあいだに、わたしの演技力も磨かれてきたんですもの」

クロエは鼻に皺を寄せた。「考えすぎよ、リジー。亡くなった子爵はもう何年もあの絵を持っていたのに、誰も何ひとつ疑わなかったじゃない。今になって誰かが疑うなんてどうして思うの？」

あの人のせいよ。ハンティンドンの黒い目はどこか不気味だった。うなじの産毛が総毛立つほどに。甘く見ていい人ではない。深刻に考えなければ。

これからどうすればいいかははっきりしていた。真実を明るみに出すわけにはいかない。たとえどれほどの代償を払うことになろうとも。

2

イライザはメイフェアの堂々たる邸宅の白い石造りの壁を見つめた。片手でマントをつかみ、もう一方の手で革のケースを持つと、深々と息を吸った。

きっとできる、と胸の内でつぶやく。長年にわたって多くの殿方をだましてきたじゃないの。

玄関へと進み、重い真鍮のノッカーを持ち上げた。少しして、厳粛な顔の執事が扉を開け、イライザを見下ろした。

「ミセス・イライザ・サマートンです。ハンティンドン様にお会いしたいのですが」

「主人は今日の午後はご訪問をお受けいたしません」と執事は冷ややかに応じた。

イライザは浮き出し文字の名刺を手渡した。「これはわたしの店です。ハンティンドン様がめずらしい版画に興味をお持ちで、収集品に加えたいとおっしゃっておられましたので」声にいいあんばいに苛立ちをこめる。「きっと会うと言ってくださるはずですわ」

執事は不満そうに口を引き結んだが、そっけなくうなずくと、イライザが通れるだけ扉を開いた。

足を踏み入れたそこは黒と白の大理石のタイルを敷き詰めた広々とした広間だった。クリスタルのシャンデリアが吊るされ、金メッキされた手すりのついた広い階段が湾曲して階上《うえ》へ続いている。男の使用人がすぐさま現れてマントをあずかった。

イライザは執事のあとから広間を横切った。扉を開けると、執事はなかにはいるよう身振りで示した。「ご来訪を主人に伝えてきますので、こちらでお待ちください」

イライザは応接間にはいってまわりを見まわした。青で統一された室内には、空色のストライプのシルクのカーテンがかけられ、東洋風の敷物やローマ風のソファーなどが置かれていた。これほどに優美な部屋に足を踏み入れるのは、子供のころ、父に肖像画を依頼してきた公爵の家を訪ねたとき以来だった。

フレスコ画が描かれた高い天井のせいで、自分が小さく思えたが、思わず息を呑んだのは、金メッキの額に入れて壁に飾られた美術品を目にしたせいだった。躍動的な作風で知られる画家のジョージ・スタッブスやジェイムズ・ウォードの作品が目のまえにあった。さらに近くに寄り、狩猟犬や筋肉質でつややかな毛並みの駿馬《しゅんめ》を細部まで綿密に描いた絵に驚嘆する。この邸宅にはハンティンドン伯爵の私的な美術品展示室があるのだろうかと思わずにいられなかった。ここに飾られている宝は、収集品のほんの一例にすぎないのだろうか。

「その絵は気に入ったかい？」

男らしい声を聞いてイライザははっと振り返った。部屋の入口にハンティンドン伯爵が立っていた。背が高く、肩幅が広く、称賛せずにいられないほどに男らしい姿。鼓動が大きくなる。なんてこと！　応接間の窓から射す午後の陽光のなか、ハンティンドン卿は競売のとき以上にハンサムに見えた。きちんと仕立てられた濃紺の最高級品の上着、淡黄褐色のズボン、艶光りする黒いヘシアンブーツといういで立ち。黒髪は襟のまわりでカールしている。応接間の美術品にふさわしい洒落た紳士に見えた。

しかし、イライザはだまされなかった。伯爵の洗練された外見の下で何かが沸き立っているかのように、黒い目には獲物を狙う光が宿っていた。

いつからそこに立ってわたしを眺めていたの？

「訪問はお受けにならないって言われましたわ」とイライザは言った。

「そのとおり。ハッチンズに、きみから美術品を買うことになっていると知らされるまではね」伯爵の声には挑むような響きがあった。

イライザは無理にも笑みを浮かべた。そうしながらも、ここから放り出されることになるのだろうかと思わずにいられなかった。

しかし、伯爵は部屋のなかにはいってきて、イライザの名刺を掲げた。「ピーコック版画店。正確には何を売ってるんだい？」

「絵画や、版画や、装飾品などを。新進気鋭の地元の画家の作品を」

「ストランドの〈アッカーマンズ〉と競い合っているのかい？」

「顧客を競い合ってはいません。うちの顧客は美術品を手に入れたいと思いつつ、アッカーマンズの法外な金額は払いたくないと思っている裕福な商人たちですから」とイライザは答えた。

「おもしろい」

イライザは応接間の壁にかけられた額に目を向け、懐柔するようなおちついた声を保とうと努めた。「タットン家の競売で購入なさったヤン・ウィルデンスの絵画は見あたりませんね」

伯爵は唇の端を持ち上げて魅力的な笑みを浮かべた。「ああ、きみが訪ねてきてくれたことには、うちの執事に信じこませた以上の目的があるのはわかっていたよ、ミセス・サマートン。一瞬、ぼくに好意を持ってくれたせいかと思ったんだが」

この人を魅力的だと思ったのを見抜かれたのだろうか？　イライザは速まる鼓動を抑えようとし、伯爵に鋭い目を向けた。「まわりくどい言い方はやめましょう、伯爵様。あなたがウィルデンスの絵をほんとうにお望みだとは思えないんです」

伯爵は舌を鳴らした。「そんなことはない。あれは個人的な展示室に飾るつもりでいる。うちの展示室を見たいかい？」

見たくてたまらなかった。苦労して店をやっている女商人でなければ、美術館で何時間でも過ごすことができた。「ありがとうございます。でも、結構です。ここにはほんとうに仕事で来たので」

「仕事？」伯爵は黒い眉を上げた。女が仕事で訪ねてくるなど、考えるだけでばかばかしいとでもいうように。

「ええ。提案があるんです」

伯爵はさらに近くに来た。そのなめらかな動きはヒョウを思わせた。「提案？　なんともおもしろいことばを使うね」

そばに寄られ、イライザの脈が危険なほどに速くなった。「取引の提案です、伯爵様」

「取引ということばに興味を惹かれたよ」伯爵は淡い金色のソファーを身振りで示した。「すわってくれ、ミセス・サマートン。きみの提案について話し合うなら、居心地よくしよう」

伯爵は近くの肘掛け椅子ではなく、ソファーの彼女の隣に腰を下ろした。クッションにもたれて長い脚を伸ばすと、窓から射す陽光を受けて磨きこまれたヘシアンブーツが光った。

イライザも簡単に威圧されるつもりはなかった。学校を出たての年若い少女というわけではなく、働いて生計を立てている大人の女なのだから。それでも、ハンティンドン卿は堂々たる男性……大きな男性だった。六フィートを超える身長から広い肩や鑿《のみ》で彫ったような顔立ちにいたる何もかもが危険だった。途方もなく裕福であるばかりか、自分に都合がいいときには魅力的にもなれる人気の独身貴族で、知性にもすぐれているとの噂だった。

イライザにはまったく関係ないことだったが。

「きれいなご婦人が仕事目的で訪ねてくるのは日常茶飯事じゃないからね」

その声は太く、官能的で、イライザの全身に何かが目覚める感覚が広がった。

イライザは息を吸った。「わたしがヤン・ウィルデンスの絵をほしいと思っていることはあなたには意外ではないはずですわ」

「あれを売りに出すつもりはない」

イライザは革のケースを上品な脇机に置き、版画をとり出した。「売ってくださるなら、色をつけるつもりです。さっきも言いましたが、うちの店では新進気鋭の地元の画家の作品を売っています。すばらしい作品ですわ。影響力のある美術評論家であり、熱心な収集家であるあなたなら、きっと興味を持ってくださるはずです」

イライザが思ったとおり、美術品と聞いて好奇心をかき立てられたようだった。それは幼子を抱く聖母マリアという宗教的な情景を描いた版画で、丹精をこめた見事な出来栄えだった。無名の職人であるその画家はイライザの店に作品を展示していた。作品が売れると、もうけを分けることになっていた。

ハンティンドンは身をまえに乗り出してその作品を検分した。「新人にしては細部が驚くほどすばらしいな」

イライザの胸で希望が花開いた。「わたしが競売でウィルデンスの絵画に支払うつもりだった五十ポンドに加えてこの版画を差し上げますわ」

ハンティンドンは版画を脇に押しやり、黒い目でイライザをじっと見つめた。「それじゃ足りないな」

イライザの心は沈んだ。

それから、伯爵はさらに身を寄せてきた。温かい息を頬に感じるほど近くに。脈が速まり、みぞおちのあたりがちくちくし、心が乱された。彼の目についてはまちがっていたことがわかった。黒ではなく、豊かなコーヒー色だ。

「ほかにも美しいものはある」と彼は言った。「ぼくが欲してやまない、生きている美しさが」

そんな不埒なことばを聞いて、イライザの鼓動が大きくなった。「よくもそんなことを！　わたしは売り物ではありません」

「ああ、でも、そうなんだ、ミセス・サマートン。きみは売り物そのもので、ぼくは――」

イライザははっと目が覚めたようになり、平手打ちしようと手を上げた。しかし、伯爵の動きはあまりにすばやく、イライザの手が頬を打つまえに手首をつかんだ。

伯爵は目を険しくした。「ヤン・ウィルデンスの油絵は贋作だ。細かい部分まで精巧に描かれた非常にすぐれたものではあるが」その声は冷たく厳しかった。

イライザの胃のあたりに冷たい塊ができた。「あなたが何をおっしゃっているのか――」

「きみはとても優秀だな。最初はきみの父親の作品かと思ったが、筆遣いがわずかにちがう。署名も完全に同じではない。よく教えこまれたんだな。きみがジョナサン・ミラーの娘であれば、驚くことでもないが」

この人は知っている！

呼吸を遮断されたような気分だった。この人はわたしがあの贋作を描いたと思っている。ほんとうはアメリアが描いたものだと白状するぐらいなら、墓にはいったほうがいい。

声が震えた。「それを証明することはできないわ」

「ぼくは専門家だ」

「わたしが覚えているかぎりでは、あなたもまちがったことがある」イライザは鋭く言い返した。

そのことばが口をついて出た瞬間、舌を嚙んでもよかった。イライザの父にだまされた過去の話が出た瞬間、伯爵の顔が御影石のようにこわばったからだ。

手首をつかむ指にも力が加わった。「きみの父親のせいで、ぼくはロイヤル・アカデミーにおける評論家としての信用を失った。評判をとり戻すのには何年もかかった。ジョナサン・ミラーが見つかることはなく、罪を問われることもなかった」

思ったとおりだ。ハンティンドンは復讐するつもりだったのだ。困ったことになるのを防ごうとここへ来たのだったが、みずからそれを引き起こしてしまった。イライザは胸の奥で動揺が広がるのを抑えようとした。今降参するわけにはいかない。生き残るために持ち合わせている機知を総動員しなければならない今。

ふいに伯爵が彼女の手首を放した。「贋作作りに選ぶ作品の選択はおもしろいな。フランドルの画家ヤン・ウィルデンス――人気のピーテル・パウル・ルーベンスのために背景を描くことの多かった画家」

「あなたの美術についての知識にはほんとうに驚かされますわ」

その皮肉っぽいことばは無視された。「ウィルデンスはきみの父親が選びそうな画家だ。ミラーは巨匠ではなく、あまり世間からは認められていない画家の作品を模造した。巨匠の弟子や助手の作品を模造することも多かった。そのせいで絵画が過去どのような所有者の手を経たかが非常に曖昧になり、目ざとく悪賢い美術品仲買人がそれをでっちあげることもできた」

それはほんとうだった。アメリアもヤン・ウィルデンスを選んだときには、父の論理に従ったのだった。

内心は動揺しつつ、イライザは顎を上げ、大胆にも伯爵と目を合わせた。「ご自分のお考えに確信をお持ちのようですから、わたしはこれで――」

「いや、まだだ。きみは取引をしに来たはずだ、忘れたのかい？」

「あなたがお望みのものは何も持ち合わせていませんから」

伯爵はイライザの体にみだらな目を向けた。「そんなことはない。ぼくは目にしているものが気に入っている」

下腹部に危険な熱が渦巻いた。そんなことができる？　絵の代わりに体を差し出すなど……生き残るために？

ええ、アメリアとクロエを守るためなら。

イライザはごくりと唾を呑み、伯爵の目をのぞきこんだ。「何を提案なさるおつもりなの？」

伯爵の口がゆがんだ。「そそられる申し出だが、ミセス・サマートン、ぼくは女性を無理やりベッドに引っ張りこんだことはないんだ。その必要もなかったしね」

イライザは屈辱に顔が熱くなるのを感じた。ひどい誤解だというの？「だったら、何をお望みなの？」

「ある絵が盗まれた。一六二四年にレンブラントが描いた初期の自画像、『アトリエの画家』が。ぼくはその絵をとり戻すのに力を貸してほしいと所有者に協力を頼まれている」

レンブラント！　値もつけられないほど貴重な絵！「そのことについてはわたしは何も知らないわ。誓って言えます」と彼女は言った。

「きみが盗んだのだろうと責めているわけじゃない」

「だったら、何なんです？」

「きみの父親はどこにいる？」

お父様？　お父様がレンブラントを盗んだと思っているの？「いなくなりました」

「では、亡くなったと？」

「いいえ。ただ、姿を消したんです。五年まえに……糾弾されたあとに」あなたに糾弾されたあとでと言いたかったが、今度は舌を抑えることができた。

「きみひとりを残して？　それとふたりの妹さんたちを？」

伯爵がアメリアとクロエのことを知っているのは意外とは言えなかった。これだけ知性にあふれ、容赦のない人が調べないはずはなかったからだ。「わたしたちは版画の店を開いたんです」

伯爵は眉根を寄せてイライザをじっと見つめた。「資金や保護もなしに置き去りにされたと？　大変だったにちがいないな」

伯爵には見当もつかないはずだ。生きていけるかどうか頭を悩まし、数えきれないほど眠れぬ夜を過ごしたことなど。

何度も練習した嘘がなめらかに口をついて出た。「思いちがいをされていますわ。結婚したあとに店を開いたのはミスター・サマートンです」

「それで、ご主人が亡くなったあとは？　ひとりで店を切り盛りし、妹たちの面倒を見てきたと？」

イライザは反抗するように顎をまえに突き出した。「どうにかやっています」

伯爵の縦皺が深くなった。「つまり、ジョナサン・ミラーは姿を消し、きみは彼がどこにいるか知らないというわけだね？」

「そうです」

「だったら、レンブラントを見つけるのにきみが力を貸してくれなくちゃならない」

イライザは驚いて目をぱちくりさせた。「わたしが？」

「きみは長女だからね。そういう有名な絵画の盗品を故買する不道徳で堕落した仲買人がどこで見つかるか思い出してくれるはずだ」

その可能性を考えて頭がくらくらした。もしかしたら、すべてを失うことにはならないかもしれない。父のまっとうでない世界の知人たちとは今は連絡をとり合っていなかったが、もちろん、いくつか名前は知っていた。父の家で育つあいだ、よく訪ねてきた人たちだからだ。

でも、見つけられるだろうか？

「お手伝いしたら、ウィルデンスの絵を返すと約束してくれます？」とイライザは訊いた。

「どうしてあの絵をそんなにとり戻したいんだい？」

「今のわたしはちゃんとした商人なんです。過去の過ちのせいでニューゲート監獄送りにはなりたくないわ」

「きみが約束を守ってくれたら、あの絵はきみのものだ」と伯爵は言った。

イライザはスカートをつかむ手をよじった。「お手伝いしても、盗まれたレンブラントが戻らなかったら？」

「それでも贋作をきみに返すよ」

「父についてはどうなんです？　これって父を見つけるためのお芝居にすぎないのでは？」とイライザは訊いた。

「ちがう。レンブラントが最大の関心事だ」

まっすぐ視線を向けられて、イライザは釘付けにされた気分だったが、目をそらすまいとした。そうしながら、伯爵が嘘をついている兆候はないかと顔をまじまじと見つめた。つかのまの時間が過ぎた。さらに間を置いてから、イライザはうなずいた。「でしたら、その条件に同意いたしますわ」

そう言って立ち上がり、手を差し出した。

伯爵も立ち上がり、より大きな手で彼女の手をとった。「ご婦人と握手するのは初めてだ」手袋越しにも彼のてのひらの温かさが伝わり、親指でサテンを撫でられて、イライザは全身が震えそうになるのをこらえた。

「何にしても初めてのことはありますわ」と彼女は言った。

「契約を固めるもっといいやり方がある」

そう言って伯爵が一歩近づき、イライザの胃が沈んだ。本気でキスするつもり？　そう考えてうろたえるのではなく、妙な期待を抱いてしまうのはなぜ？

自分が彼女の感覚にどんな影響をおよぼしているかをわかっているかのように、伯爵は官能的な唇を笑みの形に曲げた。その傲慢な顔を見ただけで、圧倒的な魅力に抗う気になった。今のわたしは世間知らずの年若い少女ではない。威圧しようとするなら、こちらは生き残るために闘うことに慣れた女だと思い知らせてやるだけのこと。

イライザは警戒の目を彼に向けた。「関心があるのは別のものだとおっしゃったのに、ハンティンドン様」

伯爵は黒い眉を上げた。「きみが魅力的に見えないとは言っていないさ、ミセス・サマートン。それどころか、きみの疑わしい素性は非常に刺激的だと思う。これまでぼくは贋作画家にキスしたことはないんだ」

「わたしをそんなふうに呼ばないで」イライザはそっけなく言った。「いまは商人なんですから」

「どっちにしても。きみが約束を守らないつもりなら、ぼくはためらうことなく治安判事に通報して、きみの贋作を突き出すよ」それは警告だった。

イライザは伯爵をにらみつけた。「約束は守りますわ。でも、これだけは覚えておいてくださいませ。この約束には男女の関係は含まれないと」

伯爵は忍び笑いをもらし、彼女の手を放した。「やきもきしなくていい。ちゃんと距離を置くから」そう言って応接間の入口へ行き、イライザのために扉を開けてくれた。「明日朝十時にきみの店へ行くよ。予定しておいてくれ」

イライザは扉へ向かう途中で足を止めた。「明日？　そんなにすぐに？」

伯爵はおもしろがるように口をゆがめてうなずいた。「時間も重要だ。レンブラントをとり戻そうと思ったら、急がなければならない」

イライザは革のケースを抱え、ハンティンドン伯爵の邸宅をあとにした。時計のばねのように神経がきつく巻かれている感じだった。伯爵とのとり決めのせいだけでなく、彼に対する予期せぬ自分の体の反応のせいでもあった。手を持たれたまま、キスしようとするかのように一歩近づかれたときには、心臓が飛び出そうで、膝がもろくなった。自分の愚かさに思わず首を振る。ハンティンドン伯爵に惹かれるのは危険だ――絶対に冒すつもりのない危険。

少なくとも、こうして訪ねたことは完全な失敗に終わったわけではない。ハンティンドン伯爵は贋作であることを見抜いていたが、取引を申し出てくれた。イライザが約束を果たせば、あの贋作をとり戻すことができる。目的は達せられる。版画店は存続し、妹たちも守られる。父の昔の知り合いをどう見つければいいかはわからなかった。それでも、何か方法を考えるつもりだった……いつもそうしているように。

辻馬車は指示通りの場所で待っていた。御者は外に立っていて、イライザが近づくと、馬車の扉を開けてくれた。「お客さんが待ってますよ、お嬢さん」

「お客さん？」イライザは眉根を寄せて馬車に乗りこんだ。

「こんにちは！」

反対側の座席に年若い少女がにこやかにすわっているのを見てイライザはぎょっとした。黒っぽい巻き毛と茶色の目をしたきれいな少女だった。おそらく十五歳にもなっていないだろう。

「こんにちは」イライザは挨拶を返した。「馬車をおまちがえでは？」

「ああ、ごめんなさい。わたしはサラです。ハンティンドン伯爵の妹なの。あなたが兄を訪ねて家にはいっていくのを見かけたわ」

目のまえにすわっているのがハンティンドン伯爵の妹だとわかってイライザは驚いた。

「あなた、おいくつなの、レディ・サラ？」

「十三歳よ」

「そう。ハンティンドン様はあなたがここにいるのをご存じなの？」

サラは首を振った。肩で巻き毛がはずんだ。「もちろん、知らないわ。画家のことでとても忙しいから、わたしのための時間はないの」

イライザは少女の気持ちを思って悲しくなった。美術の世界におけるハンティンドンの評判は相当なもので、家で過ごす時間などほとんどないだろうと思われたからだ。

「その、お会いできてうれしいわ、レディ・サラ。わたしにも妹がふたりいるのよ」とイライザは言った。

サラの茶色の目がみはられた。「ほんとうに？　わたしも女きょうだいがほしかったけど、小さいころに両親が馬車の事故で亡くなったの」

「お気の毒に。わたしの両親も亡くなったわ」少なくとも母はイライザが五歳のときに亡くなった。父には捨てられたのだったが、アメリアの意見に従えば、父もまた亡くなったのも同然だった。

「あなたにお会いしなきゃと思って。だって、グレイソンをご婦人が訪ねてくることなんてないんだもの。まあ、レディ・キンズデールは別だけど。彼女のことはご婦人だとすら思えないわ」サラは悪臭がしたとでもいうように鼻に皺を寄せた。

「あら。そんなことをおっしゃるのはあまりいいことじゃないわ」

「でも、ほんとうだもの。レディ・キンズデール――というか、グレイソンとわたしにはレティシアって呼べと言い張るのよ。彼女は夜遅くによくお兄様を訪ねてきてたわ。そのことをわたしは知らないことになってたけど。彼女のことは好きになれなかった。威張っていて冷たいんだもの。自分のことを貴婦人だと言い張ってるけど、行動は貴婦人らしくないのよ」

イライザは笑いをこらえた。サラはすがすがしいほどに正直で、笑わずにいられなかったのだ。

「あなたは親切でやさしいわ」とサラは言った。

「どうしてわかるの？　会ったばかりなのに」イライザは指摘した。

サラは顎を上げた。「わたしをしかりつけたり、ここから出ていけと言ったりしなかったもの。レディ・キンズデールだったら、そうしたはずよ」

外から足音が聞こえ、少しして馬車の扉が勢いよく開いた。ハンティンドンが扉から顔をのぞかせた。背が高く、筋肉質の広い肩のせいで、陽光がさえぎられた。そのしかめ面は妹に向けられていた。「家のなかへはいれ」ぶっきらぼうな声。

サラは背筋を伸ばした。「でも、ただお話をしているだけだったの――」

「なかにはいるんだ。今すぐ！」ハンティンドンは歯嚙みするように言った。

サラはスカートをつかみ、座席からすべり降りると、怒ったように馬車から出ていった。

「さようなら、レディ・サラ」イライザは後ろ姿に呼びかけた。

少女は振り向いて軽やかに手を振り、家のなかへと走っていった。

イライザはハンティンドンを気の毒に感じるほどだった。十三歳の妹は手に余るはずだ。その年ごろのアメリアとクロエの姿が鮮明に脳裏に浮かんだ。

ハンティンドンに暗いまなざしを向けられ、同情の思いは消えた。「妹の振る舞いについてはお詫びするよ」と彼は言った。

「お詫びしていただかなくて結構ですわ。かわいらしい方ね」

ハンティンドンの目が驚いたようにきらりと光った。「いい子なんだが、ちょっと頑固でわがままなんだ」

イライザはほほ笑んだ。「女の子としてはどちらも称賛すべき性質ですわ」

伯爵は黒い眉を上げた。「女の子としてはそうかもしれないが、大人の女性としてはちがう」その目は、きみはどちらの性質もふんだんに持ち合わせているなとはっきり語っていた。

イライザは口を開いて言い返そうとしたが、その暇を与えてもらえなかった。「また明日、ミセス・サマートン」伯爵はそう言って馬車の扉を閉めた。

3

「運のいいやつだな、グレイソン。たった今きみの家から帰った、そそられる女は誰だい？」

グレイソンは書斎の扉を閉め、長年の友のほうを振り返った。「ここで何をしている、ブランドン？」

ヴェール伯爵のブランドン・セント・クレアは暖炉のマントルピースに寄りかかっていた。「ホワイツにいっしょに行くかと思って寄ってみたんだ。ケントとロデールが、誰が最初にドルーリーレーンの新しい女優とベッドをともにするかについて、またばかな賭けをすることになっている。それで馬車をこの家の玄関に寄せたところで、きみの妹さんが家のなかに駆けこみ、黒っぽい髪の女が辻馬車で帰るのが見えた」

グレイソンは顔をしかめた。サラのことはほんとうにどうにかしなければならない。しかし、イライザ・サマートンはあの子にちょっかいを出されても気にしていなかった。それどころか、妹に礼儀正しく、愛想よく接してくれた。

だまされてはだめだ。そうグレイソンは自分に言い聞かせた。イライザ・サマートンは不道徳な血筋だ。

「どうなんだ？」ブランドンがうながした。「あの女は誰なんだ？」

グレイソンは書斎を横切り、サイドボードのところへ行った。クリスタルのデキャンタを手にとると、ふたつのグラスにウィスキーを注いだ。ひとつをブランドンに手渡す。

「ジョナサン・ミラーの長女さ」

ブランドンはぽかんと口を開けた。「冗談だろう。いったいどうやって見つけた？」

グレイソンはウィスキーをひと口飲んだ。「ぼくが見つけたわけじゃない。デスフォード公爵の事業管理人が見つけてくれた」

ブランドンは見るからに当惑した様子で目をみはった。「公爵の？　よくわからないんだが」

「公爵のところのトマス・ベグリーが、公爵家から盗まれた美術品を見つけるのに力を貸してほしいと連絡してきた。貴重なレンブラントを」とグレイソンは言った。

「それがジョナサン・ミラーとどう関係するんだ？　あの罪人はもう何年もロンドンには姿を現していないはずだ」

「たしかに。ただ、盗品や贋作を売る不道徳な美術品仲買人のことはひとり残らず知っていた。おそらく、ミラーの次に役に立つのはその子供だと思う。ミラーの娘も手助けすると約束した」

「何と引き換えに？」

「盗まれたレンブラントを見つけるのに力を貸してくれたら、その見返りとして彼女が模造した絵を返すことになっている」

ブランドンの顔に驚きの色がよぎった。「画家なのか？」

「いや、贋作画家さ」

ブランドンは忍び笑いをもらし、飲み物をひと口飲んだ。「続けてくれ」

「彼女は自分の作った贋作をどうにかしてとり戻そうと競売会に来ていたんだ。今はピーコック版画店の主だそうだ」グレイソンは説明した。

「どうやら、そのことばを信じていないようだね」

グレイソンはあざけるように言った。「〝社交界一の贋作画家〟の娘なんだぞ。きみなら信じるかい？」

「そんな女が盗まれたレンブラントを見つけるのに進んで協力すると思うのか？」

「罪の証となる絵をとり戻したかったら、彼女に選択肢はない」

ブランドンは物思わしげにグレイソンを見つめた。「冗談はよしてくれ、グレイソン。どうしてきみは力を貸すなんて言ったんだ？」

「盗まれたレンブラントがどこかの裕福な人間の私的な収集品となってしまい、美術館で一般の目に触れることが二度となくなるのを防ぐためという理由じゃ不足かい？」

ブランドンは声を殺して笑った。「いや。ほかに何が目的だ？」

グレイソンはグラスの残りをひと息に干して再度ウィスキーを注いだ。「彼女の父親を見つけたい。正義の裁きが下されるのを見たいのさ」

「まだ過去のことを恨んでいるのかい？」

「ミラーはぼくに贋作をつかませ、美術界の笑いものにした。評論家にとっては評判がすべてなのに」

「どうやら、その女はきみがレンブラントを見つけたいだけだと思っているようだな」とブランドンは言った。

グレイソンは肩をすくめた。「もちろん、父を見つけたいのかと訊かれたよ。でも、何よりもまず盗まれた絵画が重要だと言ってやった」

「慎重にやれよ、グレイソン。きみは復讐心に燃えているようだが、ジョナサン・ミラーの娘は、何年もまえのきみに対する父親の罪にはなんの関係もないんだから」

グレイソンはブランドンに険しい目を向けた。「彼女だってなんの罪もない未亡人ってわけじゃない。贋作画家で……ペテン師だ。父親と同じさ」

ブランドンはウィスキーをもうひと口飲んだ。「おそらくは。でも、きれいな女でもある。体形もいい。修道士だってあの胸には気づかずにいられないはずだ」

グレイソンはイライザ・サマートンの美しさには気づいていなかったというように、友の意見は無視してグラスを持ち上げた。しかし、問題は、彼女のことを考えるのがやめられないことだった。数分まえに応接間で反抗心と頑固さもあらわににらみつけてきた彼女のことを。そう、その美しさと胸には気づいていた。

「くそっ。どうしてジョナサン・ミラーの娘が不器量で鳩胸の未亡人じゃないんだ？

「ああ、きみも気づいていたんだな」とブランドンが言った。

「熱い血を持つ男が気づかずにいられるかい？」とグレイソンは言い返した。

じっさい、イライザ・サマートンと行動をともにするようになったら、自制心を試されることになるだろうが、自分の目的は魅惑的な肉体よりも重要だった。ミラーの罪に正義の裁きを下したいと長年思ってきて、ようやく完璧な機会が訪れたのだ。イライザ・サマートンはその父親を見つける鍵となる。

それ以上の何者でもない。


「絵を盗んだ人間を見つける手助けをしてほしいですって？」アメリアは作業台に筆を落とし、エプロンで両手を拭いた。

「盗んだ人間じゃないわ。盗まれたレンブラントの絵を見つけるだけよ」イライザは落ちた筆を拾ってテレピン油のはいったガラス瓶に入れた。瓶は洗っていない筆で一杯だった。

店の奥にある作業部屋は、束ねられたキャンバスが四方に立てかけられていた。クロエは画材やガラス瓶や油絵具や水彩絵具を並べた棚を整理するのに忙しくしていた。テレピン油と乾いていない油絵具のにおいが部屋じゅうに漂っている。

アメリアは髪を覆っていたスカーフを外し、それをテーブルの赤と緑のりんごを入れたボウルのそばに放った。ボウルにはいった果物の静物画を描いていて、古いドレスと絵具の染みのついたエプロン姿だった。

「あの人はわたしたちが何者か知ってるの。お父様の居場所を知りたがっていたけど、わたしにそれがわからないなら、絵を探すのに力を貸してほしいと取引を持ちかけてきたのよ。お父様の友達を教えてほしいと」イライザは説明した。

「お父様のお友達に連絡する方法をお姉様が知っていると思っているの？」とアメリアは訊いた。

「〝お友達〟というのはお父様の贋作を売っていた美術品仲買人のことよ。もうずいぶん経つけど、まずどこからあたればいいかは見当がつくわ」

「それがうまくいかなくてレンブラントをとり戻せなかったら？」とアメリアが訊いた。

「それでも、ヤン・ウィルデンスの絵は返してくれると約束してくれた。あなたとクロエのことも知っているけど、ありがたいことに、贋作はあなたじゃなく、わたしが描いたものだと思ってる」とイライザは言った。

アメリアは眉根を寄せた。「どうしてそれがありがたいの？　お姉様は悪くないのに」

「あなたとクロエをこの問題に巻きこみたくないのよ。ふたりともきれいな若いご婦人なんだから、いい殿方と出会って結婚してもらいたいの」

アメリアは不満そうに唇をすぼめた。「わたしはまだ結婚したくないし、クロエは若すぎるわ」

クロエはガラス瓶を置いて振り向いた。「わたしの分まで答えないで、アメリア。わたしはお金持ちの貴族と結婚したいわ。毎週新しいドレスを買ってくれる人と」

アメリアは目を天井に向けた。「ばかなことを言わないで、クロエ。上流社会の紳士は爵位かお金かその両方のために結婚するのに、わたしたちにはどちらもないじゃない」

「でも、お父様はナイトとしてサーの称号を持っていたわ」とクロエは言い返した。

「それは昔の話よ」とアメリアは諭した。

イライザは妹たちを見守っていた。髪の色があまりにちがう——アメリアは鮮やかなとび色の髪で、クロエは色の薄いきれいな髪をしている。アメリアは家族で最も絵がうまく、よくできた贋作を生み出す才能と忍耐力に恵まれていた。クロエは衝動的で、自由奔放で、男性のことで頭が一杯だが、金属彫刻刀《ビュラン》をうまく使いこなし、独自の風景版画を生み出していた。

美術を心から愛するイライザは傑作を生みだす能力は受け継いでいなかったが、抜きんでた商才があり、帳簿を一ペニー単位まで正確につけることもできた。三人は言い争うこともよくあったが、互いだけがこの世に残されたすべてだった。

そして妹たちの面倒を見るのはイライザの責任だった。

イライザはあいだにはいって妹たちの言い争いを終わらせた。「ハンティンドン様が明日、店に来ることになっているの。アメリア、あなたは疑わしい作品を全部隠しておかなきゃならないわ。自分の作品とクロエの版画だけを作業部屋に並べておくのよ」

「ハンティンドン様をどこに連れていくの？」とアメリアが訊いた。

「まず、ミスター・ケインに連絡をとるつもりよ」とイライザは答えた。

アメリアは驚いて姉を見つめた。「ミスター・ケイン？　あのごろつきが何か教えてくれるなんてことはないわよ」

「ミスター・ケインが悪辣極まりないのはたしかね。でも、自分にとって利益になると思えば、話そうという気になるかもしれない。それに、画材を買わなきゃならないわ。あなたの絵具と筆が要るし、ミスター・ケインが輸入しているきれいな贈り物用の金メッキの額に入れると、額入りの絵がよく売れるから」

「ハンティンドン様を手伝うのを断ったらどうなるの？」とクロエが訊いた。

「贋作について治安判事に訴えると脅されたわ」

クロエの青い目がみはられた。「そのことばを信じるの？」

イライザの脳裏に伯爵の顔が浮かんだ。暗くハンサムな顔。危険でもある。盗まれたレンブラントを見つける手助けをするなら、うんと用心してかからなければならない。「選択の余地がほとんどないもの。頑固で力もある人よ。それって危険な組み合わせだわ」

翌朝、イライザはハンティンドン卿を迎える準備ができていた。扉の上につけられた小さなベルが十時ちょうどに鳴り、ハンティンドンが一陣の冷たい風とともに店のなかにはいってきて、壁の蠟燭のひとつが消えた。イライザが覚えているとおり、大きな外套をまとった彼は驚くほど魅力的だった。

イライザはカウンターの奥から進み出て挨拶した。「おはようございます、伯爵様」

伯爵はすばやく店のなかを見まわした。その黒っぽいまなざしが何ひとつ見逃さないのはたしかだった。

「きみの版画店はきれいだな、ミセス・サマートン」伯爵はひとことだけ感想を言った。

伯爵の訪問に備えて準備はしてあった。床をほうきで掃き、カウンターは正面の大きな窓からの陽光を受けて艶光りするまで亜麻仁油を塗って磨いてあった。壁には絵がかけられ、版画は部屋じゅうに置かれた台の上に展示されていた。何より重要なことに、アメリアの贋作は裏の作業部屋にうまく隠してあった。

イライザは客をもてなす店主の役割に大きな誇りを持っていた。店内が明るく照らされ、冬には開店時間のあいだ快適に暖まっているように気を配り、客が心地よく過ごせるようにしていた。

しかし今、店の真ん中でハンティンドン卿――影響力のある重要な美術評論家――が店内をじろじろと眺めているのを見て、妙に神経質になっていた。伯爵にどう思われたか想像せずにいられなかった。この店の顧客は裕福な商人たちで、貴族や上流社会の人間ではなかった。アッカーマンズの豪奢さとは比べるべくもない店であるのはわかっていた。

それに、これまで美術評論家をもてなしたことは一度もなかった。

伯爵が店内を歩きまわるあいだ、イライザは下唇を噛んでいた。窓から射す陽光が黒髪を光らせ、鑿《のみ》で彫ったような顔立ちを引き立たせている。日当たりのよさも、最初にこの建物を借りることにした理由のひとつだった。美術品をもっとも望ましい自然光のなかで飾れるからだ。賃料は高く、大家に家賃を払えないのではないかと不安になる日々もあったが。

ハンティンドンは台に飾られた版画を何枚かめくってみていた。「正直、うれしい驚きだな。きみの店は思っていたのとはちがった」

目を上げてイライザの目をとらえると、伯爵はほほ笑んだ。そのまなざしにはどことなく誘うような光があり、イライザは胃のあたりに興奮のはためきを感じた。

「すばらしい、とてもすばらしい、ミセス・サマートン」と伯爵は言った。

なんてこと！　まだ店のことを言っているの？

イライザは自意識過剰になって灰色のドレスのスカートの皺を伸ばした。つかのま、彼がよく知っている貴婦人たちのように上等のドレスを身に着けていればと思わずにいられなかったが、すぐさまばかなことをと内心みずからを揺さぶった。競売会と伯爵の自宅に着ていったドレスは一張羅で、まえに持っていたドレスを仕立て直したものだった。しかし、店の営業時間中に着ているドレスは店主として見苦しくない簡素なもので、値段もずっと安かった。イライザはもはや伯爵とは住む世界がちがっていた。

「無名の画家たちだが、絵の質はいい。どうやって美術品を買う資金を得てるんだい？」と彼は訊いた。

「資金はありませんわ。地元の画家たちは作品を売る場所を必要としていて、この店に自分たちの版画や絵を展示することに同意しているんです。作品が売れると、もうけを分けることになります。どちらにとっても利益となるとり決めですわ」イライザは説明した。

　伯爵はアメリアがハイドパークを描いた絵を指差した。「これを描いたのはきみかい？」と彼は訊いた。

　下の隅に書かれた署名は判読できなかった。アメリアの巧妙なやり方のひとつだ。女の画家の作品をほしがらない客も多い。絵を描くのはつねに男だと思っているのだ。

「ええ」とイライザは嘘をついた。

「妹さんたちは？　妹さんたちも画家なのかい？」

「え、いいえ。妹たちは店の日々の営業を手伝ってくれています。ほかは何も」

「今も店に？」

「もちろんです」イライザは店の階上《うえ》にある住まいへと続く階段の下へ行き、名前を呼んだ。

妹たちは練習したとおりに降りてきた。クロエは湯気の立つポットを載せたお茶のトレイを持っていた。アメリアは絵具の染みのついたエプロンを外し、ちがうドレスに着替えていた。

「アメリアとクロエを紹介させてください」とイライザは言った。「勝手ながら、お茶をご用意しました」

ハンティンドン伯爵はふたりのまえで慇懃にお辞儀をした。「きれいなご婦人方にお会いできて幸いです」

アメリアは礼儀正しくお辞儀をしたが、興味津々で彼を見ていた。

「ありがとうございます、伯爵様」クロエは伯爵を見て青い目をみはった。お辞儀には熱がこもっていた。「うちの店に来てくださって光栄ですわ」そう言ってトレイをソファーのそばの脇机に載せた。

「あなたたちはもう行って」イライザは言った。「奥の部屋ですることがあるはずよ。ハンティンドン様とわたしは相談することがあるの」

「お茶をありがとう、ご婦人方」ハンティンドンは言った。「きみたちの店はとてもきれいだが、おふたりと比べると色褪せて見えるな」

アメリアはクロエの袖を引っ張ってその場を離れようとした。クロエはどうにかして後ろを振り向こうとしてつまずいた。

妹たちが行ってしまうと、イライザは伯爵にいっしょにソファーにすわるよう身振りで示し、お茶を注いでカップとソーサーを手渡した。

黒っぽい目がイライザを探るように見た。「何か興味深い事実がわかったかい？」

「信じていただけるかどうかわかりませんが、父の知り合いのことはほとんど覚えていないんです」

伯爵はお茶を飲んだ。「きみの言うとおりだ。信じられないね。名前だけでも思い出せないか？」

イライザはすわったまま身をまえに乗り出した。伯爵が面倒なことを言い出すのは予測していたので、答えは用意してあった。「倉庫を所有している男性がいます。父と知り合いでした。わたしもその人から画材や、店に飾る作品の金メッキの額を購入しています。その人が何か知っているかもしれません。その人に会って、何かわかったら、お伝え――」

「ぼくもいっしょに行こう」

「その必要はありませんわ」

「いっしょに行ってその男に質問する」伯爵はきっぱりと言った。

「わたしを信用してくださらないの？」

伯爵は猛々しい笑みを浮かべた。「きみがぼくを信用してないようにね」

ああ、この傲慢な顔から気取った笑みを拭い去れたなら。

「今日の午前中は時間がある」と彼は言った。

イライザは驚いてまばたきした。「今日の午前中？　でも、ミスター・ケインには訪ねると伝えていないわ」

「その男とは商売しているんだろう？」

イライザは顔をしかめた。「ええ、それでも――」

「商売人の一番の関心は利益を上げることだ」

もちろん、伯爵の考えていることはわかった。ミスター・ケインの虚をつくつもりなのだ。狼狽させて知っていることを話させる。「いいわ」イライザは怒った口調でぴしゃりと言った。「どうしてもとおっしゃるなら、伯爵様」

「どうしても。マントをとってきてくれ」

4

イライザ・サマートンの版画店に最初に足を踏み入れたときに、どんなものを目にすることになるか、グレイソンにはわからなかった。すばらしいと言ったことばに嘘はなかった。店で売られている版画も地元の画家の作品も質の高いものばかりだった。ロイヤル・アカデミーに華を添えるほどの価値はないかもしれないが、技と創造性にすぐれているのはたしかだ。イライザは店を開いたのはミスター・サマートンだと言っていたが、グレイソンは美術品の売買には詳しく、店の利益を維持するには、かなりの努力が必要だということもわかっていた。

ミセス・サマートンが苦労しているのはまちがいないだろう。店に置かれている椅子やソファーは生地を張り直す必要があり、青いカーテンは陽射しのせいで色褪せていた。カウンターは艶光りするほどに磨かれてはいたが、瑕だらけで古かった。そうした兆候は目立つものではなく、顧客もよくよく見ないかぎり気づかないだろうが、グレイソンの観察力にすぐれた目にははっきりわかった。

では、イライザと妹たちはどうやって店を維持してきたのか？

グレイソンはカウンターに寄りかかり、イライザがマントをとってくるのを待った。奥の部屋にはいってみたくてたまらなくなる。奥を見れば、ここの商売についてもっと詳しくわかることだろう。しかし、ここへ来たのは今回が初めてで、今はまだ有利な立場を利用して強引なことをしたいとは思わなかった。

イライザにミスター・ケインを紹介してもらったら、その男に訊きたいことがあった。

作業部屋へのカーテンが開き、イライザが出てきた。よく見れば、全身灰色の装いで、簡素なボンネットまでが灰色だった。服の生地は安っぽくきめの粗いウールで、ドレスの襟は高かった。髪はきっちりと後ろに結い上げられている。タットンの競売会で出会った目をみはるほどの未亡人というよりも、年輩の家庭教師に似合いの髪型だった。ドレスと同じようにまったく魅力に欠ける色のウールのマントをはおってボンネットのひもを顎の下で結ぶと、頭から爪先まで隠されたように見えた。

なぜか、その肩からざらざらしたウールをはぎとり、ボンネットを脇に放って漆黒の髪をほどきたい衝動に駆られた。不名誉な一件が明るみに出るまえに、ジョナサン・ミラーはナイトとしてサーの称号を与えられていた。ナイトの娘ならば、上等のシルクとサテンの装いをしてしかるべきだ。

「馬車が表で待っている、ミセス・サマートン」グレイソンは扉を示して言った。

イライザはしばしためらってから、彼と目を合わせた。「考え直してもらえませんか？わたしがひとりで行くのが一番いいと思うので」

イライザをひとりで行かせ、ミスター・ケインに質問させるなどあり得なかったが、好奇心がかき立てられた。こっちまで妙に心乱されるような不安そうな気配がイライザにあったからだ。「どうしてだい？」

イライザは肩をすくめた。「ミスター・ケインの倉庫は波止場の近くにあるんです。お偉い貴族様が行くような場所じゃありませんわ」

グレイソンは黒い眉を上げた。「ぼくは腹を立てるべきかな？　これまで〝お偉い〟などと言われたことはないんだから。それで、きみはどうなんだ？　貴婦人が訪ねるにはふさわしい倉庫なのかい？」

「わたしは貴婦人じゃなく、商人です。ミスター・ケインには慣れているし、倉庫を頻繁に訪れて、画材のほとんどをそこで買っています」

「そのミスター・ケインについてぼくが知っておくべきことが何かあるかい？」

「売る相手を選ぶ人ですわ、伯爵様。顧客によって値段を変えるんです。伯爵様が倉庫に来るとなったら、強欲なところが透けて見えるはずです」

「きみの心配はわかるが、今日は買い物に行くわけじゃない」

イライザの緑の目がみはられた。「あら、でも、買わないわけにはいきませんわ。ミスター・ケインは売り上げが上がるときだけ機嫌がいいんです。まずは画材を少し買って、それから質問をしようと思っていたんですけど」

「わかった。今日、ぼくがいるせいで値段が上がるなら、差額はぼくが払おう。それで安心できるかい？」

イライザはふっくらした下唇を噛んだ。「たぶん」

その口に目を落とすと、キスしたいというおかしくなりそうなほどの衝動に駆られた。おいしそうな下唇をなめたい。

まったく。今はそのときではない。倉庫へ行くにあたって、頭をはっきりさせ、機転を思い切り働かせなければならないのだから。

グレイソンはイライザが馬車に乗るのに手を貸し、御者に行き先を告げた。冷たい雨が降りはじめており、馬車の屋根にあたって音を立てた。イライザは向かいの席に背筋を伸ばしてすわり、膝の上で手を組んで窓の外へ目を向けている。黙ったままで、会話をしようとする素振りはまるでなかった。タットンの競売会のときのように、そうして簡単に無視されるのは腹が立った。指は彼女に触れたくてむずむずしていた。その冷たい外見を解かし、隠し持っているのではないかと思われる情熱的な性格を解き放ちたくてたまらなかった。

すぐにロンドンの波止場のにおいが馬車のなかにまでただよってきた。遠くに背の高い船のマストが見えた。馬車は石を敷いた道を揺れながら進み、やがて川の眺めがひしめき合って建つ大きな倉庫によってさえぎられた。

ちょうどそのとき、ハーネスの金具が触れ合う音がし、馬車が突然停まった。行く手で叫び声があがった。

「いったいどうしたの?」とイライザが訊いた。

「ここにいてくれ」グレイソンは扉を開けて馬車から降りた。

道路でビール醸造所の荷車が横倒しになっていた。ビールの樽が敷石の道に散らばり、道をふさいでいる。

グレイソンは馬車の扉を開けてイライザに話しかけた。「ここからは歩いていかなければならないようだ」

「別のときにまた来ませんか?」と彼女は提案した。

グレイソンは首を振った。「倉庫はここから見えるよ。それほど遠くない」

馬丁が急いで進み出て、グレイソンに大きな傘を手渡した。グレイソンは傘をふたりの頭上に差しかけてイライザが馬車から降りるときに篠つく雨にあたらずに済むようにし、そのまま並んで倉庫へ向かった。

敷石と敷石のあいだのくぼみは泥水で一杯になっていた。濡れないようにイライザはグレイソンに身を寄せなければならなかった。彼女の腰が自分の太腿にあたるのが意識され、彼女がつけているラベンダーの香水の香りにともに包まれる気がした。グレイソンはイライザの手をつかんで急いで倉庫のなかへはいった。

ミスター・ケインがすぐさま進み出て、興味津々でふたりを見つめた。イライザだとわかると、顔が笑み崩れた。中肉中背で丸い顔と薄茶色の髪をした男だった。しかし、グレイソンに強い警戒心を抱かせたのは、イライザを見るときに茶色の目に浮かんだ好色な光だった。

「ミセス・サマートン！　なんとも思いがけない驚きですな」ミスター・ケインは近くに来てイライザの手袋をはめた指を持ち上げ、手の甲に唇を押しつけた。「今日お見えになると助手から聞かされていなかったもので」

「まえもってお手紙でお知らせしなかったものですから。でも、今日ここにいらしてよかった。ハンティンドン伯爵様をご紹介しますわ」

ミスター・ケインはグレイソンを見上げてお辞儀をした。「私の倉庫に貴族様が。ご用向きをうかがってもよろしいですか？」

「まえに売っていただいた額は驚くほどすばらしかったですわ。その額に入れた作品はいつもの二倍早く売れました。わたしのお店を訪ねてきてくださったあとで、ハンティンドン様はお持ちの美術品のために同じような額をお買い求めになりたいとおっしゃったんです。同じものがもっとあるかしら、ミスター・ケイン？」とイライザが訊いた。

「もちろんです！　まちがいなく興味を持っていただける新しい商品も届いております。どうぞこちらへ」

ふたりはミスター・ケインのあとから洞窟のような倉庫の奥へ向かった。ケインはランプを掲げ、先に立って木箱が積み重なっているあいだを歩いた。十人あまりのがっしりした男たちが忙しく木箱を動かしたり、建物の中央へ運んだりしていた。男たちの額からは玉の汗が落ち、近くの波止場や燃える油や泥やほこりや作業する男たちの汗のにおいが倉庫内に濃くただよっていた。グレイソンの目は一部のぞき穴が開いた木箱に惹きつけられた。そのなかには中国の花瓶からアルメニアの絨毯、めずらしい香辛料などが、緩衝材の藁のなかに詰められていた。

ケインは薄暗い倉庫のなかで右に曲がり、それから左、また右と曲がってようやく足を止めた。そこには木箱やトランクが無秩序に積み上げられており、この男はどうやって商品の保管場所を覚えているのだろうとグレイソンは不思議に思わずにいられなかった。

ミスター・ケインはランプを下ろし、釘を外した木箱のふたを脇に押しのけた。それからなかに手を突っこみ、凝った彫刻と金メッキを施した額をとり出した。その出来栄えは美しく、グレイソンはその額に入れられてロイヤル・アカデミーにかけられるトマス・ゲインズバラの肖像画を脳裏に浮かべることができた。

「これはイタリアから届いたばかりでして」とケインは言った。

イライザは額に指を這わせた。「きれい」

「見本です。木箱の残りは外来種の木材で、それを使って指物師が彫刻を施せば、どんな絵でも額装できます。どうぞご自由にご覧ください、伯爵様。ミセス・サマートンには、いっしょに私の事務室に来てもらえれば、届いたばかりの画材をお見せできます」ケインは腕を差し出した。

イライザの顔に不安の影がよぎったが、すぐに穏やかな笑みにとって代わり、イライザはケインの袖に手を置いた。「ちょっと失礼します、伯爵様。戻ってきたら、額をお買い求めになるかどうかご相談できますわ」

ケインとイライザが倉庫の奥へと向かうと、グレイソンは目を険しくした。イライザの顔に一瞬浮かんだ表情には心が騒いだ。彼女は顔に出さずに耐えていたが、グレイソンはだまされなかった。

倉庫は広大で、一旦姿を見失ったら、ふたりを見つけるのはむずかしそうだった。そこで、額を藁のなかに下ろし、急いで決断を下した。気づかれないだけの距離を開け、慎重に木箱の陰に身を隠して姿を見られないようにしながらあとをつけていき、小さな部屋の入口を見つけた。絨毯を積み上げた陰にしゃがみこんでなかをのぞいてみる。

イライザは木箱を開けて水彩絵具をとり出しているケインのまえに立っていた。何かことばを交わしているが、グレイソンにはふたりが何を言っているのかはわからなかった。

やがてふたりが移動して姿が見えなくなった。グレイソンの頭のなかで本能的な警鐘が鳴った。彼はさらに近くに寄り、目を凝らし、耳を澄ました。

「アジアからとり寄せた筆と油絵具とキャンバスもありますよ」ケインの声が聞こえた。

「おいくら？」とイライザが訊いた。

「ああ、残念ながら、前回よりも値段が上がっています」

「冬は商売が厳しくて」とイライザは言った。

「そうですか？」とケインは言った。「それは気の毒に、ミセス・サマートン。あなたとは知り合ってもうしばらくになりますから、特別にお安くしてもいいんだが」ケインは手を伸ばしてイライザの腕を撫でた。目は彼女の顔をさまよい、やがて全身に走った。

イライザは目をみはり、ケインの手を押しやることも、拒絶することもなくじっと立っていた。「店の景気がよくなって、美術品がもっと売れるようになったら、すぐにお支払いします」

ケインは一歩近づいた。「まえと同じ条件をご所望だと思うが？」

「ええ、まえとまったく同じで」

「私はきまえのよい商人だからね。画材をとってあげましょう」ケインは棚から箱を下ろすのに手を高く持ち上げ、その手を下ろす際にイライザの胸の横をかすめるようにした。

グレイソンは見ていられなくなり、歯嚙みしてその部屋に飛びこんだ。「いったい何をしている？」

ミスター・ケインはぽかんと口を開けた。「ミセス・サマートンに商品をお見せしていただけですよ、伯爵様」

「ああ、たしかにそうだろうさ！」

グレイソンはケインのシャツのまえをつかみ、壁に体を押しつけた。「このいやらしい悪党め。この人にみだらなことをしていたじゃないか！」

「このご婦人が拒絶されるようなことは何もしておりませんよ。お訊きになってくださ い」

イライザは真っ青な顔をしていた。「こ……この方の言うとおりです、伯爵様。ほんとうに何も問題ないんです。あなたが高慢な態度をとる必要はないわ」

グレイソンは驚いて彼女を見つめた。高慢な態度！ イライザの青い顔からは生気が消え、手はウールのマントを首のところできつくつかんでいる。彼女がケインに身の程をわきまえさせないことが信じられなかった。

あの辛辣な舌はどこへ行った？ ぼく以外の男にはふるわないのか？

グレイソンは男のシャツを放したが、後ずさることはしなかった。

ケインはにやにや笑った。「まだこの画材がお望みですか、ミセス・サマートン？」

「え、ええ！」

「画材などどうでもいい、くそっ」グレイソンはうなった。「ここへ来たのはそのためじゃない」

ケインの目が鋭くなった。「ああ、あなたがいらしたのには何かわけがあるとわかっていましたよ。うちの倉庫を貴族様が訪ねてくるなんてめったにないことですから」

「そのとおり」グレイソンはきっぱりと言った。「教えてもらいたいことがある」

「それには金がかかりますよ、伯爵様。私は何よりもまず商人なんですから」

「父のお友達についてなの、ミスター・ケイン」とイライザが言った。

「ジョナサン・ミラーはどこにいる？」とグレイソンが訊いた。

ケインは忍び笑いをもらした。「私が知っているとでも？」

「あなたは父の友人だったわ」とイライザが言った。

「ジョナサンがどこへ逃げたかは知りませんよ。ほんとうのところ」とケインは言った。

「ミラーの知り合いについてはどうだ？」とグレイソンは訊いた。「彼のために贋作を売っていた人間。美術品仲買人などだ」

ケインの目が貪欲にきらりと光った。「名前をお教えすることはできますよ。もちろん、ただというわけにはいかないが」

グレイソンの顎の筋肉がぴくりと動いた。ケインはイライザ・サマートンになんらかの支配力を行使しており、グレイソンはこの男には銅貨一枚たりとも払うつもりはなかった。

「きみには見返りに自由を与えよう」グレイソンは厳しい声で言った。

「それはどういう意味です？」とケインは訊いた。

「きみの商売のやり方がまっとうかどうか疑いを抱いたんでね、ミスター・ケイン」グレイソンは皮肉っぽく言った。「ぼくがひとこと忠告すれば、きみの倉庫には大勢の税関の役人が押し寄せるはずだ」

ケインの目が侮蔑に満ちた。「そいつの名前はドリアン・リードですよ、伯爵様。画家が多く暮らすフィルチ街で見つかるはずだ。ジョナサン・ミラーがどこへ逃げたかも知っているかもしれない」

イライザは驚いて目をしばたたいた。「父の居場所をその人が知っているかもしれないの？」

ミスター・ケインはイライザをちらりと見やってから、グレイソンに目を戻した。「もしかしたら。でも、やつに訊きに行くにもしばらく待たなくちゃなりませんよ。来週までロンドンを離れてますからね。ミセス・サマートンを連れていくことをお勧めします。ドリアン・リードは一マイル先からでも罠のにおいを嗅ぎわけますから」

グレイソンの顔がしかめ面に変わった。「もうひとつ。二度とミセス・サマートンに触れるんじゃない」

「このご婦人と私はずっと昔から取引をしてきた間柄だ。そうですよね、ミセス・サマートン？」

グレイソンが驚いたことに、イライザはケインに従順な笑みを向けた。「あなたの扱っている額は美しいわ、ミスター・ケイン。すぐにまた画材が必要となるので、また別のときに来ますね」

ミスター・ケインはわざとらしくお辞儀をした。「お待ちしておりますよ」

グレイソンは男の顔に拳をくらわしてやりたくなった。そうする代わりにイライザの腕をつかんで倉庫から連れ出した。今や雨は土砂降りとなっており、ふたりは黙って敷石の道を急いだ。待っている馬車のところまで来るとすぐにグレイソンはイライザを馬車に乗せた。

倉庫が見えなくなるまでたっぷり一分待ってから、イライザはグレイソンのほうを振り向いた。「よくもミスター・ケインを脅したわね！」

グレイソンは詰め物をした座席にもたれた。「あの男はきみにさわっていた。それが嫌じゃなかったとは言わないでくれよ」

イライザの緑の目が怒りに燃えた。「誰にさわるのを許そうが、あなたに関係ないわ。あなたの振る舞いのせいで、わたしの商売がだめになるかもしれない」

「きみの商売？　倉庫の持ち主がどうやってきみの版画店をつぶせるのか教えてくれないか？」

「あなたって傲慢な男ね！　何も知らないくせに」

グレイソンはいぶかるように目を細めた。「だったら、教えてくれ。ケインはきみにどんな影響をおよぼしているんだ？」

「うちの店はいつも利益をあげているわけじゃないの。ミスター・ケインだけが、前金じゃなく、つけで画材を買うのを許してくれる仕入れ先なのよ」

グレイソンにもすぐに状況が理解できた。商売では即金ではなく、つけで売買することもある。しかし、女の身で、おそらくは過去に即金払いができなかったこともある商人の場合は許されないことだろう。あのずる賢いミスター・ケインはそれをわかっていて、ことあるごとにきれいなミセス・サマートンにつけこんできたのだ。

そう思いつつも、まだ内心では皮肉っぽい声をあげずにいられなかった。彼女がほんとうのことを言っているのかどうかいぶかしむ気持ちもあった。「よそで必要なものを買うわけにいかないというのが信じがたいんだが」とグレイソンは言った。「タットンの競売会ではウィルデンスの絵に五十ポンドを支払うつもりだったはずだ」

エメラルド色の目が燃え立った。「それはわたしたちの蓄えのほぼすべてで、ほかにしようがなかったからよ。あなたもよくご存じのように、贋作を売った罪で監獄行きになる可能性もあったわけだから」

グレイソンはつかのま気まずい思いを感じた。イライザと妹たちが裕福だと思ったことはなかったが、そこまで金に困っているとも思っていなかったのだ。

「ケインは今日、きみが必要とするものをおとなしく売ったはずだ」とグレイソンは指摘した。

「そばであなたが威圧していたらそうでしょうね。でも、次にわたしがひとりで行かなきゃならないときはどうなるの？」

そのことばを聞いてグレイソンは臓腑をつかまれる気がした。彼女がまたあそこへ行くことなど気にする必要はないが、気になった。忌々しいが、気になった。

グレイソンは眉根を寄せた。「すまなかった。知らなかったんだ」

イライザは顔をそむけて窓の外へ目を向けた。さえない灰色のドレスを着たその横顔はいっそう青ざめて見えた。だからこんなやぼったいドレスを着ていたのか？　ケインが言い寄るのをやめさせるために？　そうだとしたら、それはうまくいかなかった。さえない色を着ていても、彼女が本来持つ美しさは少しもくすんでいない。胸のふくらみも、安いウールをどれだけ重ね着しても、隠せなかった。

「ぼくがもう一度あそこへ行ってケインと話をしよう」とグレイソンは言った。

イライザは彼に顔を向けた。「だめよ！　お願い……知りたいことはわかったはずよ。ミスター・ケインは名前を教えてくれた。あとはそっとしておいて」

その声に懇願するような響きを聞いてグレイソンの気まずさが増した。

数分後、馬車はピーコック版画店のまえで停まった。イライザが扉に手を伸ばしたところで、グレイソンが袖に手を置いてそれを止めた。「来週いっしょにドリアン・リードを訪ねなきゃならない」

「あなたもよくおわかりのように、この件でわたしにはほとんど選択の余地がありませんから」イライザは馬丁を待たずに扉を開け、馬車から降りて店のなかへ駆け入った。

店にはいったイライザを、もつれ合って乱れた考えが襲った。それはミスター・ケインに対するハンティンドン伯爵の態度のせいか、もしくは自分の知らない父の居場所を知っているかもしれない人間の名前をケインが教えてくれた事実のせいだろうか。

そんなことは可能なの？　これだけ時間が経ってから、父を見つけるなどということが？

父が姿を消してから丸一年のあいだは、行方を探そうとしたのだった。ありとあらゆるところを探した――父が好きだったコーヒーハウス、画家たちがたむろしていた居酒屋、父がよく訪れた画廊など。無駄足だったが。父の友人たちとも話したが、誰も父の行方を知らなかった。結局、探すのをやめ、自分と妹たちだけの新たな生活をはじめることに注意を向けたのだった。

それが今になってミスター・ケインに聞いたこともない名前を教えられた――父の贋作を売買していた仲買人のひとり。

ドリアン・リードは父の居場所を知っているのだろうか？

そうだとしたら、真実を探り出さなければならない。

イライザはめまいを覚えながら店を通り抜けた。カウンターの奥でクロエが顧客の相手をしていた。イライザが脇を通り過ぎるときには、問うような目を向けてきた。イライザはただ首を振り、あとで話すと身振りで示した。

それから、ジレンマを抱えながら小さな住まいへ続く階段をのぼった。

これだけ月日が経ってから父を見つけたとして、父に何を言ったらいいのだろう？ 会いたかったと。父がいなくなって苦労したが、どうにか生き延びてきたと。母がまだ生きていて、未来が明るく見えたかつての日々が恋しくてたまらなかったと。

それとも、娘たちを捨てた父を軽蔑すると言うのだろうか。

階段のてっぺんに達するころには、疲れきって心が空っぽになった気がしていた。アメリアが正面の部屋にいた。

「イライザ！　戻ったのね。ミスター・ケインの倉庫ではどうだったの？」

「ミスター・ケインが名前を教えてくれた」

アメリアは驚いて姉を見つめた。「名前って誰の？」

イライザはためらった。どのぐらい話したらいい？　知ったことをすべて告げるべき？ 妹の青い目をのぞきこむと、嘘はつけないとわかった。アメリアにだけは。ともにあまりに多くのことを切り抜けてきた妹とは互いに秘密を持つことはできなかった。

「ミスター・ケインによると、ドリアン・リードという美術品仲買人が盗まれたレンブラントに関する何かを知っているかもしれないそうよ」イライザは下唇を噛んでから続けた。「ミスター・リードがお父様の居場所を知っている可能性もあるの」

アメリアは眉根を寄せた。「これまでミスター・ドリアン・リードという名前は聞いたことがないわね」

イライザは部屋の奥へ行ってバッグを脇机に置いた。「わたしもよ。でも、お父様とお付き合いのあった全員を知っているはずがないもの。ミスター・リードは真実を知っているかもしれない」

「その人に会うまでそのことを考えちゃだめよ」アメリアは姉の後ろをついてきながら言った。

「あなたは真実を知りたくないの？」

アメリアはまじめな顔で姉を見つめた。「お父様がどこへ逃げたかってこと？　それとも、今も生きているかってこと？」

「そうよ」

イライザが驚いたことに、アメリアは首を振った。「お父様にもう一度会えるなら、何を差し出してもいいと思ったときもあったわ。でも、お父様はご自分で決心なさったのよ。あなたのおかげで、わたしたちはお父様がいなくてもちゃんとやってこられたし」

「わたしのおかげ？　わたしが最悪の事態を恐れない日なんて一日もなかったわ。店が失敗して蓄えが尽き、救貧院に送られるんじゃないかと」

「あなたがいれば、そんなことには絶対にならない」アメリアは確信を持って言った。

イライザはため息をついた。「ああ、アメリア。わたしもそんなふうに確信が持てたらいいのに」

「お父様をどうしても見つけたいのね？」

「知らないではいられないの。生きているの？　病気なの？　ひとりぼっちなの？」

「クロエはまだ夜にお父様を恋しがって泣くことがあるわ。お父様がいなくなったときにとても幼くて何も知らなかったから。かわいそうなあの子はお母様のことは覚えてもいないのよ」とアメリアは言った。

イライザは打ちのめされたように目を閉じた。「かわいいクロエ。あの子は殿方のことばかり考えているわ。お父様の代わりを見つけようとしているんじゃないかと思うほどに」

「ミスター・リードのことと、お父様が見つかるかもしれないということは、あの子には言わないほうがいいわ。下手に希望を持たせてもしかたないから」

「そうね」

「疲れはてた様子ね。こっちにすわっていて。お茶を淹れてくるから」

イライザはアメリアのあとから小さなテーブルのところへ行ってすわり、アメリアが水差しからやかんに水を入れて火にかけるのを見守った。

ショールを手にとって肩に巻く。住まいは寒々としていた。冬はいつまでも続くように思われ、石炭も尽きかけていた。大事な石炭のほとんどは住まいよりも階下《した》の店を暖めるのに使っていた。

イライザはずきずきと痛むこめかみをこすった。長い一日だった。まずはハンティンドン伯爵とやり合い、次にミスター・ケインと対決した。それから、なぜかハンティンドン伯爵がミスター・ケインに怒りをぶつけた。伯爵はケインに対して怒り狂っていた。

どうしてだろう？

知りたいことはわかったというのに。体に触れていたケインを遠ざけてくれたことがありがたかったのはたしかだ。あの小柄な男が当然のようにみだらなことをしてくるのは嫌でたまらなかったのだから。触れられると吐き気を催したが、選択の余地がなかったため、耐えていたのだった。ケインと商売ができなければ、アメリアとクロエのための画材や、版画を売るための額を購入することができなくなる。だから、笑みを浮かべて、うなじをケインの臭い息がかすめ、いやらしい手が体に触れてくるのを許していたのだ。

アメリアが手渡してくれたお茶のカップをイライザは両手で持った。「次に行ったときには、ミスター・ケインは扱いづらい相手になっているかもしれないわ」

「いつも以上に？」

アメリアとクロエはミスター・ケインに会ったことがなかった。イライザが意識してふたりをともなわなかったからだ。ケインの機嫌が変わりやすいことや、イライザが商売のためにその忌まわしい男を我慢しなければならないことを知っているのはアメリアだけだった。

「ハンティンドン様がミスター・ケインを脅して話を聞き出したから」

アメリアは顔を輝かせた。「まあ、わたしもその場でその様子を見たかったわ」

イライザはミスター・ケインのシャツのまえをつかんで壁に押しつけたときのハンティンドン伯爵の真剣なまなざしと荒々しい表情を思い出した。そのときの彼は洗練された貴族には見えなかった。ケインの体をばらばらにしてやるつもりでいる野蛮人のようだった。

イライザは身震いした。誰かがわたしの名誉のために戦ってくれるというのは、どこか……刺激的で気分が浮き立つことではある。

そんな思いをしたのは久しぶりのこと。

イライザは唾を呑みこんだ。「次にケインと商売をしなければならないときには、機嫌をなだめられるといいんだけど」

「そうね」アメリアも言った。「これからのことを考えてなかったわ。二度とミスター・ケインから買わないで済むといいんだけど」

「それは甘い考えよ。遅かれ早かれ、また彼のところには行かなくちゃならない」

「ハンティンドン伯爵はどうなの？」アメリアは訊いた。「またすぐに訪ねてこられるのかしら？」

ハンサムな伯爵の姿がイライザの心をよぎった。そうやって惹かれるのは好ましくないのと同時に危険だった。彼がそばにいると、まともに物を考えるのもむずかしくなるのだから。「いいえ、ありがたいことに。ミスター・リードは来週までロンドンを離れているそうよ。そのときまではハンティンドン様とも会わずに済むわ」

5

グレイソンはイライザ・サマートンのことを考えずにいられなかった。今日の成り行きには満足してしかるべきだった。ジョナサン・ミラーの居場所と盗まれたレンブラントのありかについての調査には進展があったのだから。ミラーの美術品仲買人の名前がわかった。盗まれた絵がすでに売られたのか、そうだとしたら、買ったのは誰か、すぐにわかることだろう。トマス・ベグリー、ひいては公爵も満足するにちがいない。

しかし、満足ということばは、今のグレイソンの心情を言い表すにはもっとも遠いことばだった。

ケインにさわられたときにイライザの顔に浮かんでいた、押し隠した嫌悪の表情がくり返し心に浮かんだ。グレイソンがそれをさえぎったときに彼女のきれいな緑の目に浮かんだ怒りの色も心を騒がすものだった。ケインに身の程を知らせたときには、イライザは本気で怒っていた。

腹立たしい女だ。

彼女が困った立場にいるのは明らかだったので、何かせずにはいられなかった。いくつかすばやく書きつけをしたためて評判のよい商人に連絡し、ミセス・サマートンがほかの売り手から画材を買えるように手配した。彼女が二度とふたたびあのいやらしいミスター・ケインのような男と取引しなくて済むように。

ドリアン・リードがロンドンに戻ってくるまで、ピーコック版画店を訪ねる理由はなかった。しかし、ほんとうのところ、イライザにはまた会いたかった。知っている女たち――あからさまに情事に誘ってくる未亡人たちや、社交の集まりで彼の注意を惹こうと躍起になるデビューしたてのばかな若い女たちと野心に満ちたその母親たち、そして愛人にしてもらおうと誘惑してくる高級娼婦たち――とあまりにもちがう彼女に。

グレイソンは伯爵で、女たちに追いかけられることに慣れた富と地位の持ち主だった。それなのに、イライザ・サマートンは彼とかかわりを持ちたいとは思っていない。もしくは、そう思わせようとしていた。火花が飛んでいたのはたしかだ。異国風にわずかに目尻の上がった緑の目は挑むようで、喉の血管はどくどくと脈打っていた。

見事な演技力の持ち主でもある。タットン家の競売会では、高慢な美術鑑定家に見せかけ、その場にすっかり溶けこんでいた。それから、わが家に現れて執事に嘘をつき、ヤン・ウィルデンスの絵をとり戻そうとした。何よりも腹立たしいのは、ミスター・ケインの倉庫で、身持ちの悪い未亡人の振りをしようとしたことだ。

では、本物のイライザ・サマートンは何者なのだろう？

彼女は挑みがいのある新鮮な難問で、グレイソンは獲物を追う狩人のように彼女に惹きつけられていた。

ドリアン・リードはあと一週間は戻ってこない。そのときまではイライザを放っておいて店の仕事に専念させるべきだ。しかし、待つのは嫌だった。心の奥にある厄介な考えが抑えこまれるのを拒んでいた。

そのまえに彼女がまたケインに会いに行ったらどうする？

書斎の扉を小さくノックする音がして、グレイソンの物思いは破られた。

サラが部屋にはいってきた。「わたしに会いたいんですって？」水色の昼用のドレスに身を包んだサラは若く無垢に見えた。グレイソンは七年まえに悲劇的な馬車の事故で両親が亡くなって以来、妹の保護者を務めてきた。爵位を継いでからは領地を切り盛りすることで忙しく、思うほどにはサラといっしょの時間を過ごせずに来たのだった。サラは頑固でお転婆ながら、美しい女性に成長していた。

妹と結婚する男に神の救いがありますように。

「やあ、サラ。先日のおまえの振る舞いについて話し合いたくてね。知らない人の馬車に乗りこんで話をするなど――」

サラは顔を輝かせた。「レディ・イライザがすぐにまた訪ねていらっしゃるの？」

「サラ」グレイソンはきっぱりと言った。「ぼくの話を聞いてるのかい？」

「すてきな人だわ。ああ、それに、本物の貴婦人じゃないかもしれない。レディ・キンズデールみたいに上等の馬車でいらっしゃらなかったもの。でも、ずっとやさしい人だったから、また会いたいわ」

グレイソンは片手を上げた。「サラ、あんなことは二度としないと約束してくれ」

サラはためらってからうなずいた。「しないようにするわ」

「ちゃんと約束――」

また書斎の扉をノックする音がし、執事が入口に現れた。「ヴェール様がお見えです、旦那様」

「お通ししてくれ」

ブランドンが部屋にはいってきた。「こんにちは、レディ・サラ。今日もきれいだね」

サラはお辞儀をした。「こんにちは、ヴェール様。お兄様とふたりきりにして差し上げますわ」そう言って踵を返し、はずむ足取りで書斎を出ていった。ブランドンが訪ねてきたことで、逃げる口実ができて喜んでいるのは明らかだ。

グレイソンはため息をついた。「妹にとってきみはちょうどいいときに訪ねてきてくれたようだ。貴婦人らしからぬ振る舞いについて説教をしていたのでね。サラはイライザ・サマートンの馬車に乗りこんで自己紹介したんだ」

ブランドンの唇の端が持ち上がった。「そう、サラも大人になりつつある。すぐに社交界にデビューすることになって、きみもドレスの試着に付き合わされるぜ」

「やめてくれ」とグレイソンは言った。

ブランドンは笑った。「まだそれは考えなくていいさ。さて、ホワイツに出かけられるかい？　上等のブランデーがあれば、問題も簡単に忘れられるさ」

グレイソンは机から立った。「たのしみにしていたんだが、ほかに用事ができてね」

ブランドンの目にいたずらっぽい光が宿った。「またかい？　まさか、それはジョナサン・ミラーの胸の大きな娘と関係あるとは言わないでくれよ」

「ある」

「もうベッドをともにしたのか？」

「まったく、そういうことしか考えられないのか？」グレイソンは友をにらんだ。

「それはしたということか？」とブランドンが言った。

「いや。してないということさ」

「だったら、どうして親友を追い払うのか教えてくれよ」

「昨日、ある倉庫を訪ねたんだ。倉庫の主は腹立たしい人間だったが、ミラーの贋作を売っていた美術品仲買人の名前を教えてくれた。その仲買人が盗まれたレンブラントを誰かに売った可能性がある」とグレイソンは言った。

「ミラー自身については？」

「その仲買人がミラーの居場所も知っているんじゃないかと思う」

ブランドンは顔を輝かせた。「だったら、どうしてこうして突っ立っているんだい？その仲買人を詰問しに行こう」

「きみと？　このことにきみは関係ない。それに、ドリアン・リードは来週までロンドンを離れているんだ」とグレイソンは言った。

「でも、何かほかのことがきみを悩ませている」

グレイソンはため息をついた。「またミセス・サマートンに会わなくちゃならない。倉庫の主に対する立場を悪くしてしまったから。償いをしたいんだ」

ブランドンは笑った。「ほんとうにジョナサン・ミラーの娘の話をしているのかい？」

「わかってる」グレイソンは言い返した。「でも、それがイライザと妹たちにどんな影響をおよぼすか、気づかなかったんだ」

「その妹たちに会ってみたいな。ミセス・サマートンと同じぐらい器量よしなのかい？」とブランドンは訊いた。

「まったく、ブランドン。ほかに考えることはないのか？」グレイソンは答えた。

ブランドンは否定するように手を振った。「ぼくたちは爵位を持った男なんだぜ、グレイソン。義務として結婚しなきゃならない。でも、愛人となれば、自由に選べる」

ブランドンの立場はグレイソンも理解していた。社交界から敬意を払われる古くからの貴族の家系の長男として生まれながらも、財産に事欠くブランドンは、金持ちの娘と結婚しなければならなかった。祖母からは、幼い子供のころに裕福なタウンゼンド公爵の娘と交わした結婚の約束を現実のものとするようせがまれていた。

グレイソン自身は伯爵の称号とともに父が遺したかなりの額の借金も受け継ぐことになったが、ロンドン証券取引所で抜け目のない投資を行うことで、借金を返済し、大きな資産を作り出していた。しかし、将来のことについてはブランドンの言ったとおりだ。自分もそれなりの貴婦人と結婚しなければならない。サラのことを考えなければならず、未来の妻には、サラがうまく社交界にデビューできるよう、力を貸してもらう必要があった。

とはいえ、伯爵としての義務は、今のイライザに対する感情とはなんの関係もなかった。

「今日も美術品を買いに行くつもりかい？」とブランドンは訊いた。

グレイソンは首を振った。「客として行くつもりはない。ミセス・サマートンは妹たちと店の上の階で暮らしている。彼女と話をしたい」

ブランドンは扉のところへ行って扉を開いた。「だったら、行こう」


ふたりがグレイソンのメイフェアの邸宅を出るときには雪が降っていた。凍てつく天気で、雪は敷石に積もりはじめていた。道を走る馬車の車輪がざくざくと音を立てた。馬車はボンド街に連なる店のまえを通り過ぎたが、いつもはにぎやかな商店街ががらんとしていた。

ようやくピーコック版画店のまえで馬車が停まった。蝶番のついた店の看板は風にあおられて揺れていた。グレイソンとブランドンは馬車から降り、グレイソンが店の扉をノックした。

窓から若い女性が顔をのぞかせた。サマートン姉妹の真ん中のアメリアだとわかる。彼女は「今日はお休みです」と口を動かした。

昨日紹介された人間だと気づいていないのは明らかだった。グレイソンもブランドンも顔に風雪があたらないようにするためにビーバー帽の丸い縁を押し下げていたからだ。グレイソンは帽子をとり、首を振ってみせ、扉をたたきつづけた。

しばらくして扉が開き、アメリアが顔に当惑の色を浮かべてふたりをじっと見つめた。色褪せたドレスを身に着け、とび色の髪を質素なリボンで後ろで束ねている。問うように青い目を光らせてグレイソンからブランドンに目を移した。

「ハンティンドン様！　今日お店はお休みなんです」

「突然訪ねてきてすまない。きみのお姉さんと話をしたくてね」

アメリアは目をみはった。「残念ながら、イライザは留守です」

すぐさま、この天気にどこへ行ったのかと訝らずにいられなかった。辻馬車を使ったのか、それとも歩いていったのか？

「いつ戻るかわかるかい？」とグレイソンは訊いた。

「まもなく」

「なかで待っていてもいいかな？」

アメリアはしばしためらった。顔にちらりと不安の色を浮かべたが、やがてうなずいた。

「ええ、もちろん」そう言って男たちが通れるように扉を大きく開いた。

ふたりは店のなかにはいり、グレイソンがブランドンを示した。「こちらはぼくの友人のヴェール伯爵だ」

ブランドンはお辞儀をした。目はアメリアに釘付けになっている。「お会いできて光栄です、ミス・アメリア」

アメリアはかわいらしく頬を染めた。「コートをおあずかりしましょうか？」

コートを脱ぐと、ふたりはそれをアメリアに手渡した。グレイソンはすぐに店のなかが寒いことに気がついた。じっさい、凍るほど寒かった。隅の暖炉に目をやると、路床では小さな石炭がふたつだけ燃えていた。そのそばにある粗布の石炭袋はほとんど空になっている。アメリアは細い肩にウールのショールを巻きつけている。服を重ね着しているとしても、彼女が震えていないのが不思議だった。店のなかの温度は外と十度も変わらないほどだろう。

「なかもずいぶんと寒いな」とグレイソンは言った。

「すみません、伯爵様。店が閉店したあとは燃やす石炭を制限してるんです」

ちょうどそのとき、階上《うえ》から咳が聞こえ、しわがれた声がした。「わたしのキニーネ水を買ってきてくれたの、リジー？」

「すみません」アメリアは謝った。「妹のクロエの咳がひどくて。イライザはキニーネ水を買いに薬屋へ行ったんです」そう言って客が版画を吟味する際によく使うソファーを身振りで示した。「楽になさってください。お茶を召し上がりますか？」

「お茶をもらえるとありがたいな」とグレイソンは答えた。

ブランドンのほうを見やると、あからさまにアメリアを見つめていた。アメリアは最後にちらりとふたりを見てから部屋を出ていった。

グレイソンはブランドンの腕をたたいた。「ここへ来たのはそのためじゃないぞ」

「ちぇっ！　たたかなくてもいいだろう？」ブランドンは腕をさすりながら言った。「見たからって罪にはならないはずだ、ちがうかい？」

グレイソンはそのことばを無視し、アメリアの足音が住まいのほうへ階段をのぼっていくまで待った。それから立ち上がり、店の奥へ向かった。

「何をするつもりだ？」ブランドンはあとをついてきた。

「ちょっと見るだけだ」

グレイソンは奥の作業部屋へ続くカーテンを開いた。額にはいっていない版画や絵画が壁際にきれいに並べられている。小さな作品はテーブルの上に並べられていた。中央にはキャンバスを載せたイーゼルが置かれている。

グレイソンはそこへ行って制作中の作品を眺めた。まだ乾いていない絵具を載せたパレットと油を混ぜるパレットナイフがテーブルの隅に置かれていた。ガラス容器には筆がたくさん突っこまれている。テルピン油の独特のにおいがただよってきた。未完成の絵画はオークの木々や起伏のある丘陵地帯や澄み渡った青い空を描いた風景画だった。今にも壊れそうな椅子に絵具のしみのついたエプロンがかけられている。

グレイソンはキャンバスに顔を近づけた。絵具は少しも乾いていない。まるで動いているように見える木々の葉をじっくりと眺める。

「ちくしょう」グレイソンは毒づいた。

「え？」

「ヤン・ウィルデンスの『農夫のいる風景』の贋作を描いたのはアメリアで、イライザじゃない」

「どうしてわかる？」

「イライザは妹たちは絵を描かないと言っていた。嘘だったんだ。ぼくたちはアメリアが絵を描いているところを邪魔したにちがいない。筆遣い、葉や樹皮の細かい点。ふわふわした雲は空を動いているように見える。非凡な才能だ。まさに父親と同様で」

「うんと若く見えるが」とブランドンは言った。

「イライザは妹を守ろうとしているんだ。だからこそ、なんとかして贋作をとり戻そうとしているのさ」

彼女はぼくに嘘をついた。

怒ってしかるべきだったが、心に湧いた感情はまるでちがうものだった。

称賛。

イライザはわが身を挺して妹たちを守ろうとしたのだ。犯してもいない罪で監獄に行くことになってもかまわないほどに。家族に対するそうした思いはグレイソンには慣れないものだった——自分が受けたしつけとはあまりにちがう。グレイソンの父は幼い息子や妻よりもウィスキーやクラブのほうを大事に思っていた。

グレイソンはイライザに秘密を暴いたことを知らせるかどうか自問した。このことはとっておきの切り札になる。

何も動かさないように注意して、ふたりが正面の部屋に戻り、ソファーに腰を下ろしたところで、アメリアがお茶のトレイを持って戻ってきた。彼女はお茶を注いでくれた。

グレイソンは窓の外へ目をやり、降る雪が激しくなっているのを見て不安を感じた。イライザに会わなければという思いが募る。忌々しいことに彼女の身を心配していた。店に来てそろそろ三十分になろうとするのに、イライザは戻ってこなかった。骨まで冷えてしまっているにちがいない。

「お姉さんが出かけてからしばらく経つのかい？」思った以上に厳しい声が出た。

アメリアは目を上げた。「もうすぐ戻ってくるはずですわ。ほかでご用がおありなら、いらしたことを姉に伝えておきます」

「いや。お帰りを待つよ」

グレイソンがお茶を飲み終えたところで、店のベルが鳴り、扉が開いた。

グレイソンはすぐさま立ち上がった。

イライザはマントから雪を払い落としながらはいってきた。右手には黒っぽい瓶をにぎりしめている。薄い手袋はぐっしょりと濡れていた。指の感覚はなくなっているにちがいない。

「キニーネ水を持ってきたわ、クロエ！」イライザは叫んだ。

男たちがいることに気づいて彼女は突然足を止め、緑の目をみはった。「ここで何をしてらっしゃるの？」

それは期待していた挨拶ではなかった。とはいえ、いったい何を期待していたというのだ？「きみと話をしに来たんだ、ミセス・サマートン」

ブランドンがまえに進み出てお辞儀をした。「グレイソンが礼儀を忘れているようなので、自己紹介してもよろしいでしょうか。ブランドン・セント・クレア。ヴェール伯爵です」

ちょうどそのとき、クロエが胸のところでローブをつかんで階段を降りはじめた。顔は青ざめ、鼻が赤くなっている。咳をしながら階段を半分ほど降りたところで、人が大勢いることに気がついた。「何かあったの？」

グレイソンはイライザのほうを振り返った。「ふたりきりで話せる場所はあるかい？」

イライザは見るからに驚いたようだった。目が奥の部屋にさっと向けられたが、アメリアから目くばせされて気を変えた。

「クロエ、お茶を飲んで」イライザはアメリアに瓶を渡した。「アメリア、クロエにキニーネ水をあげて」

イライザはグレイソンのほうを振り向いた。「階上《うえ》でお話しできますわ、伯爵様」そう言って階段へ向かい、グレイソンはそのあとに従った。

6

イライザは階段をのぼりながら、後ろをついてくるハンティンドン卿の一歩一歩の足音を意識していた。雪に覆われた通りを薬屋まで急ぐあいだに体は冷え切っていた。そして薬を持って急いで戻ってきたら、ハンティンドン伯爵が店のなかで待ちかまえていたのだった。

最初に感じたのは驚きだったが、やがて下腹部に妙に浮き浮きとはためくものを感じた。店のなかに立っていた伯爵はとても男らしく見えたが、よくよく見ると疲れているようで、眉のあいだには細かい皺が刻まれていた。どうして？　何かあったの？

階上《うえ》の住まいは小さな台所と続きの寝室があるだけの慎ましいものだった。部屋にはいると、イライザは伯爵に台所のテーブルにつくよう身振りで示した。部屋を見まわす彼のまなざしが意識された。伯爵のメイフェアの豪奢な邸宅とはちがうが、ここは姉妹の家であり、誰かから受け継いだものでも、誰かにもらったものでもなかった。今ここにあるものは懸命に働いて得たもので、救貧院とは大ちがいだった。

ハンティンドンはすわって足を組んだ。テーブルに対して体が大きすぎ、男らしすぎるように見えた。

「ここは寒いな」と彼は言った。

その声に責めるような響きを感じ、イライザは苛立って唇を引き結んだ。「そんなことを言いに来たの？」

「店を閉じたら暖炉に石炭を足さないんだね」

「石炭にはお金がかかりますから。節約しなければならないんです」スカートの襞《ひだ》のなかで指をねじる。

「クロエはどこが悪いんだい？」

話題が変わったことは驚きだった。「咳がひどくて」

「ここをちゃんと暖めておけば、病気にもならないんじゃないかな」と彼は言った。

イライザは背筋を伸ばした。自尊心がむくむくと湧き起こって防御にまわった。「わたしが同じことを考えなかったとでも？　わたしたちがどうしたらいいというんです？　部屋を暖めるのにお金を全部遣ってしまい、一週間後に家を失って外で暮らせと？　クロエにとってそのほうがいいと？」

「きみの非難は謹んで受け止めるよ、ミセス・サマートン」

「どうしてここへいらしたの？　ドリアン・リードがロンドンに戻ってくるのは――」

「リードのこととは関係ない。ぼくは謝りに来たんだ。昨日、ぼくのミスター・ケインの扱い方はひどかった。彼がきみに触れるのを見たら、頭が働かなくなって。何も考えずに反応してしまった」

イライザは今度は心底驚いた。「え……その……」

伯爵は上着のポケットから筆記用紙を一枚とり出した。「ぼくは美術界に大勢知り合いがいる。きみに画材と、それ以外にも店に必要なものをなんでも売ってくれる評判のいい商人の名前を書いておいた。きみが支払えなければぼくが払うということで、つけで商品を売ってくれる。きみはミスター・ケインの倉庫には二度と行かなくていいんだ」

イライザは差し出された紙を見つめた。受けとるのは怖かったが、受けとらないのはもっと怖かった。「どうしてです？　どうしてこんなことをしてくださるの？」

伯爵は椅子にすわったまま身をまえに乗り出した。「ミスター・ケインがきみにさわるやり方が気に入らなかったからさ」

イライザは息を呑んで伯爵の顔を見上げた。また互いのあいだに何かが走った。忌々しい人。これだけ近くにいることと、独占欲を表す古臭いことばを聞いたことで、体の隅々までが反応してしまっている。イライザは過敏になった神経をなだめるように下唇をなめた。伯爵のまなざしが口に降りる。それから手が伸びてきて親指の腹が唇を撫でた。息が止まり、体の内側が溶けてしまう気がする。嵐のときの雷のようだった。その強大な力は誰にも抑えられない。イライザは怖くなると同時にうっとりした。

それでも、手を持ち上げて彼の手首に触れた。「やめてください、伯爵様」

「グレイソンだ。ぼくのことはグレイソンと呼んでくれ」彼は口から指を離さなかった。しばらくのあいだ、彼の親指がイライザの唇に、彼女の指は彼の手首に触れたままでいた。

やがて伯爵が椅子にすわったままさらに身を乗り出し、イライザにキスをした。キスはまえにもしたことがあったが、グレイソンのすばらしいキスとは比べるべくもなかった。技にすぐれたキス。それはふっくらとした下唇のやわらかい部分を撫でる舌の使い方ではっきりわかった。計算された忍耐強い動き。温かい唇が軽く唇をかすめて動き、ぞくぞくするようなキスがゆっくりとくり返される。無理強いすることもなく、情熱に駆られて体を撫でまわすこともなかった。残忍な力で圧倒することもなかった。技を用いてその気にさせるほうがいいようだった。口の感触だけで感覚を麻痺させるほうが。

唇を何度も奪われるあいだ、イライザは椅子の端に腰かけていた。触れ合っているのは口だけだったが、四肢に熱い液体が広がり、胸の先がとがってシュミーズにこすれた。彼のひげ剃り用石鹼のにおいやビャクダンやクローブの香りに感覚を満たされる。イライザはまばたきして目を閉じると、身をさらに寄せ、ため息とともに唇を開いた。熱く繊細な舌が口のなかにはいってくる。イライザはおずおずとその舌に舌を合わせた。グレイソンにやさしく魅惑的に舌をいたぶられ、キスが血管のなかで響き渡る気がした。

お互いすわったままでなければいいのにと熱く願わずにいられなかった。たくましい腕のなかにいて、広い胸に体を押しつけられればいいのに。体はあまりに冷たく、力強さと喜ばしい熱を感じたくてたまらなかった……この人を感じたい。

やがてグレイソンは手を上げ、貴重な磁器でも扱うように、彼女の頰に手をあてた。その軽い感触は親密で、イライザは降参しそうになった。自分でもどうしようもなく声をもらし、指を彼の腕にすべらせた。

グレイソンは身をこわばらせた。イライザがはっと目を上げると、黒っぽい目の奥には欲望が燃えていた。

イライザは怖くなって身震いし、われに返った。これは恋人同士の愛情表現ではなく、危険なお遊びだ。ふたりの闘士のあいだの意志の闘い。欲望や弱さをあらわにすれば、それを相手に利用されてしまう。

イライザは立ち上がり、震える足を隠そうとスカートを振った。「こんなのはまちがいですわ。もうお帰りになって、伯爵様」

グレイソンは椅子を押しやって立った。あまりに近くに立った彼を見上げるのに、イライザは首をそらさなければならなかった。「どのぐらいのあいだ結婚していたんだい？」

イライザは眉根を寄せた。「なんですって？」

「どのぐらい？」

「三年です」イライザははっきりと答えた。過去に何度も練習した話だったので、なんと答えればいいかはよくわかっていた。

「きみは無垢な女性のようにキスをする」

あんな親密な経験のあとで、そんなことを言われるとは夢にも思っていなかった。予想していたのとはちがう。「ミスター・サマートンはずっと年上でしたけど、満ち足りた夫婦関係でしたわ」

「どう満ち足りていたんだい？」

こんなふうに推測させたり、質問させたりしてはならない。「もうお帰りになったほうがいいわ」イライザはそっけなく言った。

グレイソンの顔が険しくなった。少しまえにあれほど魅惑的にやさしくキスをした男性はいなくなっていた。顔にはまだ欲望があらわだったが、ほかにも何か表れていた。その目の奥にはほかの何かが。

決意。所有欲。

グレイソンはテーブルから紙を拾い上げ、彼女に突き出した。「受けとってくれ。二度とミスター・ケインに会いに行ってはだめだ」

ハンティンドン伯爵が後ろ盾となっていれば、つけでイライザと商売してくれるという評判のいい商人たちを彼が書き出してくれたことは忘れていたのだった。イライザは彼と目を合わせた。ああ、この紙を破って投げ返してやりたい。しかし、商人たちの名前は知りたかった。必要だった。彼もそのことを知っていた。

イライザは紙を受けとり、顎を上げた。「考えてみます」

グレイソンはそれを聞いて鼻孔をふくらませた。「ドリアン・リードは五日以内に戻ってくる。馬車を迎えによこすよ」

7

「ヴェール様はとてもハンサムだわ」とアメリアが言った。

「今なんて？」グレイソンが帰ったあと、イライザはクロエをベッドに入れ、持っているなかでもっとも暖かいウールの毛布をかけてやり、アメリアとお茶を飲むことにしたのだった。なんの話をしていたのか思い出すのはひと苦労だった。イライザはグレイソンと分かち合った情熱的なキス以外のことに注意を向けようとした。

アメリアはお茶のカップを手に答えを期待するように待っていた。「ヴェール様はハンサムだって言ったの」

「気づかなかったわ」

「お姉様はハンティンドン様にうっとりしていたからしかたないわね」

ソーサーの上に戻したカップが震えた。「アメリア！　わたしはうっとりなんてしていなかったわ」

「そう？　だったら、二階でおふたりは何を話し合っていたの？」アメリアが挑むように訊いた。

イライザはグレイソンとのあいだに起こったことを話したくなかった。キスされてからどのぐらい経つの？　多くても一時間？　感情はまだ身の内で荒れ狂っていた。体もまだ震えている。恐れからではなく、もっと厄介な、焚きつけを乾かすための火ほども刺激的で危険な何かのせいで。

欲望のせいで。

はじめは単純なキスだったのに、彼がわたしから反応を引き出すのはあまりにたやすかった。やがて彼の唇と舌が探ったり味わったりし出すと、それを止めるのはとてもむずかしかった。強い欲望がどれほどの力を発揮するか、技にすぐれた男性にどれほどの力を持たせるか、初めて知ったのだった。

「で？　答えてくれるつもりはないの？」とアメリアがうながした。

イライザはスカートのポケットから一枚の紙をとり出してアメリアに渡した。「これをくださったのよ」

アメリアは眉根を寄せた。「名前が書き連ねてあるだけよ。なんのためのもの？」

「ミスター・ケインに対する振る舞いを謝ってくださったの。そこに書いてあるのは、伯爵の金銭的な後ろ盾があれば、つけでわたしに商品を売ってくれる画材商の名前よ」

アメリアは膝に紙を落とした。「それってすばらしいわ！　二度とミスター・ケインみたいな輩とやりとりしなくて済むのね」

イライザは下唇を嚙んだ。「ハンティンドン様には何か目的があるのよ」

「え？　もうお姉様の協力は得られたじゃない。たぶん、あの方は真の紳士なんだわ」

「ふん！　まるでクロエみたいな物言いね」

アメリアはため息をついた。「ハンティンドン様のお友達も紳士のように見えるわ」

アメリアはこれまで見たことがないような、妙に夢見がちな表情を顔に浮かべていた。

男性ということになると、アメリアは分別を保ち、鋭い洞察力を見せるのがつねだった。

社会的階級の差に目をつぶり、ハンサムで魅力的な貴族の餌食になろうとするなど、アメリアらしくなかった。

「ぼうっとなってるのね」とイライザは言った。

アメリアは背筋を伸ばした。「殿方のことを魅力的だと思ったからって、ぼうっとなってるとはかぎらないわ。わたしはクロエとはちがうんだから。興奮してすでにハンティンドン様に恋してると思いこんでるクロエとは。彼のこと、アドニス（ギリシア神話に登場する美少年）なんて呼んでるのよ」

イライザは目を天井に向けた。「ああ、なんてこと」

アメリアは紙をイライザに返した。「じゃあ、これを使うつもり？」

イライザは肩をすくめた。「まだ決めてないわ。ハンティンドン様に借りを作りたくないし。それに、来週にはいっしょにドリアン・リードに会いに行かなくちゃならないしね」

アメリアは疑うような目をくれた。「あなたのことはわかってるのよ、リジー。お父様のことと、リードがお父様の居場所を知ってるのかどうかについて思い巡らしているのね」

「どうしてそうせずにいられて？」

「行かないで」アメリアは懇願するように言った。「わたしの描いた贋作のひとつを売るの。そうすれば、ロンドンを離れられるわ」

アメリアが贋作を売ることになんのためらいも感じていないことにはいつも驚かされた。そういう意味では父によく似ていた。結果についてよく考えてみることなく、必要と思われることをする人間なのだ。一方のイライザは、犯罪者がよくやるようにロンドンから逃げ出したいとは思わなかった。

逃げ出してどこへ行くというの？　いつまでお金がもつと？　そんな行動をとってしまったら、妹たちがちゃんとした結婚をする機会も失われてしまう。

「だめよ、アメリア」イライザはきっぱりと言った。「お父様のような人生を送るつもりはないわ。お父様は裁判にかけられて監獄送りになるのを免れたかもしれないけど、わたしたちはそんなに運がよくないかもしれない。あなたとクロエをそんな危険にさらすつもりはないの」

アメリアは椅子にすわったまま身を乗り出した。何か解決策を思いついたように青い目をきらめかせている。「だったら、ハンティンドン様が教えてくださった仕入れ先を使えばいいじゃない。彼がミスター・ケインにそういう振る舞いをしなかったら、お姉様だってよそへ行く必要はなかったわけなんだから」

イライザは混乱した感情を整理しようとした。「あなたの言うとおりね。今回ばかりは彼の助けを受け入れるわ。でも、危険な人だから、借りを作るほど愚かなことはしないつもりよ」


ピーコック版画店を出ると、グレイソンとブランドンはホワイツ・クラブへ向かった。給仕にコートと手袋とビーバー帽をあずけ、ふたりはセント・ジェイムズ街を見晴らす有名な張り出し窓のテーブルにつき、チッペンデールの椅子にすわった。激しく降る雪が誰もいない通りに白い毛布をかけている。給仕がブランデーを持ってきた。装飾をほどこした暖炉の路床では、石炭が赤々と燃えていた。蠟燭の明かりが濃いバーガンディー色の鏡板と、かつてこのクラブに所属したトーリー党員たちの肖像画を縁どる金メッキの額に反射している。

骨の髄まで冷えたグレイソンの体に暖かさが広がった。これほど居心地がいいことには満足すべきだったが、思いは寒々とした店にいるイライザとその妹たちに戻った。

「なんとも魅力的な家族だな。そう思わないか？」とブランドンが言った。

グレイソンは窓の外に向けていた目を戻した。「たぶん、魅力的と言ってもいいんだろうな」

クラブの奥からかすれた男の笑い声が聞こえてきた。こんな天気でもやってきた何人かの男たちが賭けのハザードに興じていた。今夜は参加している人数は少なかったが、賭け好きの連中は長く賭けから離れていられないのだ。

「ジョナサン・ミラーの娘たちがあれほどに魅力的だとは思いもしなかったな」とブランドンは言った。

グレイソンはブランデーを飲んだ。「きみがそう気づいたことが意外じゃないのはどうしてだろうな？」

ブランドンはグラスを下ろした。「たぶん、彼女らとはかかわらないでおくほうがいいと思う」

グレイソンは顔をしかめた。「彼女らとかかわらないでおく？　ぼくが関心を抱いているのは長女だけさ。長女が盗まれたレンブラントと父親のところへ導いてくれるはずだ」

ブランドンは真剣な表情になった。見るからに不満そうだ。「自分たちを捨てた盗人の父親をきみにとり戻してもらわなくても、充分辛い人生を送っているじゃないか。ここまで生計を立ててきたのが不思議だよ」

グレイソンの胸を罪の意識が貫いた。そんなふうに思いたくはなかったが、そこに望まない感情があるのはたしかだった。思いはイライザへと、彼女と交わしたキスへとくり返し戻った。タットンの競売会で彼女を目にして以来、ふたりのあいだで惹かれ合う熱い思いが高まり、グレイソンをキスへと駆り立てたのだった。最初に唇が触れ合ったときにはイライザはためらい、舌で舌を愛撫したときには驚愕すらしていた。いつもは未亡人として世慣れた態度をとっているのに、まるで初めてキスするかのような反応だった。

おかしなことだ。

結婚生活は三年続いたと言っていた。彼女が情熱的な女であるのは明らかだ。本能的な反応は強烈で、彼女を膝に抱き上げてその口をむさぼらずにいるには意志の力を総動員しなければならなかった。あのなめらかな肌にも――うなじ、肩、すばらしい胸にも――唇を押しつけたかった。イライザが明らかに未経験であることと、まっすぐ下腹部へと走る欲望が爆発しかけたことと、どちらがより心を騒がせたかはわからなかった。

グレイソンは内心毒づいた。どんな女であれ、これほど強く求めるのは賢明ではない。しかも相手は宿敵の娘なのだ。

絶対に誘惑に屈してなるものか。

「ぼくだって人でなしじゃない。彼女たちが苦労しているのはわかるさ」とグレイソンは言った。

「あの店は凍るようだった。姉妹全員が風邪をひいたとしても驚かないな」とブランドンは言った。

グレイソンはまた後悔の念に襲われた。「引かないようにぼくが目を配るさ」

「どうやって？　ミセス・サマートンは自尊心が強すぎて、きみからのお慈悲は受け入れられないといった感じだったぞ」

「頑固な女ではある」グレイソンはつぶやいた。「それに、彼女自身のためにならないほどにきれいだ」そう言って飲み物を飲んだ。上等のブランデーにもかかわらず、口には苦い味が残った。「おまけに妹は贋作画家だ」

「アメリアのことは巻きこむなよ」ブランドンはぴしゃりと言い、いくつか離れたテーブルでローストビーフの食事をたのしんでいる年輩の紳士の注意を惹いた。

グレイソンは唇をゆがめ、からかうような笑みを浮かべた。「そんなふうに殺気立って守ろうとしなくていい。ぼくのとり決めはイライザとのあいだのものなんだから。アメリアこそが贋作を描いた画家だとぼくが気づいていることはイライザには知られていないしね。しばらくそのことは胸に秘めておくつもりだ」

ブランドンは椅子にすわったまま体を動かした。「よかった。アメリアにはまた会いたいからな」

「ばかなことをするなよ。きみには金持ちの娘が必要じゃないか、忘れたのか？　タウンゼンド公爵の娘が待ってるぞ」

ブランドンは目を険しくした。「ぼくが事情をよく知らなかったら、グレイソン、きみがイライザ・サマートンに劣情を抱いていると思うだろうよ。最後に愛人を持ってからどのぐらいになる？　そろそろ新しい愛人が必要なんじゃないのか？」

グレイソンは黙ったままひと息でグラスを干した。女に劣情を抱いたことなど一度もなかった。女の寝室に出入りする際も、つねに感情は抑制していた。唯一荒々しい情熱を感じるのは、熟練した技の光る美術品を目にするときだった。そのときでも、評論家として冷静な態度は崩さなかった。内心幸福感に酔っていても、誰にも気づかれなかった。それを表に出そうと自分で決めるまでは、意見や考えを誰にも知られることはなかったのだ。

イライザにキスするまでは。あのときの自分は完全に自制心を働かせていたとは言えない。

おそらく、ブランドンの言うとおりだ。最後の愛人との関係を終わらせてから四カ月になる——愛人ではなく、裕福な未亡人との情事だった。寝室ではかなり積極的で、経験豊富な女性だったが、より多くを望むという困った性向があった——ベッドのなかでも外でも、より多くの時間いっしょにいることを求めてきたのだ。グレイソンはそれに応じたいとは思わず、関係を終わらせたのだった。

二階にある小さな台所でイライザ・サマートンにキスしたときには驚くことになった。

彼女はうっとりするような沸き立つ情熱の持ち主で、自分はそれに即座に反応して火がついたのだった。みずみずしく、刺激的で……純粋な女性。新人画家による美しい作品に出会ったときのようだった。発見したものにわくわくするあまり、血が沸き立ち、脈が速まった。

しかし、最初の興奮が長続きすることはめったにない。すぐに画家のアトリエを訪ねて見つけた別のすぐれた作品や画廊の壁に飾られている傑作などに気を惹かれることになる。

イライザもちがいはない。彼女がそばにいないことで、頭もよりはっきりしていた。彼女に強く惹かれたのは、最近女との行為がごぶさたのせいにちがいない。美しい女だが、それだけのことだ。進んでこちらの欲望を満たしてくれる魅力的な女はロンドンには大勢いる。イライザが手にはいらなくても、簡単にほかが見つかるだろう。

8

夜のあいだずっと雪はしんしんと降りつづき、明け方になってようやく止んだ。イライザは店の正面の窓のカーテンを開き、外を見やった。通りは降ったばかりのきれいな雪に覆われている。張り出し窓のある小さな店の並びには誰もいないように見えた。いつものにぎやかなロンドンの商業地区とはかけ離れた様子だ。遠くに見える雪を頂いた教会の尖塔が陽光を受けてきらめいている。まるできれいな水彩画でも見るように、底なしの平穏と満足を与えてくれる景色だった。

しかし、雪がどれほど美しく見えても、商売には適さない天気だった。来店してくれるはずの買い物客は巣ごもりしているように思えた。昨日は一日じゅうひとりの客も来店せず、今週のこれからついても不安に思わずにいられなかった。こんな天気のときに美術品や版画や古い装飾品を買おうと思う人などいないのだ。日用品や食料や石炭は必需品だが、それらを手に入れるためにはイライザも外出しなければならないだろう。

クロエの咳は夜のあいだにひどくなり、発熱もしてイライザを不安にさせた。どうにか熱を下げようと、イライザもアメリアもクロエの額に冷たい布を置き、ひと晩じゅう寝ずに付き添ったのだった。持っているなかで一番暖かい毛布をクロエにかけてやり、暖をとるために同じマットレスの上で身を寄せ合ったが、ついにはイライザが折れて、ほんの少ししかない貴重な石炭の蓄えを燃やすことになった。客が来なければ、昼のあいだ店をよく暖めておいても意味がない。おまけに必要なのは石炭だけではなかった。クロエの薬も少なくなっていた。また薬屋に買いに行かなければならない。

その日の午後、イライザはキニーネ水の小さな瓶を持って店へと帰る途中、店のまえにそろいの鹿毛に引かせた上等の馬車が停まっているのを見て足を止めた。馬たちはおちつきなく首を上下させ、いななないている。冷たい空気のなかで鼻孔から湯気が立ちのぼっていた。

身の内に妙な興奮が湧き起こり、脈が速くなる。ハンティンドン家の馬車だ。

店のなかへ急いではいり、背の高いハンサムな伯爵の姿を探した。隅の暖炉が発する熱で店はありがたいほどに暖かかった。がっしりとした男の使用人が暖炉の左に重そうな粗布の石炭袋を下ろそうとしていた。ランタンがいくつも灯されていて、壁の版画に明るい光を投げかけている。

アメリアがすばやく近づいてきた。興奮で頬が赤くなっている。「ハンティンドン様がこれを送ってくださったのよ。わたしたち三人に暖かいマントと毛布を。ここを少なくともあと三カ月は暖められるだけの石炭も」アメリアは裏に毛皮のついたマントをイライザに差し出した。

マントが頰をかすめ、イライザは息を吞んだ。毛皮はクロテンで、これまでさわったことがないほどやわらかかった。あまりのことに頭がまわらなかった。最後にハンティンドン伯爵がここにいたときのことを思い出す。キスをしたときのことを。ここは寒すぎると彼は言っていた。

イライザは着ていたみすぼらしいマントを外し、赤々と燃える暖炉に近づいた。濡れた手袋を脱ぐと冷たい手をかざし、速まる鼓動を鎮めようとした。「伯爵は何を考えているのかしら？」

アメリアがそばに来た。「たぶん、ただ親切にしてくれようとしているだけよ」

「まずは仕入れ先の名前をくれて、今度はこれ」イライザはつぶやいた。

「心配してくれているのかもしれない」

「男の人が何もなくても親切にしてくれるなんてことはないのよ、アメリア。自分の利益のために動くのがふつうだもの」とイライザは言い返した。

お父様のように。誰よりも信頼できると信じていた、たったひとりの男性——実の親——に姉妹は捨てられたのだった。実の父親があれほどに利己的だとしたら、ほかの男性をどうして信頼できるだろう？

暖炉から振り返り、イライザは男の使用人に話しかけた。「あなたのご主人様はどこ？」

「主人はここにはおりません、お嬢様。石炭をお届けするようにとの命令でしたので」

イライザは背筋を伸ばした。「持って帰って。あの方のお慈悲は要りませんから」

アメリアが後ろで声をもらした。

男の使用人は身を起こし、背筋を伸ばした。「私は命令に従うだけです。ハンティンドン様はこうと決めたら決して意志を曲げませんから」

「だったら、伯爵に書きつけを届けてくれる？」とイライザは訊いた。

男の使用人はうなずき、イライザはカウンターから紙とペンをとり出してすばやく短い伝言を書いた。

ハンティンドン様
石炭とマントをありがとうございました。でも、あなたとのお約束には、いかなる贈り物も含まれていなかったと思います。
ミセス・サマートン

イライザは書きつけに封をして男の使用人に手渡した。

「待って！」アメリアが声を発した。「お医者様はどうなの？　追い出すわけにはいかないわよ。クロエにとって一番いいことをしなきゃ」

「お医者様って？」

「石炭を運んできた馬車が着いてすぐにいらしたの。こうしている今も二階でクロエを診てくださっているわ」

ちょうどそのとき、分厚いレンズの眼鏡をかけ、黒いかばんを抱えた太った男性が階段を降りてきた。「ミス・クロエは今、すやすやと眠っておられますよ」医者はそう言ってイライザに黒っぽい瓶を渡した。「薬屋で買ったキニーネ水を与えるのはやめて、代わりにこれを与えてください。部屋を暖めて水をたくさん飲ませれば、すぐによくなるはずです」医者は自分の名前や住所の書かれた名刺を差し出した。「二日ほどしたら、また診に来ますよ。症状が悪くなるようでしたら、この住所に連絡ください」

イライザはもらった名刺に目を落とし、それから医者に目を戻した。「ありがとうございます。診察料をお支払いしないといけないと思うんですけど」

眼鏡の奥の目が温かくなった。「誤解されていますよ、ミセス・サマートン。診察料はあらかじめハンティンドン伯爵に払ってもらっております」

アメリアが医者に帽子とコートを手渡し、医者は男の使用人といっしょに店を出ていった。

イライザは茫然として扉を見つめていた。

アメリアがそばに来て、姉の腕に触れた。「久しぶりにありがたいほど暖かいし、マントもすてきだわ。ばかなことはしないで、リジー。伯爵様のご親切をありがたくお受けしましょうよ。そうしなければ、商売がまた順調になるまで、この恐ろしい冬をどうやって乗り越えられるというの？」

イライザは頭がくらくらした。「こういうものが必要なのはたしかよ。わたしだってばかじゃないわ。でも、ハンティンドン様は見返りに何をほしがるのかしら？」

イラリザの書きつけに対するグレイソンの返事は翌日、クロエのための薬草茶の缶とともに届けられた。

ミセス・サマートン
きみとの約束はちゃんとわかっているが、きみが風邪を引いたら、ぼくの役に立ってもらえない。石炭を燃やして毛皮を着てくれ。
ハンティンドン

なんて傲慢な人なの！　彼が差し出してくれたものはためらわずに受け入れるべきだとわかってはいた。相手は裕福な伯爵で、こっちはお金に困っている商人であり、贋作画家の娘なのだから。それでも、わたしにも自尊心はある。慈悲などほしくなく、それを受け入れなければならないのは嫌でたまらなかった。彼がいなくても、なんとかやりくりして五年も生き延びてきたのだから。

それでも、クロエのための医者や薬をどうして拒むことができるだろう？

何もかも腹立たしいことばかりだった。キスされて以来、彼のことを頭から追い出すことができないことも腹立たしかった。常識で考えれば、すでに約束した以上を彼が望んでいるのはわかった。

しかし、それ以上の何を求めるというの？　ドリアン・リードはあと四日経たないとロンドンに戻ってこない。どうしてそれまでグレイソンはわたしを放っておくことができないの？

イライザが伯爵の手紙を手に店の版画の台から台へと歩いていると、入口のベルが鳴った。イライザはようやく客が訪ねてきたと期待をこめて扉のほうを振り返った。背が低く痩せた若者が冷たい空気とともに店にはいってきた。肩と古びた帽子には雪が積もっている。

「ミセス・イライザ・サマートンですか？」

「ええ」

「あなたにこれを」若者は小包をイライザの手に押しつけた。

イライザは包みに目を落とした。簡素な茶色の紙で包まれ、ひもでしばられた包みだった。「誰から？」と訊きながらも、答えはわかっていた。

「わかりません、お嬢さん。おれは金をもらって届けるように言われただけなんで」若者ははいってきたときと同じぐらいすばやく店を出ていった。

イライザはカウンターに包みを持っていって茶色の紙をはがした。なかにはこれまでさわったこともないほどやわらかいウールでできたきれいなショールが三枚はいっていた。それぞれ緑、青、バラ色と、色がちがう。寒い午後に上品な貴婦人が居間できれいな色のショールを肩にかけてウーロン茶を飲む情景が目に浮かんだ。

胸を高鳴らせながら、イライザは書きつけを探したが、包みには添えられていなかった。別になくてもかまわなかった。グレイソンが送ってくれたのはたしかなのだから。

階段に足音が響き、アメリアが降りてきた。「ベルが鳴ったのが聞こえたわ。お客様かしら――」カウンターにショールが広げてあるのを見てことばが途切れた。「まあ！　なんてきれいなの！」

一時間後、クロエもアメリアに加わり、歓喜の声を上げながらショールの見事さと上質のウールを称賛した。クロエは肩にバラ色のショールをかけて暖炉のまえにすわり、お茶を飲んだ。医者が持ってきた薬を使ってから、症状はわずかによくなっていた。咳はなくならなかったが、心配になるほど激しいものではなくなり、熱も下がった。

「伯爵はお姉様に求愛なさってるって言ったでしょう」クロエはイライザに言った。

「それには代償がつきものだって言ってるじゃない」イライザは小声で答えた。

クロエはソファーのクッションに身をあずけた。「たぶん、盗まれた絵が見つかったら、店に通ってくれるようになるわ。彼の第一級の美術評論家としての評判だけでも、うちの売り上げは十倍に増えるでしょうよ」

イライザにはクロエのことばをきっぱりと否定する勇気はなかった。

男性はみな去っていく。利己的であてにならない。男性に頼れないのはたしかだ。お父様だってわたしたちを見捨てて、自力で生きていかなければならないようにしたじゃない？　あとに残されたイライザは、ほんのわずかなお金しか残されていないなかで、妹たちの面倒を見なければならなかった。そうしてみずからを信じることを学んだのだ。ハンティンドン伯爵もきっと同じ。それどころか、もっと最悪かもしれない。望むもの――盗まれたレンブラント――を手に入れたらすぐに、彼も去ってしまうことだろう。

イライザはアメリアをカウンターの奥に引っ張っていった。「ハンティンドン様に会いに行くわ」

「何のために？」

「何か目的があるのよ。それが何であるかを知りたい」答えを知らずにはいられなかった。今度は伯爵も答えてくれることだろう。

9

イライザはグレイソンがくれたクロテンの毛皮のついたマントを着ていくことにした。そうすれば返してこられるからだ。妹たちにマントをあきらめさせるつもりはなかった。日々の暮らしのなかで優美なものなどほとんど持っていない妹たちが贈り物を喜んでいるのを、自分の自尊心のせいで邪魔することはできなかった。

店を出ると、冷たい風が顔にあたった。ほんの一瞬、まわれ右をして店に駆け戻りたくなる。店ではグレイソンがくれた石炭が暖炉で赤々と燃えていた。

イライザは決意を固め、まえへ進んだ。雪の積もった道で辻馬車を見つけるのはむずかしく、ボンド街まで歩いてようやく空いている馬車を見つけた。靴はずぶ濡れで、足と手の感覚はなかった。悔しいことに、マントの暖かさがありがたかった。

今回伯爵のメイフェアの邸宅の玄関の扉をノックしたときには、厳しい顔の執事が、彼女が誰であるか認識してくれた。

「ミセス・サマートンです。ハンティンドン様にお会いしたいんですが」とイライザは言った。

執事は訳知り顔で眉を上げた。「主人はまたあなたのお店から商品を買うつもりでしょうか？」

「もうお約束はいただいています」とイライザは答えた。

執事はおちついた様子で扉を開けて押さえていてくれた。イライザはなかにはいった。暖かい空気に包まれ、思わずため息をつきそうになる。お仕着せを着た男の使用人がマントを受けとろうと進み出た。

「いいえ、いいの。伯爵様に会うまでこれは着ておきたいので」

男の使用人の顔にかすかに驚きの色が走った。

執事は動じない様子だった。「こちらです、ミセス・サマートン」

まえに訪ねたときに通された応接間を通り過ぎ、絨毯を敷いた廊下をさらに奥へと導かれた。ふたつ目の応接間と、音楽室と、五十人の客でも楽にすわれそうなテーブルのある広々とした晩餐室のまえを通り過ぎる。バロック時代によく見られた遊びまわる天使のフレスコ画の描かれた天井から、何十本もの蠟燭を立てた目のくらむようなシャンデリアが吊り下げられていた。執事は閉じられていた扉を開き、なかへどうぞと身振りで示した。

イライザはなかに足を踏み入れた。グレイソンは書斎にちがいないその部屋の大きなマホガニーの机の奥にすわっていた。しなやかな革で装丁されたたくさんの本が並ぶ背の高い本棚が部屋の両側を占めている。正面の壁には石造りのマントルピースがついた暖炉が作りつけられており、薪が音を立てて燃えていた。髪の黒い襞襟姿の男性の肖像画が金メッキされた額に入れられてマントルピースの隣に吊るされていた。罪深いほどに暗いその目を見て、ハンティンドン伯爵の祖先の誰かであるのはわかった。

「ああ、ミセス・サマートン。来ると思っていたよ」とグレイソンはゆっくりと言った。

「わたしはそんなにわかりやすいですか、伯爵様？」

グレイソンは立ち上がり、机をまわりこんで近づいてきた。これほどに背の高い男性にしては驚くほどに優美な動きだった。最高級品の濃紺の上着は広い肩の部分がぴんと張り、真っ白なクラヴァットにはダイヤモンドのピンが光っている。際立ってハンサムで、頭から爪先まで貴族らしく、命令するのに慣れた人間の雰囲気をかもし出していた。敵として選んだ相手が力みなぎる人間であることを忘れていたのだった。しかし今……伯爵家の富と輝きのただなかにいて、それとは真逆のみずからの立場に胸をつかれた。地位の差はこれ以上ないほどに歴然としていた。

グレイソンはイライザのまえで足を止め、彼女の手袋はめた手を唇へと持ち上げた。肌が心地よくちくちくした。

彼はゆったりと笑みを浮かべ、目をイライザの体に這わせた――濡れたドレスの裾やずぶ濡れの靴まで、何ひとつ見逃さない目を。「きみが来ることを予測してはいたが、雪が止むまで待つと思っていたよ。靴の様子からして、歩いてきたんじゃないかと不安になるな」

「辻馬車を使いましたわ、伯爵様」

「スティーヴンズはマントをあずかると言わなかったのかい？」

「よくおわかりのとおり、もちろん言いました。そういう細かいことにも気を抜かないように使用人を訓練なさっているんでしょうに」

伯爵の目の端に皺が寄った。黒髪はひと房額に落ちている。イライザは手を伸ばしてその髪を後ろに撫でつけたいという妙な衝動に駆られた。

「だったら、きみがぼくの贈り物を片時も放したくないということならいいんだが」とグレイソンは言った。

「逆ですわ。これを返しに来たんです」イライザは美しいマントを脱いで返そうとしたが、グレイソンの手が肩に置かれて止められた。

目が合うと、みぞおちのあたりが妙にうずきはじめた。

自分でも嫌になるほど震える声になった。「うちの家族は慈悲の対象じゃありません、伯爵様」

「そんなふうには思っていないさ」

イライザはごくりと唾を呑みこんだ。「あわれみは要りません」

伯爵は彼女の肩から手を下ろした。「あわれみ？」そう言って忍び笑いをもらした。「きみはあわれみを催すような女性じゃない。おそらく、別の感情ならかき立てるだろうが、あわれみはない」その目が一段と暗くなり、イライザの言うことをきかない鼓動は乱れた。

「だったら、どうして？」と彼女は訊いた。

「何がだい？」

「石炭よ。ショールとマントも。どうして贈ってくれるんです？」

「ぼくの意図はきわめてはっきりしていると思ったんだがな。きみはぼくといっしょにドリアン・リードを詰問しに行く、覚えてるかい？」

イライザは首を片方に傾げ、信じられないという目を伯爵に向けた。「協力することはお約束したはずです。わたしが約束を守らなかったら、あなたはあの贋作の絵を治安判事に引き渡すことになる」

グレイソンは思い出して不快になったかのように眉根を寄せた。「きみには健康でいてもらわなければならない。きみの店があれほどに寒いのが気になったんだ。そんなふうにしておく理由もないのに」

その声の真剣さにイライザは虚をつかれた。「それだけですの？」

「ああ」

「それ以上は何も望んでいないと？」

「ああ」

イライザは下唇を噛んだ。「あなたに贈り物をいただかなくても、わたしは大丈夫だということをわかっていただかなくては。でも、妹たちは別です。妹たちに差し出された慰めの品を拒む勇気はありません。でも、そのことはあなたにもよくわかっているんでしょうけど」

「きみの妹さんたちはとても魅力的な女性だから、彼女たちにもこの冬は暖かく過ごしてもらいたいと思うね」

それを聞いてイライザは自分をさもしく感じた。「クロエのためにお医者様をつかわしてくださったことにはほんとうに感謝しているんです。できるようになったら、お医者様の費用はお返ししますわ」

「返さなくていい」

「わたしのためです」

伯爵は舌打ちした。「頑固だな」

イライザは少しだけ顎を上げた。「自尊心にあふれていると言われるほうがいいわ」

グレイソンは激しく抗議されるのを待ちかまえていたとでもいうように、ゆったりと笑みを浮かべた。「なるほど。それならきみの意見を聞きたいことがある。医者の費用の代わりと思ってもらいたい」

「わたしの意見？」

「版画店主であるきみの専門家としての意見さ」

イライザは驚いて彼を見上げた。男性に意見を訊かれるなど、初めてのことだった。

「いいかな?」今度は伯爵自身がマントを受けとろうと手を差し出した。毛皮のマントが肩から外され、椅子にかけられるあいだ、イライザは身動きせずに立っていた。その下に着ていた質素な茶色のウールのドレスはクロテンの豪奢さとは好対照だった。

グレイソンはイライザの手をとって自分の服の袖に載せると、書斎の扉へと導いた。好奇心が胸にあふれ、イライザはおとなしく導かれるままになった。ひとつの提案と魅力的な笑みのせいで闘争心はやすやすと奪われてしまっていた。

並んで廊下を進むあいだ、上着の上等な生地越しに感じる筋肉質の腕とひげ剃り用石鹼の心地よい香りを意識せずにいられなかった。そうして彼が近くにいるせいで、望まない感情がかき立てられ、脈が速まった。目を合わせるのが怖くて下に目を向けていると、ずぶ濡れの靴が磨きこまれた大理石の床に濡れた跡を残すのがわかった。この家の執事が眉を上げるのはまちがいない。

伯爵が扉を開け、明るい光に満ちた部屋へと導いてくれると、そうした俗っぽい思いはすべて消え去った。

ああ、すごい。

鮮やかな色合いの美術作品が多数壁に並んでいた。トマス・ゲインズバラ、フランシス・コーツ、ジョージ・ナップトン、躍動的な作風のジョージ・スタッブスやジョン・

ウートンなどによる伯爵の祖先の肖像画や、ジョン・コンスタブルやジョージ・ランバートによる雲の浮かんだ風景画に目を惹かれた。収集品はイギリスの画家のものにかぎらず、オランダやフランドルやイタリアの画家の作品も飾られていた。

伯爵の私邸の美術品展示室。それも驚くほどすばらしい。

「美しいわ」イライザは息を呑んで言った。

「ああ、美しい」グレイソンの声はかすれていた。

振り向くと、彼はイライザを見ていた。また互いのあいだに目に見えないクモの巣が張り巡らされ、引き合うかのようだった。イライザはぎごちなく目をそらし、その目を美術品に向けた。彼をじっと見つめているよりもずっと安全だった。

部屋のなかをぐるりとまわり、初めて筆一式を贈られた野心あふれる画家さながらに、吊るされたキャンバスをまじまじと見つめた。父は才能ある画家だったが、イライザには子供のころに美術館やロイヤル・アカデミーを訪れる機会はなかった。仕事で忙しくしていた父には、娘を連れていく暇がなかったのだ。

イライザは壁の絵のかかっていない三つの場所を指差した。「なくなった絵があるんですの？」

「大英博物館に貸しているんだ。個人の収集品として芸術作品を隠しておくのはよくないと思うのでね。そういう作品を所有する幸運に恵まれた人間はそれを一般の人と分かち合うのが義務だから」

イライザは驚いて彼を見つめた。「みんながみんな、そう思うわけじゃありませんわ、伯爵様。父の顧客には、貴重な美術品を一度も貸し出したりしなかった人も多かった。自分ひとりの喜びのために存在するものと思っているらしく、外には出さなかったのよ」

皮肉っぽく顔がゆがみ、伯爵の唇が薄くなった。「意外でもないな。ジョナサン・ミラーの顧客はあまり道徳的な人間じゃなかっただろうから」

イライザはわずかに身をこわばらせた。伯爵がその判断を娘の自分にも向けているのかどうかははっきりしなかったが、父のことを語るときにいつもそのまなざしを氷河の氷に変えていた厳しさと嫌悪は、今の伯爵のまなざしには見られなかった。

「きみはどう思うか、教えてくれ、イライザ」と伯爵が訊いた。

イライザはほんの一瞬ためらってからため息をついた。「傑作は世のなかの人と分かち合うべきですわ」

グレイソンはよしというようにほほ笑んだ。「よかった。だったら、美術愛好家として、次にどれを貸し出すべきか教えてくれ」

「わたしに訊いてるんですか？」

「ああ」

伯爵に意見を求められたことにまたも驚かされた。イライザは絵のほうに向き直り、どれがいいだろうと考えながら眺めた。どれを選ぶべき？　それぞれ独特で息を奪われるような作品ばかりだ。

「この二枚」イライザはロイヤル・アカデミーの創設者のひとりであるポール・サンドビーによる二枚の水彩画を示した。

「すばらしい選択だ。ほかには？」

イライザはゆっくりと歩を進めながら、一枚ずつ見ていき、ひとつの版画のまえで足を止めた。「これ」と言ってオランダの版画家ヘンドリック・ホルツィウスによる『イカロス』を指差した。

「それはホルツィウスの一五八八年のシリーズ、〈罰せられし四人〉の一枚だ。ぼくの収集品のなかで唯一の版画さ。どうしてそれを選んだ？」と彼は訊いた。

イライザは喜びのため息をついた。「ホルツィウスのビュラン使いの能力はすばらしいわ。渦巻く線をくり返し用いるところや……イカロスの波打つ筋肉に光と影を反射させる能力や、落ちて死ぬ運命のイカロスの顔に浮かんだ茫然とした表情を伝える能力は驚くべきものよ」

「すばらしい」すぐ後ろでグレイソンの声がしたため、イライザはびくりとして振り返った。彼は彼女をまじまじと見つめていた。

「この版画を初めて見たときにぼくも同じように感じて、値段がいくらでも自分のものにしなければと思ったんだ」

タットン家の競売会で横にすわった彼が同じようなことを言うのを初めて耳にしたときのことが思い出された。しかし、今は彼に関心を示されたことに妙に心が浮き立った。みぞおちのあたりがうずき出す。

グレイソンの目がイライザの顔に向けられ、探るように目を見つめた。じっと見つめられていることを強く意識し、心が裸でさらされている気分になった。それにはわくわくさせられたり、不安になったりした。

「ぼくに嘘をついたね」とグレイソンは小声で言った。

「なんですって？」

「ヤン・ウィルデンスの絵についてきみは嘘をついた」

不安のあまり、背筋にちくちくするものが走った。「いったい何を――」

「あの贋作を描いたのはきみじゃない」

鼓動が狂ったように大きくなり、胸の内に不安の塊ができた。「もちろん、わたしです」

「ちがう。きみは絵描きじゃない。描いたのはアメリアだ」

「そんなばかばかしいこと！」

「そう、きみが美術を愛しているのはわかっているが、父親の才能は受け継がなかった」

否定するよりほかなかった。「それはまちがってますわ」と首を振って言う。

「嘘はたくさんだ」やさしくなめらかな声ではあったが、警告の響きがあった。

ふたりのあいだの緊張は恐ろしいほどに高まった。イライザは息もできないまま、動揺した目を彼の目と合わせていた。嘘をつくことも、言い逃れをすることもできない。それが不可能であることをこの人は知っている。

「お願い……今度のことにアメリアを巻きこまないで」とイライザは懇願した。

グレイソンは彼女の腕をつかんだ。触れられた衝撃が全身に走る。「アメリアを当局に突き出そうなどとは思っていない」

「だったら、なんなの？　何が望みなの？」

「これさ」グレイソンはイライザを腕に引き入れ、口を下ろして彼女の口をとらえた。

最初のときとはちがって、その唇は強く激しく求めてきた。腰のあたりをしっかりとつかまれて押され、気がつけば貴重な二枚の絵のあいだの壁に押しつけられていた。グレイソンは首をかがめ、斜めに傾けた口で彼女の口をすっかり覆った。感覚を揺さぶられる。

イライザは身動きできず、手は硬い胸につぶされていた。激しく責められ、あえぎながら唇を開く。その機にグレイソンは舌を口のなかにすべりこませた。

彼女は抗おうとしたが、互いのあいだに激しい火花が散り、それが燃え立ったせいでその意志を奪われてしまった。身の内に潜んでいたみだらな女が、彼のにおい、熱……彼自身に反応していた。舌を彼の舌にからめ、自分から彼の口を吸う。グレイソンは声をもらし、イライザはなぜか自由になった両手でたくましい肩をつかみ、それからその手に彼の髪をからませた。

黒髪の感触や質感はすばらしく、イライザは指先で頭皮をこするようにした。長く深いキスをされ、血管を熱い欲望が駆け巡った。腰を愛撫していた彼の手がゆっくり脇を通って上にのぼり、豊かな胸を包んだ。親指がドレスのくたびれた生地越しに胸の先をこする。えもいわれぬ悦びが胸から広がり、熱い液体が脚のあいだにたまってイライザは息を呑んだ。もっと……もっとほしいと思わずにいられなかった。

彼女の欲望を感じとり、グレイソンはキスを深めた。両手を背中や腰のやわらかい曲線に沿って這わせ、やがて尻をつかんで彼女の体をきつく引き寄せた。硬くなって脈打つ部分がイライザの腹に押しつけられた。イライザは驚き、最後に残った抗う気持ちをかき集め、彼の髪を思い切り引っ張った。

グレイソンは痛みに声をもらし、顔を上げてイライザの目をのぞきこんだ。「このじゃじゃ馬め！　ほんとうのことが知りたい。きみは何者なんだ、イライザ・サマートン？」

心臓が止まりそうになるその一瞬、イライザは仮面の奥に隠した真実を読みとられるのではないかと恐れた。ほんとうの自分を見破られるのではないかと。

傷つきやすく、孤独で、疲れ切った自分を。

こんなことは終わりにしなくては。この人を信頼することはできない。

どんな男性も信頼できない。

最悪に破滅的なことばを探して頭が回転した。

「わたしは父の娘、ジョナサン・ミラーの子供よ。それをお忘れにならないほうがいいわ、伯爵様」

10

グレイソンはイライザの体にまわした腕をきつくした。言うにことかいて、なんてことを。「じゃあ、認めるんだね？」きびしい声になる。

「認めるって何を？　ミラーがわたしの父であることはご存じのはずよ」とイライザは言った。

グレイソンの脈が速くなり、下腹部がうずいた。きつく抱きしめた彼女の体の感触に酔ったようになっていた。「くそっ、そのことじゃない。アメリアの模写の才能を利用したことを認めるんだね？」

「利用したのは一回だけよ。切羽詰まっていたから。父がいなくなってすぐのときだった。あのときはそうするほかなかったの」とイライザは認めた。

「どのぐらい切羽詰まっていたんだい？」とグレイソンは訊いた。

「悲惨な状況だった。そのときもクロエが病気になって。食べ物と寝る場所と薬が必要だった」

グレイソンは眉根を寄せた。イライザと妹たちが生き延びるためにもがく姿を想像するのは嫌だった。「それで、きみのご主人はどうだったんだ？」

イライザは緑の目を見開いた。「そのころはまだ結婚していなかったの」

「きみが犯した罪は知っていたのか？」

「いいえ。話さなかったから」

「きみはアメリアの犯した過ちのせいで監獄行きになってもいいと？」と彼は訊いた。

「ええ」イライザはきっぱりと答えた。「アメリアは悪くないんですもの。考えたのはわたしよ。あの絵をタットン子爵に売る手配をしたのもわたし。彼の死後、競売会が開かれるとは思ってもみなかったから」

「困ったら、また同じことをするかい？」

「ええ」イライザは顎を上げた。「ええ、するわ！」

着古したドレスのボディスのなかで胸が上下し、グレイソンは目を下に向けて手を伸ばし、胸を愛撫せずにいるのに精一杯意志の力を働かせなければならなかった。

怒りは忘れ去られ、有利な立場は失われた。

グレイソンは彼女にまわしていた腕を下ろした。「ぼくがそうはさせない。罪のない人が傷つくことになるかもしれないから」

イライザはすばやく脇に退き、彼の険しい目と目を合わせた。「金持ちだけよ、伯爵様。父はよく言っていたわ。それを買えるのは金持ちだけだって。贋作を売るのは犠牲者のいない罪なのよ」

グレイソンは贋作を絶賛したことがおおやけになって感じた屈辱を思い出した。失敗についていち早く新聞に書き立てられたものだった。その後一年近く、ロイヤル・アカデミーに顔を出すこともできなかった。

思いは苦々しいものに変わった。ぼくは笑いものにされた。

グレイソンだけではなかった。ジョナサン・ミラーの被害に遭った人間はほかにもいた。何十人もがペテンにかかったのだ。全員が金持ちというわけではなく、巨匠の貴重な作品ではなく、価値のない贋作を買わされたとわかって、経済的打撃を受けた人間もいた。

つまり、傷ついた人はいたということだ。

グレイソンの血管のなかで怒りと欲望がたぎり、爆発しそうになった。「きみとアメリアは運がいい。タットン子爵は亡くなるまえにウィルデンスが贋作だったという真実を知ることはなかった。今その絵はぼくの所有となっていて、きみに二度と同じことをさせるつもりはない。きみのことは監視するつもりだ、イライザ。間近で、注意深く」

イライザの体のありとあらゆる曲線が反発心を示していた。「わたしはあなたのものじゃありませんわ、伯爵様。そんなことは約束に含まれていなかったし」

グレイソンは彼女の体を眺めまわした。「今は含まれている」

グレイソンの怒りをあおるなど、愚かだった。

イライザは伯爵家の馬車で邸宅から自宅へ向かっていた。御者に家まで送らせるとグレイソンが言い張らなければ、辻馬車を拾うつもりだった。

豪奢な座席の上でもぞもぞと体を動かし、クロテンのマントをきつく体に巻きつける。マントは絶対に返すつもりで来たのだが、激しい言い争いのあとで帰り支度をするために玄関の間にいると、伯爵がマントをはおらせてくれ、それに抗議する勇気がなかったのだった。

グレイソンは危険な人だとずっと思っていたが、すべての真実を――あの絵を描いた贋作者がアメリアだと――知られた今、彼に破滅させられるかもしれないと思わずにいられなかった。

しかし、今のところ、彼はそれを知っても行動を起こそうとはしていない。その代わりにキスをした。

誰の目にも触れないあの驚くべき美術品展示室で骨までとろけるようなキスを。わたしは簡単に誘惑されてしまった。彼は知っているどんな男性ともちがう。頻繁に店を訪れて、よこしまな関心をあらわにしてくる裕福な商人たちとはまったくちがう。守ってくれる男性の身内のいない未亡人の商人であるわたしのことは、かなりの男たちが自分の意のままにしていいと勘違いしていた。その誰にもほんのわずかな関心すら抱いたことは一度もなかった。

グレイソンに出会うまでは。

ふたりきりになるたびに、彼が敵であることを思い出すのがむずかしくなる。そして腕に抱かれてキスされると……。

胃のあたりで激しくはためくものがあった。彼の唇の感触は官能的で、魅惑的で、膝がもろくなるほどだった。それでも、そうした体の反応以上にイライザを不安にさせたのは、彼のキスによって心の奥底に秘めた渇望があらわになったことだった。

グレイソンは複雑な男性だ――やさしいと思うと、次の瞬間には冷たくなる。石炭とショールとマントを送ってくれた。クロエを診察した医者の費用を払ってくれた。貴重な作品のうち、美術館に貸すべきなのはどれかと意見を訊いてくれた。それでも、うちの家族の秘密を知っていることを簡単に明かし、二度と罪を犯さないよう、間近で見張るつもりだと警告してきた。

何もかもあまりにも入り組んでいた。わかっている事実はたったひとつ。グレイソンが望むものを手に入れるのに慣れた、力強く支配的な男性であるということ。これ以上親密になるべきではない――なるわけにはいかない。

危険が大きすぎる。

アメリアの秘密を守る代わりにいつでもキスできると彼が思ったらどうなの？　もしくは、ああ、それ以上を求めてきたら？　不安のあまり、背筋に震えが走った。ほんとうに自分に正直になるとしたら、グレイソンのことは恐れていなかったが、自分の感覚に彼がおよぼす影響が怖かった。唇以外にキスされ……すでに触れられた以外の場所に触れられたら、拒めるだろうか？　そう考えただけで脈が速まった。

なんてこと。何を考えているの？

グレイソンは伯爵だ。わたしは商人であり、罪人の娘。色鮮やかな油絵と簡素な木炭画ほどもちがう。ふたりのあいだに将来などはあり得ない。

妹たちのことだけを考え、どうしたらアメリアを問題から遠ざけておけるかを考えなければ。一番大事なことだけに注意を向けて、グレイソンに気をそらされないようにしなければならない。そうしたければ、間近で見ていればいい。アメリアの贋作をふたたび売るつもりはないのだから。

盗まれたレンブラントが見つかったら、グレイソンは以前の彼に戻るだろう――富と特権の世界へ。そしてわたしはさらなる醜聞を恐れることなく、版画店を切り盛りする以前の生活に戻るのだ。

そうであるべき状態に。

伯爵であり、影響力のある美術評論家であるグレイソンには、上流社会で果たすべき義務があった。ラスキン侯爵夫妻――ロイヤル・アカデミーの太っ腹な後援者である夫妻

――が年に一度主催する舞踏会に参加するのもそのひとつだった。

グレイソンは混み合ったメイフェアの邸宅の舞踏場へ足を踏み入れた。何十ものシャンデリアに灯された何百本という蠟燭が部屋を照らしている。グレイソンは通りがかった給仕のトレイからシャンパンのグラスを手にとり、客たちを眺めた。

舞踏会用のドレスは鮮やかな色からパステル色までさまざまで、時折白も交じり、画家のパレットさながらの虹色を呈していた。女性たちの髪型も多種多様だった。高々と巻いたターバンから染めたダチョウの羽根が揺れているそばには、編みこんで髪飾りをつけたり、ローマ式の巻き毛にヘアバンドをつけたりしている髪型もあった。

男たちも負けてはいなかった。社交界の洒落者たちが、色鮮やかな上着にストライプやチェックのウェストコート、襟が高く、裾がとがった短いシャツ、凝った結び方をしたクラヴァットといういで立ちで気取って歩きまわっている。しかし、高価なシルクやサテンも、ダイヤモンドやサファイヤやエメラルドのきらめきには比べるべくもなかった――貴重な宝石や金が目もくらむほどたくさん集まっていた。

上流階級の富や豊かさについてよく考えたことはこれまでなかった。伯爵家の跡取りとして育てられたからだ。しかし、今夜初めてそれをちがう目で見ていた。

「今日はとくに陰気な顔をしているな」とブランドンが言った。

グレイソンはシャンパンを飲んだ。「参加したくはなかったが、主催者のラスキン卿は友人だからな」

グラスが触れ合う音と笑い声が聞こえてくる。優美な舞踏場は暖かく、高価なシャンパンと上等の料理が提供されていた。しかし、グレイソンの心は新進の作家の作品を飾り、色鮮やかな装飾を施した小さな店へと飛んでいた。

ブランドンはクラレットのグラスを持ち上げた。「なぜ参加したくない？　上流社会の母親たちはきみの足元に娘を放り出さんばかりじゃないか。きみもすぐに誰かひとりを選ばなくちゃならないぜ」

グレイソンは、妻とするにふさわしい、デビューしたての娘たちや、獲物を狙って旋回するハゲワシを思わせるほどに娘の売りこみに熱心な母親たちに興味はなかった。

楽団が活気あふれるカントリーダンスを奏ではじめ、踊り手たちが寄木張りのダンスフロアで踊りはじめた。

グレイソンの心は昨日のイライザとの言い争いへと戻ってばかりだった。

彼女は吹雪のなか、ドレスと濡れた靴だけといういで立ちで帰るつもりだったのだ。彼女が病気になろうがどうしようが、自分が気にすることではなかったのに、気になった。イライザが凍傷や肺炎にかかるのは嫌だった。その理由はいっしょにドリアン・リードを訪ねることになっていることとは関係なかった。

イライザ・サマートンという謎がゆっくりと解けはじめていた。彼女は計算高いペテン師の振りをしていたが、そうではない。またアメリアの贋作を売るつもりだと言ったときには、その目はエメラルドのように燃え立っていた。あのときはかっとなったが、あとになって気を鎮めて思ったのだった。

きっとそのことばは嘘だと。

イライザはウィルデンスの贋作をとり戻そうと必死になっていた。またアメリアの贋作を売るつもりなら、どうしてウィルデンスの絵のことを気にしなきゃならない？　どうして競売で売れるままにしておかない？　誰もそれが贋作だとは疑わない可能性もあった。アメリアの作品は細部にまでこだわったものだ。タットンの競売会でイライザがあの絵に強い関心を見せなかったら、自分もそれを見抜けなかったかもしれない。そうでなければ、あの絵を二度見することもなかっただろう。

いや、イライザはぼくを怒らせようとしてあんな大胆な発言をしたのだ。それは半分しか成功しなかった。怒ったのはたしかだったが、さらに興奮も高まったのだから。彼女を腕に引き入れて画廊の壁に押しつけ、唇を奪うことになった。あのキスがあれほど熱いものになるとは思ってもみなかった。キスはすぐに終わったが、惹かれ合うものがあるのは否定できなかった。イライザは拒もうとしたが、元々の情熱的な性質が勝った。

グレイソンは腕をのぼり、うなじの太い腱を愛撫して髪に差し入れられた彼女の手の感触を思い返した。弓なりにそった体を押しつけて声をもらしていたが、その声はめくるめくような誘いに思えた。流行遅れのドレスの薄い生地越しに胸の先がとがっているのがわかった。飢えと欲望のあまり、彼女の服をはぎとり、やわらかい胸を自分の広い胸で押しつぶしたくなった。彼女を興奮の頂点まで押し上げ、画廊のソファーに押し倒して受け入れる準備のできた熱い体に自分を突き入れたかった。

「ミス・アメリアが頭から離れなくてね」とブランドンが言った。

「え？」

「アメリアさ。彼女のことを考えていた」

グレイソンは眉を下げた。「別に驚かないな」

「ピーコック版画店を訪ねようと思ってる。ぼくの肖像画を描いてもらいたいと思って」とブランドンは言った。

「おかしくなってしまったのかい？」

ブランドンはなんでもないことのように肩をすくめた。「きみは絵を描いたのがアメリアなのはわかっているとイライザに言ったんだろう？」ブランドンはグレイソンの答えを待つことなく続けた。「そのことがもう秘密でなくなったなら、その機会を利用しようと思ったんだ。祖母が肖像画を描いてもらえとうるさくてね」

「そうなのか？　だったら、アカデミーへ行けよ。あそこなら、有能な肖像画家が何十人もいる」

ブランドンは首を振った。「ミス・アメリアにはどこか特別なところがある。彼女のことが頭から離れない。だから、それが一番の解決策だ。ぼくは肖像画を必要とし、彼女は金を必要としている」

「ぼくのために寛大な振りをしようとするのはやめてくれ。きみは欲情した学生のようなものだからな。ぼくにも愛人を見つけろと言ったじゃないか。きみ自身がその忠告に従うんだな」

「それだけじゃない」ブランドンはきっぱりと言った。「彼女はちがうんだ」

「タウンゼンド公爵の娘はどうしたんだい？」

「そのことは口に出さないでくれ。公爵とその家族も今夜ここに来ているんだから」

グレイソンはブランドンの視線を追い、舞踏場の反対側にタウンゼンドとその家族が集まっているのを見つけた。ブランドンの祖母がタウンゼンドの娘のミネルヴァとの縁談を推し進めているのだった。

豊かな胸と薄い色のブロンドの髪をしたミネルヴァはひっきりなしにしゃべらずにいられないという悩ましい習性を持っていた。グレイソンには絶えられない類いの女性だった――おしゃべりで、知性に欠けている。しかし、ブランドンには選択の余地がなかった。父から爵位とともに莫大な借金も受け継いでいたのだから。

そういう意味では似た境遇だったが、グレイソンのほうは株式取引で得た金で借金を返し、貯金もしていた。ブランドンはそこまでうまくいっていなかった。ミネルヴァの莫大な持参金を喉から手が出るほど必要としていた。

「きみはどうなんだ？　きみだってすぐに結婚しなきゃならないはずだ。サラがデビューするまであっというまだぞ」

「わかってるさ」グレイソンはそっけなく言った。自分にふさわしい妻を見つけなければならないのはたしかだ。爵位を持つ貴族の娘が最善だろう。しかし、祭壇まで引きずっていかれたとしても、レディ・ミネルヴァのような女にしばりつけられたくはなかった。

「公爵夫人とレディ・ミネルヴァがぼくを見つけてこっちへ来る」ブランドンは唾を呑みこんだ。「クラヴァットのせいで息ができない気がするよ。きみはできるうちに逃げたほうがいいぞ、グレイソン」

「きみが抜け出せるようだったら、ぼくはテラスにいるよ」とグレイソンは言った。

それから、フランス窓から出ようと人ごみのなかを縫うように進んだ。蠟燭の熱い蠟と人の汗のにおいが耐えられないほどだった。

「グレイソン」羽根のついていない扇が軽く手首をたたいた。「あなたがひとりになるのを待っていたのよ」

「レティシア」グレイソンはブロンドの女性に目を向けた。

「今夜ここへいらっしゃるとは知らなかったわ」

「ぼくだって外出ぐらいするさ」

レティシアはきれいに手入れされた眉を上げた。「画廊を訪ねるんじゃなかったら、わたしの家を訪ねてくださってていたわね」

何カ月かまえに情事を持った相手だった。レディ・キンズデールとして知られているレティシアは、侯爵の裕福な未亡人だ。つややかなブロンドの髪と青い目とすらりとした体形のきれいな女性でもあった。あのときはベッドでも大胆で、愛人として悪くない相手だったが、独占欲を強めるようになった。喜ばしいベッドの相手以上の存在になって再婚したいとはっきり示すようになったのだ。

レディ・キンズデールとの結婚は、上流社会の目から見れば、まるで問題なかっただろう。金持ちの侯爵未亡人で、称賛される女主人だったのだから。サラの社交界へのデビューに力を借りるにはぴったりの相手だった。

しかし、グレイソンは彼女のもとを訪ねるのをやめた。

レティシアは大きく息を吸った。胸の谷間に降りている大きなルビーに目が惹き寄せられる。彼女は口紅を塗った唇をなめた。「あなたが恋しかったのよ、グレイソン」

「お元気そうで何よりだ、レティシア」

レティシアは扇を彼の腕にすべらせた。「わたしが恋しくないの？」

「忙しかったので」

「以前はわたしのためなら忙しすぎるということはなかったのに」レティシアは身を寄せ、手袋をした指で彼の上着のボタンをかすめると、「今夜うちに来て」と声を殺してささやいた。

淫靡な誘いだった。そうして差し出されたものは受けとるべきだ。しかし、何度もくり返されてきた彼女の誘惑には気を惹かれなかった。以前は気にならなかった高価なフランス製の香水が突然鼻につく気がした。頭痛がして、テラスへと開いた扉へ目を向けた。

「今夜は無理だ」と彼は答えた。

「じゃあ、別のときに」

「ハンティンドン！」

グレイソンが振り返ると、この家の主人のラスキン卿が手を振っていた。

「失礼してよければ」グレイソンは会話を終わらせる理由ができたことにほっとしながらレティシアにお辞儀をした。彼女は口を突き出したが、ありがたいことに引き留めようとはしなかった。

グレイソンはラスキン卿のところへ行って握手をした。

「ハンティンドン。今夜はずっときみを探していたんだ」とラスキンは言った。

よく響く声をした血色のよい男で、高価なものを片っぱしから収集し、自分を美術鑑定家だと思っていた。非常に裕福な侯爵で、ロイヤル・アカデミーの重要な後援者でもあった。

「絵を手に入れたので、きみの意見を聞きたくてね。サー・ヘンリー・レイバーンというスコットランドの画家なんだ」と侯爵は言った。

「もちろん、聞いたことがあるよ」とグレイソンは言った。「非常に才能ある画家だ」

「そうだと思ったよ！　妻には金の無駄遣いだと言われたが」

ラスキンの妻はたいてい正しかった。頭痛が激しくなり、グレイソンはフランス窓のほうへ目をやった。「ぜひその絵を見せてもらいたいな。来週訪ねてくるよ」

そう言って脇をすり抜けてテラスへ向かおうとしたが、ラスキンはグレイソンの袖に手を置いた。

「もうひとつ頼みたいことがあるんだ、ハンティンドン。ぼくの姪のメアリーがダンスをしたがっている」ラスキンは飲み物を置いたテーブルのそばで年上の女性たちといっしょに立っている女性を指差した。

グレイソンは茶色の髪と目をし、すらりとした体形のかわいらしい女性を見やった。デビューしてまもない若い女性で、おそらくは二度目か三度目の社交シーズンを過ごしているのだろう。爵位に瑕をつけない結婚相手としてグレイソンにとって望ましいとされる花嫁候補だ。ラスキンは辛抱強くグレイソンの答えを待っていた。侯爵を侮辱することなく断ることなどできなかった。

「喜んで」とグレイソンは答えた。

母親のそばに立っているメアリーのところへ行くと、両方の女性にお辞儀をした。

「カードが一杯でなければ、レディ・メアリー、次のダンスを踊っていただけると光栄です」

メアリーは興奮して顔を輝かせ、うなずいた。母親はよろしいというようにほほ笑んだ。レディ・メアリーをダンスフロアに導くと、ブランドンがミネルヴァ・タウンゼンドと踊っているのが見えた。寄木張りのフロアの反対側からでさえ、公爵の娘が絶え間なしに話しているのはわかった。

ブランドンの苦痛がグレイソンの心に響いた。友がアメリアに肖像画を描いてもらうことに喜びを見出せるなら、どうして反対できるだろう？　ブランドンは、暖炉のマントルピースのそばか、書斎か、どこでも好きな場所でポーズをとるあいだ、アメリアといっしょの時間をたのしめばいい。

グレイソンはふいに妬ましくなった。ドリアン・リードのことも、盗まれたレンブラントのことも、彼女の父親のことも持ち出さずに、イライザとひと晩ふたりきりで過ごすことができるなら、何を差し出してもよかった。

どこかの店へ彼女を連れていって、親しく夕食をとるのはどんな感じだろう？　食事をともにし、ほかのことについて話をするのは？

メアリー・ラスキンのにこやかな顔を見下ろし、グレイソンの胃はよじれた。自分は妻を見つけ、伯爵の称号を受け継ぐ跡継ぎをもうけ、サラの社交界へのデビューを成功に終わらせなければならない。このままでは、伯爵家を継ぐのは賭けの悪癖を持つ遠縁の親戚になってしまう。投資によって豊かになったハンティンドン家の財産を使いはたしてしまうのはまちがいない。そんな人間にサラの将来を託すこともできなかった。

そんなことになってはならない。そろそろ自分にふさわしい妻を見つけるころあいだ。

メアリー・ラスキンもレディ・キンズデール同様、悪くない相手だった。ラスキンは非の打ちどころのない家系だ。その姪は充分魅力的だったが、グレイソンは彼女とのあいだに特別なものは感じず、彼女に惹かれる気持ちもなかった。ダンスフロアから逃げ出したいという思いに押しつぶされそうになっているだけだ。

内心、苛立ちが募っていた。またイライザに会いたい。彼女に惹かれる気持ちを否定してもしかたない。タットン家の競売会でイライザの隣にすわるまで、自分の生活は社交の催しや画廊の訪問など、お決まりのものになっていた。彼女の美しさは麻薬のようで、頭に靄をかけ、理性を失わせ、周到な復讐の計画さえあやうくしていた。

彼の美術品展示室でヘンドリック・ホルツィウスの版画をじっと見つめていたイライザの姿が脳裏に浮かんだ。目は暗くなってくすんだエメラルド色になり、ふっくらとした唇は喜びに開いていた。グレイソンが初めてイカロスの版画を見たときと同じように、イライザも画家の才能にうっとりしていた。彼女の目を通して――彼女の首の脈が速まり、呼吸が乱れるのを見て――再度興奮を経験することができた。そして突然激しく襲ってきた欲望のせいで、飢え切った人間のように頭がふらふらしたのだった。

ああ、なんてことだ。

カドリールの複雑なステップへと相手を導きながら、グレイソンは心のなかで毒づいた。

どうしてイライザなんだ？

どうして自分とかかわりたくないと思っている頑固な未亡人の商人なのだ？　どうして彼女なのだ？　宿敵の娘を望んでいったいどんないいことがあるというのだ？

11

五日目の朝、イライザのもとへ書きつけが届いた。

イライザ
ドリアン・リードがロンドンに戻ってきた。今日の昼、店に迎えに行く。

グレイソン
イライザは書きつけを見て、グレイソンが呼称ではなく名前を使っているのに気づいた。ふたりの関係がより親しくなったということ。そう考えて眉根を寄せた。

イライザはアメリアが絵を描いている奥の部屋へ行って「ドリアン・リードがロンドンに戻ってきたわ」とだけ告げた。

アメリアは筆を置き、描いていた風景画から離れた。「ハンティンドン様はいついらっしゃるって?」

イライザは書きつけをたたんでスカートのポケットに入れた。「ミスター・リードにはひとりで会うつもりよ」

アメリアは驚いて姉を見つめた。「でも、伯爵といっしょに行くって約束したじゃない」

イライザはため息をついた。「事情が変わったの。ハンティンドン様はあなたが絵を描いていて、ウィルデンスの絵を模造したのもあなただって知ってるの」

「だから？　あなたが贋作画家だと信じていたときとどうちがうっていうの？」

イライザは信じられないという目で妹を見た。「わたしはあなたがつかまるのをそばで見ているつもりはないわ！」

「伯爵がわたしを治安判事に突き出すっていうの？」

そうは思わなかった。おそらく。でも、その考えがまちがっていたら？

「危険を冒すつもりはないわ」とイライザは言った。

アメリアは腰に手をあてた。「そのことと、あなたがドリアン・リードにひとりで会いに行くことと、どう関係があるの？」

「何もない。でも、大いにあるかもしれない。疑わずにいられないの。ハンティンドン様は盗まれたレンブラントを見つける以上に、お父様を見つけたがっているんじゃないかって」とイライザは答えた。

アメリアは肩をすくめた。「そうだとしても意外ではないわね。ハンティンドン様の評判は大きく傷つけられたんですもの」

「でも、お父様の居場所をドリアン・リードが知っている可能性がほんとうにあるとしたら、わたしが最初にお父様を見つけたいわ。ハンティンドン様がわたしより先に見つけたら、その可能性もなくなる」とイライザは言った。

「危険なことよ、リジー」

「お父様のほかの知り合いと話をしたときだって同じだった」

アメリアはエプロンを外した。「どうしてもそうしなきゃならないというなら、ひとりで行くべきじゃない。わたしもいっしょに行くわ」

イライザは手を上げた。「だめ。あなたにはクロエといっしょにここに残ってもらわなきゃ」

そう言って踵を返し、作業部屋をあとにした。後ろにアメリアがついてくるのはわかった。イライザはアメリアの心配そうな表情を見て決意が揺らぐのを恐れ、妹の顔は見ないようにしながら、マントを着て店の扉を開けた。

アメリアは姉の袖をつかんだ。「待って！　伯爵様があなたを迎えに来たときには何て言えばいいの？」

イライザはすばやく妹に目を向けた。「彼が迎えに来るまえに戻ってくるわ」

イライザは辻馬車を停めて画家が多く暮らす地区の住所を伝えた。ロンドンでもさびれた界隈で、貧民窟とまでは言えないものの、ボンド街のそばにあるきれいなタウンハウスや商店とはかけ離れていた。建物はもっと密接に建てられ、そのあいだに暗く狭い路地が走っていた。

辻馬車は二階建ての赤いレンガの建物のまえで停まった。手入れされていない建物で、レンガもところどころ崩れていた。鎧戸のペンキははがれ、正面の石段も割れている。生垣の低木は伸びすぎていた。

覚えているかぎりでは、父の贋作を売っていた仲買人はみな豊かな暮らしをしていた。ドリアン・リードは不景気のあおりを受けて没落したにちがいない。

イライザはバッグを手にして馬車を降り、運賃を払った。

「お待ちしましょうか、お嬢さん？」と御者が訊いた。

イライザはあたりをびくびくと見まわした。「ええ、お願い」すばやく決断して答える。お金はかかるが、選択の余地はなかった。このあたりは客を探して辻馬車が流すような場所ではない。

スカートをつかみ、正面の石段へと向かった。ノックするまもなく扉が開いた。がっしりした肩と、何度か折れたような曲がった鼻をした背の高い男が陰気な目を向けてきた。グレイソンの上品な執事とは雲泥の差だった。

「何かご用かね？」と男はぶっきらぼうに言った。

イライザは名刺を手渡した。「ミスター・ドリアン・リードにお会いしに来ました」

男は名刺をちらりと見て顔をしかめた。文字が読めるのだろうかとイライザは思わずにいられなかった。

「あんたは？」と男は訊いた。

イライザは顎を上げ、敵意に満ちた目と目を合わせた。「わたしの名前はイライザ・サマートンです。ジョナサン・ミラーの娘です」相手の反応を恐れるせいで、ここ五年ほど、真の身許を自分から明かすことはなかったのだった。

男は目をしばたたき、口の端を持ち上げた。「ミラーの娘って言ったか？」そう言って扉を広く開け、イライザの腕をつかんでなかに引っ張りこんだ。「そう言ったな」

男は唐突に腕を放した。イライザは武骨な指につかまれた部分をこすりたくなる気持ちを意識して抑えた。

「ミスター・リードはご在宅？」と彼女は訊いた。

男はイライザを頭のてっぺんから爪先まで眺めまわした。「ミラーにあんたみたいなきれいな娘がいるなんて誰が想像した？　ああ、リードはここにいる。あんたに会うだろうさ。ついてきてくれ」

イライザは男に従い、小さな玄関の間から薄暗い照明の廊下を通り過ぎた。汚い窓から射すぼんやりとした光を受け、細かいほこりが渦巻いている。色褪せた壁紙ははがれてきており、古い家具はほこりをかぶっていた。絨毯はあちこち裏地がむき出しになっている。

晩餐室だったと思しき場所で足を止めた。廊下の暗さに比べ、まぶしい光にイライザは目を細めた。その部屋では、十本あまりの蠟燭が灯されているふたつの大きなシャンデリアがマントルピースの上にあり、脇机の上にも蠟燭が置かれていた。イーゼルのまえに男が立っている。ズボンとストライプのウェストコート姿で、シャツの袖をまくり上げた男は、小さくハミングしていた。キャンバスを見やると、剣と二連銃が木炭でスケッチされていた。両方の武器は近くのサイドボードの上にうまく組み合わされて置かれている。

イライザが部屋にはいっていくと、ドリアン・リードは振り向いた。最初の印象は想像していたよりも若いということだった。三十代後半から四十代初め。頭は麦わら色の髪で覆われ、昔風のハンサムな顔をしている。イライザは父と同年代だと思っていたのだった。

「ご婦人が会いに来てますぜ。ミセス・イライザ・サマートンだそうです。ジョナサン・ミラーの娘だとか」執事はリードに版画店の名刺を渡して部屋を出ていった。

リードは手に持った木炭を下ろした。「おやおや。ミラーの娘と言ったかい？　なんとうれしい驚きだ」

非の打ちどころのない発音だった。ロンドンのどんな高級な画廊にいても、完全にその場にふさわしく思えることだろう。それでも、冷たく光る青い目には不安にさせるものがあった。

「会っていただいてありがとうございます、ミスター・リード」

リードは骨董品として飾られているものを見るような好奇の目でイライザの顔を眺めた。

イライザは見えないように後ろにまわした手をびくびくともみしだいた。

「ジョナサンの娘だったら、追い返したりはしないさ」リードは言った。「しかし、考えずにいられないな。きみの血管には父上の血がどのぐらい流れているんだい？　きみの父上はよくここを訪ねてくれたもんだ。きみにも私に売ってほしい美術品があるのかな？」

ありがたいことにないわ。

「そのためにここへ来たわけじゃありません」とイライザは言った。

「そうかい？　じゃあ、来訪の理由を教えてくれ」

「盗まれた絵画を探している紳士から相談を受けたんです。お手伝いすると約束し、今日、いっしょにここへ訪ねてくることになっていました」と彼女は言った。

「それなのに、きみはまずひとりで訪ねてくることにしたわけだ、ミセス・サマートン？」

質問されることは想定していて、答えも用意してあった。「わたしのほうは盗まれた絵画に興味はないと言えば充分のはずですわ、ミスター・リード。わたしは父の居場所を知りたいんです」

「きみがいっしょに来るはずだったその紳士も、きみの父上の居場所を知りたがっているのか？」リードは訊いた。

「そう信じるに足る理由があります」

「ひとりで来たのは賢明だった」リードの目はふたりのあいだの空間を貫いた。「なあ、ミセス・サマートン、きみは私が父上のために何をしたか、正確に知っているのかい？」

「あなたのことは最近までまったく知りませんでした」イライザは認めた。「おそらく、美術品仲買人として、父の絵を顧客に売っていたんじゃないかと推測するだけです」

「つまり、父上の贋作を」

「ええ」

リードは小さな笑い声をあげた。「それはたしかにそうだ。われわれはもうけを折半していた。きみの父上は非常に有能だった。ロンドンの半分の人間が今もジョナサン・ミラーの贋作を壁にかけているはずだ。彼の贋作のすべてが暴かれたわけじゃないからね」

「そうですか」

「私は自分を抜け目のない商人だと思っているが、きみの父上は誰よりも抜け目のない人間だった。そう、顧客や美術評論家をだましただけじゃない。行方をくらますまえには、私のこともだましたんだ」

不安がまたひとつ増した。「ご……ごめんなさい」

そういう話になるとは思っていなかったのだった。

しかし、想定してしかるべきだった。

ばかなイライザ！　思わず自分を叱責する。お父様のことなのよ。お父様については何度も信じようとして、そのたびにがっかりさせられるだけだったじゃない？

リードはイーゼルから離れ、イライザのほうに近づいてきた。目の虹彩のまわりの冷たい青い輪が見えるほど近くに。うなじの産毛が総毛立った。

「きみは絶好の機会にやってきたよ、ミセス・サマートン。私自身、金が必要なときにね。きみの父上ほど才能あふれる贋作画家はめったにいない。彼にはとくに多額の手数料を持ち逃げされた」

あえて訊くの？「いくら？」

「正確には千ポンドだ」

千ポンド！　イライザは口をぽかんと開けて思わずリードを見つめた。

「子供として、きみには父上の借金を返す義務がある」とリードは言った。

「まさか本気じゃないでしょう！」イライザは信じられない思いで言った。「そんなお金はありません」

「でも、きみは店を持っているんだろう？」リードは名刺を持ち上げて読んだ。「ピーコック版画店」

イライザはリードを見つめながら、鼓動が速まるのを感じた。

「きみの店をもらうことで満足しなきゃならないようだな」

店をもらう！「でも……そんな――」

リードは手を振った。「心配しなくていい。私は版画店の日々の商いに興味はない。もうけのうち、それなりの分けまえをもらえればいい。半分より少し多いぐらいでどうだろう」

「わたしたちが生きていけないわ！　きっとほかに方法があるはず」

リードは眉を上げた。「千ポンドあると？」

不安が心を貫いた。支払う金もなければ、代わりになるものも何もなかった。「もちろんないわ」

「だったら、ほかに方法はない」

「それで、わたしが断ったら？」

リードは獲物に近づく捕食動物のようにイライザに歩み寄った。イライザは動揺を覚えた。

「私はきみが怒らせたいと思う類《たぐ》いの人間ではない」

イライザを迎えに行く途中、グレイソンの胸は高鳴っていた。ドリアン・リードが街に戻ってきていて、答えを引き出すのにイライザが力になってくれる。

しかもそれは、盗まれたレンブラントを買ったのが誰かという答えなのだ。

ただ、もっと重要なのは、ミラーがどこに隠れているかという疑問に対する答えだ。

すぐだ、とグレイソンは自分に言い聞かせた。すぐにその情報を手に入れ、ついに罪人を見つけることができるのだ。

イライザに対する罪の意識には悩まされていたが、それも葬り去った。五年もの年月、正義が為されるのを待っていたのだから。誰に説得されても——イライザやその妹たちであっても——思いとどまるわけにはいかなかった。あとひと息なのだ。

金色と青でクジャクが描かれた木の看板がそよ風にゆるやかに揺れているまえで馬車は停まった。グレイソンは馬丁を待たずに扉を開けて馬車から飛び降りた。三歩で店のなかにはいる。

アメリアがカウンターの奥で版画を額に入れていた。

「こんにちは」とグレイソンは声をかけた。

アメリアは手を止めてじっと彼を見つめた。「こんにちは、伯爵様」

小さな店のなかが暖かく、路床で石炭が燃えているのがわかってほっとする。グレイソンは版画の置かれた台や、小さな胸像や象牙の小間物箱や小さな油絵などがひしめき合っている棚を見まわした。

イライザはどこにもいなかった。

アメリアの目がマントルピースの時計に向けられ、張り出し窓へと動き、それからグレイソンに戻った。

グレイソンの胸で警鐘が鳴った。「イライザはどこだい？」

アメリアはカウンターの上に置いた手をよじった。

「アメリア、きみの姉さんはどこにいる？」とグレイソンは訊いた。

「出かけました」

「どこへ？」

「ひとりでミスター・リードに会いに行きました」アメリアは白状した。

「なんだと！」グレイソンは怒鳴った。

アメリアは飛び上がり、住まいへと続く階段へ目を向けた。怯えたウサギのように逃げていきたいにちがいない。

アメリアはそうせずに深々と息を吸って果敢にもグレイソンのほうに向き直った。「ほんとうのところ、ここに来てくださってほっとしてるんです、伯爵様。本来ならイライザはもう戻ってきているはずの時間なので」

「どのぐらいまえに出かけたんだい？」

アメリアは唇を嚙んだ。「少なくとも二時間まえには。何かよくないことが起こったんじゃないかと不安で」

グレイソンの不安が恐怖に変わった。ドリアン・リードがどんな類いの男か見当もつかなかったからだ。

不道徳な美術品仲買人？　暴力的な罪人？　その両方なのか？

グレイソンのそんな思いを読みとったかのようにアメリアは青ざめた。「わたしもいっしょに行くって言ったんですけど、姉はひとりで行くって言って聞かなくて。ときにとても頑固になるんです」

そのことはよくわかっていた。

アメリアはカウンターをまわりこんで急いで近づいてくると、グレイソンの手をとった。「お願い、姉を助けてくださいます？」

自分の手をつかむ小さな手を見下ろすと、胸の奥で奇妙な感情が渦巻いた。じっさい、皮肉と言ってよかった。ミラーの娘のひとりが助けを求めているのだ。復讐がかなったと満足する思いはなかった。ただ、イライザを見つけて安全をたしかめなければという、切羽詰まった思いだけがそこにはあった。

グレイソンはアメリアの青い目をのぞきこみ、そこに浮かんだ苦悩をやわらげようと手をにぎって声を低くした。「心配要らない。きみの姉さんを見つけて連れ帰るから。ここに残ってクロエの面倒を見ていてくれ」

12

イライザは両脇で拳をにぎりしめてドリアン・リードと向き合っていた。「店の売り上げの大半をあなたに渡すなんてお断りよ」

リードはそのことばを無視し、脇机のところへ行って紙をとり出した。次に、近くにあったペンとインクも引き寄せた。

それから、手に紙を持ち、残忍な目をイライザに向けながら近づいてきた。「店の売り上げを私に渡すと書いて署名するんだ。まず、こう書く。『わたくし、イライザ・サマートンは心身ともに健全な状態のもと、これよりただちに、ピーコック版画店の利益の六〇パーセントをドリアン・リードに渡すものとします』」

「そんなことはしないと言ったわ！」

リードの声は冷たくはっきりしていた。「書きはじめろと言ったはずだ」

「そうしたければ、治安判事のところへ行けばいいわ。ジョナサン・ミラーの共犯者としてあなたもつかまるのはまちがいないでしょうけど」とイライザは言った。

リードは耳障りな笑い声をあげた。「誰が治安判事を巻きこむなんて言った？」そう言って目を険しくした。「じっさい、えらく単純な話だ。きみが父上の借金を払うか、さもなければ、きみの家族が傷つけられるか」

アメリアとクロエの身が危険にさらされると考えると、顔から血の気が引いた。「どうやって家族のことを……」

そのことばが口から出た瞬間、自分が失敗を犯したことに気づいた。リードは妹たちのことは知らなかったのだ。

しかし、今知ってしまった。

「ほかにも家族がいるのはわかっていたんだ」リードは悦に入った顔で言った。「弟たちか？　妹たちか？」イライザが黙ったままでいると、リードは肩をすくめた。「妹たちだな。男の兄弟なら、きみが私の家に付き添いもなく来るのを許したりはしないだろうから」

そのとき、イライザのなかで何かがはじけ、表に浮かび上がろうとしていた恐怖を押し戻した。

妹たちに害をおよぼすことは誰にも許さない。父に捨てられてからの年月でイライザがひとつ学んだことがあるとすれば、女は決して弱さを見せてはいけないということだった。男の多くは――顧客も画家もひとしく――いやらしい関心を示してきた。男の身内がいない未亡人で、生活のために働いている女は世間では保護されないのだ。イライザは外の世界に揺るがない自信を見せることでどうにかやってきたのだった。

しかし今、ドリアン・リードはイライザが大事に思っているすべてを脅かそうとしていた。

妹たちを。

店を。

絶望と目のまえに立つ男への嫌悪感が入り混じった。版画店は生計を立てる手段であり、生き延びる鍵だった。もうけの半分以上を与えたとしても、ドリアン・リードがそれで長く満足するはずがないと骨の髄にしみてわかっていた。

リードのような男は決して満足しない。

できることはたったひとつしか残されていなかった。イライザは目をサイドボードに走らせた。リードの木炭画の対象である剣と二連銃があった。

おちついて見せなくては。質問で気をそらすのよ。

「わたしの父はどうなの？　居場所を知っているの？」とイライザは訊いた。

リードは動きを止めた。「きみの知りたいことは知っている」

イライザは恥ずかしそうな笑みを作った。「たぶん、取引ができるんじゃないかしら。あなたが知っていることを教えてくれれば、あなたの望みどおりのことを書くわ」イライザはゆっくりとサイドボードに近づいた。

「それには大いに同意できるな」と彼は言った。

イライザはびくびくと下唇をなめた。リードの目が口に落ちた。目にみだらな色が浮かんだのはまちがいなかった。

「きみは魅力的な女性だな、イライザ・サマートン」リードはゆっくりと言った。

苦いものが喉までせり上がってきたが、イライザは嫌悪を見せないようにした。演じるのよ、イライザ。一世一代の演技にしなくては。

イライザは首を傾げてリードを見た。「あなたは思っていたよりもずっと若いのね、ミスター・リード」

「私のことはドリアンと呼んでくれ」リードはゆっくりとイライザのあとをついてきた。

イライザの背中がサイドボードに触れた。イライザは剣と銃のどちらが上にあったかを必死で思い出そうとした。

どちらのほうが威力がある？

「ドリアン」とイライザは言った。

リードはすぐそばに立っていた。激しい息遣いをしていたが、その息はタマネギと煙草の匂いがした。目がイライザの口に落ちる。

イライザは手を後ろにまわして剣を探ったが、手が触れたのは銃の銃身だった。動転して剣を探す余裕もなく、空いている手でリードを突き飛ばし、銃口を彼の胸に向けた。

「動くと撃つわ」と言って撃鉄のひとつを起こした。

リードの顔に警戒の色がよぎり、目が細められた。「きみは父親の人殺しの気質も受け継いでいるようだな」

父親の人殺しの気質？　それを聞いて笑いたくなった。父は不道徳で貪欲ではあったが、イライザの知るかぎり、誰かに肉体的な害をおよぼしたことは一度もなかった。

「知っていることを教えて」とイライザは要求した。

「どうやってここから逃げるつもりだね、イライザ？　ひと声叫べば、うちの使用人が飛んでくる。私たちの両方を撃つつもりかい？」

イライザはふたつ目の撃鉄も起こした。「それぞれにひとつずつ銃身があるわ」

リードの顔にゆがんだ笑みが浮かんだ。「きみのとてつもない頑固さには感服するよ、ミセス・サマートン。いい商売の相棒になるだろう。きみの脱出計画にはひとつ問題がある」

イライザはおちつきを保って見せていたが、それはもろい仮面でしかなかった。手は震えていた。「それは何かしら？」

リードはまだ笑みを浮かべたまま、見透かすように冷たい目を彼女に向けた。「その銃に弾丸《たま》がはいっていると思っているんだな？　剣をつかむべきだったね」

そう言って銃を奪おうと飛びかかってきた。

イライザは引き金を引いた。

かちりという音がしただけだった。弾丸が発射される音はしなかった。

その一瞬、イライザは鼓動が速まるなか、銃を持ったまま立ち、リードは狡猾な笑みを浮かべた。

強い指が自分へと伸ばされた瞬間、イライザは反射的に男の頭めがけて銃を投げつけた。サイドボードまで行くまえに、荒っぽく引き戻され、ソファーへと押しやられた。すぐさまリードが全身で上にのしかかってきた。

「追いかけっこがしたいのか？　相手になってもいいぞ」

濡れた口が口に強く押しつけられた。イライザは男の胸を押しやろうとしたが、男は針金のように強かった。彼女は平手で相手の耳をたたいた。「どいて！」

「それをしてはいけなかったな」リードは唾を吐いた。「でも、荒っぽいのが好みなら、喜んで従うさ」そう言ってイライザの髪をつかんで首をそらさせた。硬い口がイライザの口をふさぎ、唇を押しつぶして歯にあてた。下唇に血がにじんだ。指はドレスの薄い綿越しに肩をきつくつかんだ。

イライザは恐怖にとらわれた。リードの体の下で身をよじり、激しく抵抗した。足を持ち上げて下腹部を強く膝で蹴った。リードは痛みに声をもらし、イライザは相手の体を押しのけようとした。

ふいにリードが後ろからつかまれて床に投げ飛ばされた。

リードのまえに立ったグレイソンの顔は怒りに満ちていた。

リードは威嚇するような顔のグレイソンから扉へと目を動かし、「サム！」と叫んだ。「わざわざ呼ぶ必要はない」グレイソンはうなるような声を発した。「あんたの用心棒は簡単に買収されたよ」

リードの顔がまだらに赤くなった。リードはよろよろと立ち上がると、頭を低くして怒り狂った牡牛のようにグレイソンに向かっていった。

グレイソンの拳があたる音とリードの鼻の折れる音が部屋に響き渡った。鼻から噴き出した真っ赤な血が床に飛び散った。リードはよろよろと後ずさり、イーゼルにつまずいて仰向けに思い切り倒れた。イーゼルとキャンバスが倒れ、箱にはいっていた木炭が硬材の床にばらまかれた。

ふらふらになったリードは折れた鼻を手で押さえて痛みに声をあげた。

グレイソンはイライザに向き直った。眉を下げ、張り詰めた顔をしている。「ここへひとりで来るなんて、いったい何を考えていたんだ？」

リードの指のあいだから流れ出る真っ赤な血を見てイライザは目を丸くした。「わ……わたし――」

「ああ、イライザ、けがをしたのかい？」とグレイソンは訊いた。

「いいえ」とイライザは答えたが、リードが立ち上がろうとしているのを見て警戒の声をあげた。

グレイソンは振り返り、シャツのまえをつかんでリードを立たせた。「ぼくがあとからすぐに来ることは、きっとご婦人から聞いていたはずだが」

リードは指のあいだから血をしたたらせながらうなずいた。

「盗まれたレンブラントが最近市場に出てきていないか知りたいんだが」とグレイソンは言った。

リードは鼻を袖で拭いた。顔に血の跡が残った。「ピケンズが入札した」

「ヘンリー・ピケンズ子爵のことか？」とグレイソンが訊いた。

リードはグレイソンの手から逃れようともがいたが、無駄だった。「そうだ！ その子爵だった」

イライザはドリアン・リードがこれほど素直に質問に答えるのが信じられなかった。鼻を折られただけで、この下衆な男はぺらぺらと話しはじめていた。

グレイソンはリードをもう一度揺さぶった。「それで、このご婦人の父親は？ 彼はどこにいる？」

「私が最後にジョナサン・ミラーに会ったのは二年まえだ。どこへ向かうかは教えてくれなかったし、私も訊かなかった」とリードは答えた。

「二年まえ！ だったら、父は生きているの？」とイライザは訊いた。

ドリアン・リードはイライザに目を向けた。その目が細められたが、さっきほど危険な忌まわしい目ではなくなっており、シャツのまえはグレイソンにつかまれたままだった。

「さあね。でも、私は金を返してもらいたいと思っている」

「なんの金だ？」とグレイソンは訊いた。

「彼女の父親は姿を消すまえに私から千ポンド盗んでいったんだ。父親はいなくなったが、娘はここにいる」リードはイライザを指差して言った。「金を返してほしい」

「この人は父の借金の代わりにわたしたちの店をよこせと言うの」とイライザは言った。

グレイソンは突然リードを放した。リードはよろよろと後ずさった。グレイソンは上着のなかに手を入れ、財布をとり出してそれをリードの足元に放った。財布は金貨が触れ合う大きな音を立てた。「それを受けとって、それ以上を求めるな」

リードは貪欲に目を光らせて身をかがめ、財布を手にとった。

イライザは目をみはった。鼓動が速くなる。グレイソンの振る舞いに驚くあまり、ことばが喉でつかえた。

グレイソンは黒っぽい目を細めてドリアン・リードをにらんだ。「ぼくの金貨を受けとったら、今後二度とこのご婦人に近寄るな。わかったか？」

グレイソンはリードがうなずくまで待つと、リードのシャツをつかんでソファーに頭から突っこませた。

それから、イライザの手首を指でつかんだ。「行こう」

そのまま連れていかれる以外になかった。手首をつかむグレイソンの手は万力のようだった。リードの家を出ると、イライザはちらりとグレイソンの横顔に目を向けた。こわばった顎の筋肉がぴくりと動いた。

もちろん、この人は怒り狂って当然だ。わたしは知りたいことを知り、それを隠しておくつもりで、彼の裏をかいたのだから。でも、何を期待していたの？　この人は父を監獄に送って罪を償わせるつもりでいる。そんなことをさせるわけにはいかない。イライザは最初に父を見つけ、娘たちを見捨て、二度と連絡してこなかった理由を訊きたいと思ったのだった。

グレイソンは廊下を大股で進み、イライザは必死でそれについていった。大きな用心棒が小さな玄関の間でうつぶせに倒れているのを見て、頭がくらくらした。庭用のレンガがそのそばに転がっている。

「なんてこと！　死んでるの？」

「いや」

「買収したんだと思っていたわ」

グレイソンはイライザのまえに進み出て、広い肩で男の体が見えないようにした。「交渉する暇はなかったからね。きみがなかにいるのはわかっていたから」

グレイソンが玄関の扉を開けると、紋章のはいった上品な馬車が、イライザが雇った辻馬車が停まっていた場所に停まっていた。

馬丁がすぐさま進み出て扉を開けた。グレイソンはイライザに手を貸して馬車に乗せ、向かい合う席に自分もすわった。長い脚がスカートをかすめた。

馬車はハーネスの金具の音とともに走り出した。ふたりのあいだには沈黙が重い雲のようにに垂れこめた。イライザは思い切って彼に目を向けたが、黒っぽい目に浮かんだ猛々しさがハンサムな顔を厳しく見せていた。イライザは身震いした。

「あなたがわたしに怒っている理由はわかるわ」イライザは思い切ってことばを発した。

「そうかい？　その理由を教えてもらいたいね」

「わたしがひとりで父の居場所を知ろうとしたから怒っているのよ。復讐の機会を失うことになりそうだったことに」

「ちがうね。きみが自分の命を危険にさらしたことを怒っているんだ」

「そこまでじゃないと――」

グレイソンは硬い筋肉質の体を脅すようにまえに押し出した。イライザは身を引いた。頭がクッションのきいた革の座席にあたり、それ以上身をそらすことはできなかった。

「だったら、どこまでだというんだ？　あのときぼくが現れなかったら、あいつは何をしたと思う？」とグレイソンは訊いた。

イライザの胃がせり上がった。「わ……わかってもらわなければ。父のことは姿を消してから丸一年探したの。父を見つける……機会があれば、どんな機会でも、それをつかまなければならない。そのまえに父がつかまって監獄送りになったら、その機会が失われてしまうから」

「きみが危害を加えられることになったら、どんな機会だって失われると思うけどね」

「危険を冒したのはわかってる」

「ばかな危険だ」

イライザが驚いたことに、グレイソンは手を伸ばし、親指の腹で彼女の下唇をかすめた。グレイソンは手を引っこめてそこについた血をじっと見つめ、口をきつく引き結んだ。

「あの野郎」と歯嚙みするように言う。それから、ウェストコートからハンカチを出してそっと傷ついた唇を拭いた。

そうして何秒かハンカチをあてていてくれた。

イライザは勇気を振り絞ってようやく口を開いた。「わたしの居場所をどうやって知ったの?」とささやく。

「店に行ったときにアメリアが教えてくれた。具合が悪くなるほどにきみを心配していた」

罪の意識が胸を貫いた。自分の行動を正当化しなければという思いがまた湧き起こった。

「父がリードにお金を借りていたなんて知らなかったの。店のもうけの半分以上を彼に渡すという書類を書いて署名しなければ、アメリアとクロエに害をおよぼすって脅されたわ」

「そうだとしても驚かないね」

イライザはスカートの皺を伸ばした。「お金のことはお礼を言います。リードにお金を払わされていたら、版画店を失って困窮することになっていたでしょうから。時間はかかるでしょうけど、きっと全額お返しすると約束します」声が震えた。

グレイソンは黒髪を指で梳き、息を吐いた。「イライザ、店に行って、きみがひとりで行ってしまったと知ったときには、ぼくはかっとなった。でも、きみが思っているような理由からじゃない。ぼくをあざむこうとしたことよりも、きみが自分の身を危険にさらしたことのほうに怒っていたんだ」

イライザは凍りついたように身をこわばらせた。彼と言い争うためにありとあらゆる自己弁護のことばを用意したのに、言い争いにはならなかった。グレイソンの告白は思いがけないものであると同時に心躍らせるものでもあった。目と目が合い、神経の末端まで興奮が巡った。彼の目は危険な秘密をほのめかし、それ以外にも何か……もっと多くをほのめかしていた。

わたしのことを思ってくれているということがあり得る？

「もうこんな無謀なことは絶対にしないと約束してくれ」張り詰めた声で彼は言った。

じっと見つめられ、思いは千々に乱れた。「わ……わからない」

グレイソンはイライザの肩をつかみ、そっと揺すった。「約束してくれ」

「できるだけそうするわ」

「それじゃ足りない。どうやらもっと説得する必要があるようだね」

グレイソンは彼女を膝の上に引き寄せ、キスをした。その唇はやわらかく、ドリアン・リードによって傷つけられた場所を慎重に避けていた。ゆったりと官能的に口の上で口を動かすキス。恐ろしい経験をしたばかりのイライザには、彼のたくましい腕が体にまわされる感触が必要だった。その広い胸に体を押しつけるようにして身をそらす。イライザは大胆にも彼の頰をてのひらで包んで唇に唇を押しつけた。

グレイソンは喉の奥で低い声をもらしたが、それ以上キスを深めようとも口を奪おうともせず、イライザは物足りなさを感じた。そうする代わりに彼は顔を引き離した。

そのまなざしが暗くなる。「ぼくが言ったとおりに約束してくれるまで、きみに思い切りキスをしたくてたまらないんだが、痛い思いはさせたくない」

そう言って腕のなかで彼女の体の位置を変え、ただ抱きしめた。イライザは顔をたくましい胸に寄せ、強い鼓動を感じた。彼の体の熱が伝わってきて、暖かく、居心地がよかった。ドリアン・リードに襲われたせいで動揺したものの、今はグレイソンの腕に抱かれて安心できた。

心から感謝してもいた。かつて彼に屈辱を与え、正義の裁きを逃れた人間である父の借金を払ってくれたのだから。長年探しながらも見つけられなかった人間の。

イライザは腕に抱かれたまま身動きし、たくましい横顔を見上げた。「どうしてドリアン・リードにお金をあげたの？」

「つまり、どうしてきみの父親の借金を払ったのかってことかい？」

イライザの鼓動が速まった。「ええ」

「リードのような男は金のためならどんなことでもするからさ。二度とあいつがきみやきみの妹たちを悩ませることのないようにしたかったんだ」

心臓が激しく鼓動するあまり、馬車のなかで彼にそれが聞こえないのが驚きだった。

「お金はどうにかしてお返しします。何カ月も……何年もかかるかもしれないけど、どうにかして――」

「返してもらうつもりはない」とグレイソンは言った。

心のなかで何かが変わっていた。彼を信頼しはじめていた。いいえ、そうじゃない。彼のことは信頼していた。おそらく、グレイソンを父と比べるのはまちがっていたのだ。まったく異なる種類の人間なのだから。父は娘たちを無視して捨てたのに、グレイソンはイライザと妹たちが生き延びる手助けをしてくれた。

イライザはすばやく決断を下した。彼の膝から降りると、まっすぐ向き合ってすわった。

「だとしたら、わたしは約束を果たしたいわ」

「どの約束だい？　二度とジョナサン・ミラーを探しに行くことはしないという約束かい？」

イライザは顔をしかめた。「それについては、できるだけそうすると言ったわ。でも、今わたしが言っているのはそのことじゃないの」

「だったら、なんだ？」

「盗まれた絵をとり戻すお手伝いをしたいの。リードはレンブラントの絵に興味を示した子爵の名前を言っていた」

グレイソンはうなずいた。「ピケンズ子爵。彼の個人的な収集品はぼくよりも多い。彼とは見解が一致しないこともあるが」

「どうしたらお手伝いできる？」

グレイソンはためらい、黒っぽい目に考えを巡らしているような表情が浮かんだ。「ロイヤル・アカデミーは来週展覧会を開く。それには子爵もまちがいなく参加する」

「ピケンズに最近盗品を買ったか訊くつもり？」

グレイソンは忍び笑いをもらした。「直接訊いたりはしない」

「じゃあ、どうやって？」

「毎年、子爵は妻の誕生日に舞踏会を開くんだ。招待状を手に入れようと思う」とグレイソンは言った。

「あなたがすでに招待客のリストに載っていないのは驚きだわ」

「さっきも言ったが、われわれの交流は必ずしも友好的じゃないからね」

イライザは笑いを押し殺した。「それを想像するとおかしい。あなたとそりの合わない人なんて」

グレイソンはからかうような口調を聞いて笑みを浮かべたが、やがてその目はゆったりと彼女の体をさまよった。「ほかにどんなドレスを持ってる？」と訊く。

ふいに今着ている質素な青い綿のドレスが気になり出した。彼の属する世界で求められるようなドレスではないかもしれないが、商人が着るには完璧だった。

「どうして？」

「アカデミーに同行してもらいたいからさ」

予想もしなかった依頼で、興奮のあまり、さまざまな思いが頭を駆け巡った。ああ！ロイヤル・アカデミーと、展示されるすばらしい作品。冬のあいだの展覧会は夏の展覧会ほどの人気はないかもしれないが、そんなことはどうでもよかった。長年行きたいと思っていた場所だったが、上流社会の人に贋作画家の娘として認識されるのではないかと怖かった。

しかし、ハンティンドン伯爵に同行すれば、誰がそれを疑う？　高く評価されている美術評論家で、その評判に父が瑕をつけることになった人物に同行するとすれば。

誰もそんなことは信じないはずだ。

「ボンド街に上流のご婦人方の人気を集めている婦人服仕立屋がある。きみを買い物に連れていきたい」と彼は言った。

「あなたのお慈悲をこれ以上は受けられませんわ、伯爵様」

「慈悲じゃない。展覧会に参加するとしたら、きみにもそれらしく着飾ってもらわなければならないからね。それは衣装で、アカデミーは舞台だと考えてくれ。それだけことだと」

演技をするということね。この五年ほどそうしてきたように。

なぜか、心にがっかりする思いが湧き起こった。グレイソンは美術愛好家仲間として展覧会に連れていってくれようというわけではないのだ。アカデミーの宝をゆったりと眺めて新進の画家について話し合ったり、巨匠の作品をじっくり見たりして、ただいっしょに過ごしたいというわけでもない。目的があるのだ。ピケンズ子爵とかかわりを作って盗まれた絵を見つける手助けをすること。そうでなければ、アカデミーに同行してほしいと誘ってくれることは絶対にないだろう。

それを忘れないようにして、愚かしい空想をはばたかせるのをやめなければ。彼のことは信頼しても、自分は心を奪われるほど愚かではない。

「わかりました。婦人服仕立屋に伺います。でも、わたしは昔ほどご婦人の衣装について詳しくないけれど」

「ぼくもいっしょに行くって言っただろう？」

ハンティンドン伯爵がドレス選びを手伝ってくれるというの？　婦人服仕立屋にいる彼を思い浮かべる。ハンサムで男らしい貴族が店にはいってきたとたんに仕立屋がちやほやするのはまちがいない。男性が恋人の服を買うというような、あまりに親密な経験となる。

彼の恋人。

顔が熱くなった。想像が熱を帯び、温かい震えが背筋を這った。ベッドでハンティンドン伯爵と裸体をからみ合わせている情景。この人はやさしく愛してくれる？　それとも情熱にわれを忘れてしまう？

馬車はピーコック版画店のまえで停まった。

イライザが扉の取っ手に手を伸ばすと、その袖にグレイソンが手を置いた。悦びに肌がちくちくした。

「馬車を迎えによこすよ」と彼は言った。

イライザは自分を信用できず、彼と目を合わせることができなかった。この人はあまりに賢く、直感が鋭すぎる。きっと想像していることを悟られてしまう。

イライザは黙ってうなずき、店へ駆け入った。

13

グレイソンは空のグラスをテーブルに置いた。「もう一杯」

「酔っ払うほど飲むのはきみらしくないな。酔っ払いたい思いの陰にはご婦人ありだろう？」ブランドンはクリスタルのデキャンタを持ち上げて言った。

グレイソンは飲み物を飲んだ。「イライザはあやうく殺されるところだったんだ。それもぼくより先に父親を見つけたいばっかりに」

「彼女を責めるのかい？」とブランドンは言った。

グレイソンはグラスにはいった琥珀色の酒をまわし、その質問について考えた。嫌な気分だった。イライザを店に送ってすぐに、友人の家を訪ねたのだったが、ブランドンはグレイソンをひと目見ただけで、書斎に招き入れてグラスを渡してくれたのだった。

「ミラーは彼女と妹たちを捨てたんだ。イライザは生き残るためだけに年寄りのサマートンと結婚した」しばらくしてグレイソンは答えた。

ブランドンは肩をすくめた。「だから？　ミラーが彼女の父親であるのは変わらない。これだけ年月が経っても、父親と話したいと思うのは当然だ」

「今日のようなことがあった以上、彼女は衝動的に行動すべきじゃない」グレイソンはきっぱりと言った。

イライザがひとりでドリアン・リードに会いに行ったと知ったときには気が動転した。リードがイライザとソファーでもみ合っているのを見たときは、怒りのあまり息ができないほどだった。それから、イライザが痛い思いをしたか、もっと悪いことに、暴行されたかもしれないと、胸の悪くなるような恐怖に駆られ、暴力的な行動に出てしまった。どちらの感情も恐ろしいほどに慣れないものだった。

いったいぼくはどうしてしまったのだ?

自制心に勝り、抑制のきいた人間として仲間内では高く評価されており、深く思考する美術評論家でもあった。情熱が解放されるのは、画廊の壁にかかった傑作を眺めるときだけだった。それなのに、自分らしくない暴力を二度もふるってしまった――一度目は倉庫の所有者に。そして今度はドリアン・リードに。すべてイライザのためだった。

それから、馬車のなかで彼女のほうから顔に手をあててキスをしてきた。その唇は甘く熱く、自分は熱く焦れる反応を見せることになった。彼女をきつく抱きしめて心ゆくまでキスをしたくてたまらなかったが、傷ついた唇の血の味を感じてすぐに身を引き離したのだった。彼女を誘惑したいとは思っても、傷つけたくはなかった。だからこそ、不規則な荒い呼吸を抑え、欲望を抑制したのだ。

ブランドンはグラスを下ろして忍び笑いをもらした。「初めてぼくが正しかったようだな。偉大なるハンティンドン伯爵のグレイソン・モンゴメリーが欲望に駆られている。そんな日が来るとは思いもしなかった」

グレイソンは顔をしかめた。イライザ・サマートンがほしいのはたしかだった。それを否定してもしかたない。これまで出会ったどんな女性ともちがい、彼女にはうっとりさせられ、夢中にさせられた。夜には、彼女が絶頂を迎えて彼の名前を叫ぶまでこの上なく美しい肌の隅々にまでキスをし、舌を走らせる、みだらな夢に悩まされた。

欲望、復讐の思い、所有欲と、相反する感情に心が引き裂かれ、それが嫌でたまらなかった。

今日の午後の出来事にまた思いが引き戻される。イライザも彼が救いに来たとわかるだけの分別は持ち合わせていた。グレイソンはじっさいにドリアン・リードを彼女から引き離しただけでなく、彼女の父親の借金も払ってやったのだった。思い返してみれば、ジョナサン・ミラーがこしらえた借金を払ってしまったことで怒り狂ってもよかったのだが、妙なことに、そうはならなかった。財布をリードの足元に放ったのは衝動的な行動だった。そのときもためらわなかったが、今も後悔していない。

くそっ！　娘を父親の罪とは分けて考えはじめているのか？

その問いが心にぶつけられた。少なくとも、ひとつだけいいことがあった。イライザがレンブラントを見つける手伝いをすることに同意したのだ。そう、まえも約束はしたが、それは渋々だった。妹たちともども贋作の罪で訴えられるのを恐れ、選択の余地はないと思っていた。しかし、ドリアン・リードとの一件のあとは、その翡翠色の目には感謝がはっきりと表れ、心から手伝いたいと思っているのがわかった。

ただ、彼女に触れず、愛を交わさずにどのぐらいいっしょに行動できるだろう？

ブランドンの言うとおりだ。グレイソンは欲望に駆られていた。

痛いほどの欲望に。

「いつまたミセス・サマートンに会うんだい？」とブランドンは訊いた。

「買い物に連れていくことになっている」

ブランドンは首をそらして笑った。「またもきみにとって初めてのことだな、友よ」

「そういうことじゃない」グレイソンは言い返した。「ピケンズ子爵とかかわりを持つために、ロイヤル・アカデミーにいっしょに行ってもらうことになっているんだ。盗まれたレンブラントは子爵が買ったんだと思う」

「ピケンズ？　あの傲慢なくそ野郎か」

「それはわかっている」グレイソンは冷ややかに言った。

「子爵はきみを毛嫌いしている。きみたちふたりは水と油じゃないか？」

グレイソンの唇が引き結ばれた。「そう表現する者もいるかもしれないな」

「イライザが彼を魅惑できるかもな。きれいな黒髪が好みだそうだから。きみを悩ませるためだけにでも、彼女をきみから盗もうとするかもしれない」とブランドンは言った。

「そうなることをあてにしている」

それもすべて計画の一部だった。ピケンズがイライザに惹かれたとしても意外ではない。結局、息をしている男で彼女に気を惹かれない人間がいるだろうか？

そしてこれもブランドンの言うとおりだった。グレイソンがイライザに心を奪われているとピケンズが思えば、どうにかして彼女を盗みとろうとするはずだ。

それが目的を果たす役に立つことはわかっていた。盗まれたレンブラントを見つけるのが楽になる。それが自分の望むことだ、そうだろう？

だったら、どうしてほかの男といるイライザを想像すると臓腑がよじれる気がするのだろう？


グレイソンは店に来るまえに伝言をよこしたので、イライザは彼の紋章入りの上品な馬車が到着したときには、版画店のまえで待っていた。冷たい午後の空気がほつれ毛を揺らし、イライザは毛皮のついたマントをきつく体に巻きつけた。

グレイソンが馬車から降りたときには、彼のもとに駆け寄りたいという妙な衝動と闘うことになった。濃紺の上着とダマスク織のウェストコートと淡黄褐色のズボンを身につけた彼は、イライザを見つけて官能的な笑みを浮かべた。

なんてこと。その姿を見て息を奪われそうになる。

「時間を守るご婦人は好ましいな」と彼はからかうような口調で言った。

小さなバッグを持つ指がこわばった。怒った伯爵ならうまく扱えるが、ハンサムで魅力的な男性のほうが扱いが困難だ。この種の攻撃には心の防壁が簡単に崩れそうで不安になる。

彼はまれなタイプの男性だった。男らしい自信と一抹の危うさという抗いがたい性質を合わせ持つ男性。女性をうっとりさせる類いの男性。

イライザはつねづね自分を論理的で実際的な女性と思っていた。知性を活用して生き延びてきた商人であると。しかし、ハンティンドン伯爵の何かが、ありとあらゆる理性を頭から吹き飛ばしてしまう。

グレイソンは手を振って馬丁を下がらせ、自分で扉を押さえてイライザが馬車に乗るのを手伝った。彼女は手袋をした手を彼にあずけ、馬車に乗りこんだ。

クッションのきいた座席に向かい合ってすわると、彼の体のたくましさと熱を意識せずにいられなかった。馬丁が馬車の扉を閉め、暖かく居心地よい馬車のなかは、繭に包まれている感じがした。

しかし、完全に気をゆるめることはできなかった。ハンサムな男性が向かい合ってすわっていては。自分がこれほど強く反応してしまうただひとりの男性が。

「きみの妹さんたちはすべてを知っているのかい？」と彼は訊いた。

「あなたがわたしを買い物に連れていくのを知っているかってこと？　それとも、昨日、ドリアン・リードとのあいだに何があったか知っているのかってこと？」

グレイソンの唇の端が持ち上がった。「両方さ」

イライザはため息をついた。「いつもクロエよりはアメリアに多くを打ち明けるんだけど、それでも、ふたりには要らない心配をかけないでおこうと決心したの。リードは最初協力的じゃなく、父の借金の代わりとして版画店のもうけの分けまえをほしがったって話はしたわ。それで、あなたがわたしたちのために千ポンドを払ってくれたことも。どちらもあなたにはとても感謝してる」

「まえにも言ったが、ふたりともきれいなご婦人で、害がおよぶことにはならないでほしいと思っているからね」

「ああ、クロエはあなたを尊敬しているわ。それで、アメリアはあなたが善良な人だと確信するようになった」

グレイソンは笑った。「きみはそう思わないのかい？」

イライザは鼻に皺を寄せた。「あなたはお世辞を必要としない男性って気がするだけよ」

「まさしく」彼は言った。「きみの妹さんたちについては、ドリアン・リードのタウンハウスで起こったすべてを話さないというきみの判断に賛成だ。アメリアはきみの身の安全をひどく心配していたしね」

イライザは顔が染まるのを感じた。「心配させて悪かったと思っているの。だからこそ、胸が悪くなる部分は省いたのよ。省いたからって嘘をついたことにはならないし。わたし自身、忘れたいことだわ」

グレイソンの表情がまじめなものに変わった。「それでも、そこから学ぶべきことはある」

イライザは座席の上でもじもじした。「わたしは学校に通う子供じゃないわ」

「そう、ちがうさ。でも、昨日恐ろしい思いをしたせいで、ぼくはひとつ年をとった気がするよ。きみがひとりで誰かを訪ねるようなばかなことは二度としないでくれるといいな」

その声に心配があらわになっているのがわかり、イライザはまばたきした。ほんとうにこの人にそんな影響をおよぼしたの？　昨晩、彼女は黒っぽいマントをはおったドリアン・リードから逃げる悪夢を見たのだった。どれほど走って逃げても、リードは追いつきそうに見えた。しまいには、ベッドで汗まみれになり、荒い息をして目覚め、どうにか妹たちを起こすまいとすることになった。

「もう済んだことだ、イライザ。きみが傷つくようなことはぼくが許さない」と彼は言った。

やさしく発せられたことばが神経をなだめてくれた。イライザはごくりと唾を呑みこみ、目をそらした。父を憎んで当然のこの人が、どうしてわたしを守ってくれようとするの？

イライザは膝の上で指をもみしだいた。「アカデミーでわたしが何をすればいいのか、もう一度教えてくださいな」

「レディ・ピケンズの誕生日の舞踏会への招待状を手に入れてもらいたい」

イライザは目を上げた。「わたしに？」

「ああ。きみならきっとピケンズ子爵を魅了できるはずだ」

「わたしが社交界の舞踏会に招かれることはそれほど多くないと指摘させてもらいますわ、伯爵様。商人は暇な時間に舞踏会用のドレスを着て貴族とワルツを踊ったりはしないので」

「社交界の仕組みについてはよくわかっているが、心配はしていないよ。ピケンズ子爵は美術関係の友人たちを全員招いている。影響力のある美術評論家や収集家といった連中だ。摂政皇太子お抱えの美術品収集家のヤーマス卿までを」

「それで、正確にはわたしはどんな範疇にはいるんです？」

「彼が舞踏会に招くなかには画家も含まれる――世の中に認知されている画家だけでなく、まだ認められていない連中も。ありとあらゆる類いの画家たちをまわりに集めているわけだ。招待客のなかには美術店の主もいる――アッカーマンズのルドルフ・アッカーマンも」

「それでも、わたしは――」

「きっと大丈夫だ」

イライザが黙りこむと、グレイソンは人差し指で彼女の顎に触れて目を上げさせた。目が合うとイライザは息を呑んだ。

見つめる彼の目は、きみはぼくのものと語っていた。きみを守ると。

そして、きみがほしいと。

その目はそう語っていた。互いのあいだにはつねに熱いものが流れていた。欲望のせいで空気がぱちぱちと音を立てる気がした。

馬車は突然停まった。グレイソンが最初に目をそらし、その目を窓の外に向けた。「着いた」

その意味を理解するのに時間がかかった。心が揺れ動いていたからだ。やがて、行き先を思い出した。

婦人服仕立屋。

イライザは深々と息を吸い、膝の上でバッグをにぎりしめていた指をゆるめた。馬車という狭い空間にこれ以上いたら、彼の腕に引き寄せられてきつく胸に抱かれ、キスされることになり、そのせいでみぞおちのあたりに荒々しく渦巻くものが生じてしまう。

彼から離れると思っただけで何かを失った気分になってはいけないのだ。
でも、そんな気分だった。
ああ、そんな気分だった。

14

踏み台が下ろされ、イライザは急いで馬車から降りた。頭をはっきりさせるために新鮮な空気が必要で、荒れ狂う心臓をなだめるには、グレイソンから離れる必要があった。目を上げると、ボンド街の婦人服仕立屋の張り出し窓が見えた。

その店のまえは何度となく通ったことがあったが、なかにはいったことは一度もなかった。その必要もなかったからだ。その店は今の上流社会において最高級の仕立屋だったが、イライザはもはや上流社会との付き合いはなかった。

グレイソンが店の扉を開け、ふたりがなかにはいって扉が閉まると、小さなベルが鳴り、店主に客の到来を告げた。長い顔に上向きの鼻をした長身のほっそりした女性がまえに進み出て挨拶した。

「いらっしゃいませ。何かお手伝いできますか……」

「ハンティンドン伯爵だ。ああ、大いに手伝ってもらいたいね」

婦人服仕立屋は伯爵が店を訪ねてきたことを知って目をみはったが、急いでお辞儀をしてにっこりした。「もちろんです、伯爵様。わたしはこの店の主のミセス・ガードナーです」

グレイソンはイライザを身振りで示した。「こちら、ミセス・サマートンだ。最新流行のドレスが必要でね」

伯爵が女性をともなって現れ、女性の装いについて助言するのを奇妙に思ったとしても、ミセス・ガードナーはおくびにも出さなかった。非常に有能な仕立屋なのねとイライザは胸の内でつぶやいた。仕立屋はおそらく通り向こうからも富のにおいを嗅ぎつけるのだろう。

ミセス・ガードナーはイライザを頭のてっぺんから爪先まで眺めまわした。「このお方にぴったりの色が浮かびました。どうぞこちらへ」

グレイソンの手がイライザの腰に軽くあてられ、店の奥へと導いた。ミセス・ガードナーの抜け目のない目はそんな細かいことも見逃さないのだろうとイライザは思った。

イライザは背筋を伸ばし、彼に親しげに触れられても顔を赤らめまいとした。伯爵と彼女の関係を婦人服仕立屋がどう思っているかはわからなかった。きっと伯爵の愛人だと思っているにちがいない。そうだとしても、そのせいでうろたえている様子はなかった。紳士が愛人を買い物に連れてくることはそんなに多いのだろうかと思わずにいられないほどに。

イライザは仕立屋のあとに従った。ライオンの足のついたエジプト風の椅子やシルクのカーテン、東洋風の絨毯など、特権と金を持つ顧客のために店の内装は優美だった。

「ドレスは一週間以内に必要だ」とグレイソンは言った。「散歩用のドレスやイブニングドレス、下着類も急いであつらえなければならない」

ミセス・ガードナーは足を止めてグレイソンのほうに向き直った。「一週間！　でも、ほかにも仕立てなければならない注文の品があるんです、伯爵様。お針子を余分に雇わなければならなくなりますわ」

「一週間で仕立ててくれれば、倍額を払うよ」

ミセス・ガードナーは目に貪欲な光を宿してうなずいた。「精一杯努めますわ。よければ、こちらです」

ハンティンドン伯爵が裕福なことはわかっていたが、期日までに仕立ててくれれば余分に払うと簡単に申し出たことには驚かずにいられなかった。イライザは自分の小さな版画店のことを思い浮かべた。わずかに色あせたカーテンと張り替えの必要なソファー。

仕立屋はふたりについてくるよう身振りで示して廊下を進んだ。グレイソンはイライザに横目をくれた。「上履きを買いに靴屋に行って、装飾品はほかの店に行かなきゃならない」

イライザは警戒して彼に目を向けた。「その全部が必要だと？」

「きみがぼくといっしょにロイヤル・アカデミーに行くつもりならね」

「でも、それ以外のドレスや下着は必要ないのでは？」イライザはささやいた。

「子爵の妻の舞踏会にはきっと招かれるにちがいないし」彼はそっけなく言った。「ほかのドレスについては、ほかにも同行してもらうことがあるかもしれないからね」

「ほかにも？」いったいなんの話をしているの？　ロイヤル・アカデミーに行くことはわかっていた。計画がうまくいってピケンズ子爵に妻の誕生日を祝う舞踏会に招かれた場合は、舞踏会に参加する可能性もあった。でも、それ以外に彼は何を考えているのだろう？

「きみは絵を見つける手助けをすると約束したはずだ、忘れたのかい？　それにはさらに外出する必要があるかもしれない」と彼は言った。

グレイソンはすべてを衣装と考えているのよとイライザは自分に言い聞かせた。それは使用人にお仕着せを着せるのと変わらない。一瞬気がくじけかけたが、仕立屋に導かれて服の吊るされた台やデザイン画の置かれたイーゼルのまえを通り抜け、生地が積まれている店の奥へと達すると、そんな思いも消え去った。

ああ、すごい！　棚にはシルクやサテンやカシミヤやクレープや綿やウールやベルベットやタフタや綾織物の色鮮やかな生地が積まれていた。

イライザはすぐさま妹たちのことを思い出した。アメリアは画家がさまざまな色を載せたパレットに惹かれるように、色や質感に惹かれることだろう。クロエは有頂天になるにちがいない。ふと、妹たちもここにいて、婦人服仕立屋をじかに経験できたならと思わずにいられなかった。

ミセス・ガードナーはサファイヤ色のシルクの布地に手を伸ばし、一ヤードほど広げてイライザに見せた。その生地はとても上等で、指のあいだから水が流れ落ちるような感触だった。こんな贅沢な生地で作るドレスにいくらかかるのか想像もできなかった。

「すてき」イライザは息を呑んだ。

「きみに似合うよ」とグレイソンは言った。

仕立屋の顔に満足そうな笑みが浮かんだ。「デザイン画をご覧いただいて、ドレスのデザインを選んでいただかないと。どんなデザインをお選びになっても、このシルクはうっとりするようなドレスになりますわ」

「ミセス・サマートンには明後日のためにイブニングドレスも必要だ。ロイヤル・アカデミーを訪ねるのにふさわしいドレスが」とグレイソンが言った。

仕立屋は足を止めた。「うちのドレスはすべて注文生産なんですが、ひとつお客様がお引きとりに来なかったドレスがありますわ」

ミセス・ガードナーは隅に飾られている深緑色のドレスを身振りで示した。ハイウェストで丸みを帯びたボディスにはクリスタルのビーズが飾られていて、イライザは息を奪われた。そのサテンを肌に感じてみたかった。何年もまえ、クロエがまだ子供で父がサーの称号を得たころには、父は贋作ではない絵を売っていて、姉妹も上等の最新流行のドレスを着ていたものだった。

「これがそれです」と仕立屋は言った。「簡素ですが優美です。多少手直しが必要ですが、すぐにできますわ」ドレスを手にとると、仕立屋はその生地をイライザの頰に持ち上げた。「ほら、この色によって目がエメラルド色に見えます。ほんとうにすばらしい！」

「たしかにすばらしい」グレイソンも小声で言った。

彼の目はドレスではなく、イライザの顔に釘づけになっていた。そのまなざしの強さにイライザの背筋に興奮の震えが走った。

「試着室に来ていただければ、試着していただいて、手直しができますわ」とミセス・ガードナーが言った。

ふたりは仕立屋のあとから店の奥の部屋にはいった。部屋にはカーテンのついた四つの仕切りがあった。部屋の真ん中には姿見のまえに丸い台が置かれている。

ミセス・ガードナーはカーテンを開き、ドレスをなかに吊るすと、イライザに仕切りのなかにはいるよう手招きした。「コルセットのお手伝いをしますわ」それから、グレイソンに向かって言った。「伯爵様、表の部屋ですわっておくつろぎください」

「いや、試着するのを見たい」グレイソンはそう言って隅の椅子を選んだ。

イライザはグレイソンに目を向け、その目をミセス・ガードナーに向けた。きっと仕立屋が抗議するのでは？

しかし、ミセス・ガードナーはまるで動じる様子を見せなかった。「もちろん、結構です、伯爵様」

グレイソンは試着室のなかにすわって自分が何をしているのかわからなかった。愚か者になった気分だった。奇術師の見世物で幕が開くのを待っている子供さながらに、自分の体には小さすぎる華奢なシタン材の椅子にすわっているなど。自分は子供ではなく、カーテンの陰に奇術師が隠れているわけでもなかった。

今の自分の振る舞いを釈明するために、ありとあらゆる言い訳を思いつくことはできた。イライザにロイヤル・アカデミーに同行してもらわなければならない。ピケンズ子爵とかかわりを持ってもらい、舞踏会への招待状を手に入れてもらわなければならない。

しかし、そうした言い訳のどれも、今自分がここにすわって待っていることの釈明にはならなかった。

きれいなドレスを着たイライザを見たい。あのドレスを脱いだ彼女を見たい。

彼女を見たい。

カーテンが開き、イライザが出てきた。そのあとにミセス・ガードナーが続いた。

イライザが台にのぼると、グレイソンは息を呑んだ。

仕立屋は興奮して手を打ち鳴らした。「思ったとおりでした！　色もきれいですし、寸法直しも簡単にできます」

その光景を見てグレイソンの口のなかが渇いた。仕立屋がドレスをつまんでピンで留めていたため、ドレスは第二の肌のようにイライザの体にぴったり貼りついていた。ビーズのついた深い襟ぐりが彼女のすばらしい胸を強調している。ウエストの位置が高いせいで女らしい腰の丸みがはっきりわかり、脚もどこまでも長く見えた。彼女の体のなかに自分をすべりこませたときに、その長い脚が巻きついてくる情景が脳裏に浮かんだ。すぐさま興奮を覚え、仕立てのいいズボンがきつく感じられた。

イライザの顔はうれしそうに赤く染まっていた。台の上でくるりとまわると、ほっそりした脛《すね》がちらりと見えた。

グレイソンはすわったままおちつきなく身動きし、目をそらした。

裁縫用のバスケットからはみ出している黒いシルクの生地が目を惹いた。イライザがシルクでできた下着を身に着けている姿を思い描くと、鼓動が速まった。

いったいなぜぼくは自分を苦しめているのだ？

仕立屋はピンクッションを手にとり、熱心な母鶏さながらに、イライザのまわりで忙しくしていた。「裾を見ますから、まっすぐ立ってください」

イライザはうっとりとスカートに手を走らせた。「こんなきれいな生地、久しぶり――」

途中でことばを止めると、顔を赤らめた。

熟練した仕立屋のミセス・ガードナーはイライザがうっかりもらしたことばに対して何

も言わなかった。

イライザが最後に自分のためにドレスや新しいものを買ったのはいつだろうとグレイソンは思わずにいられなかった。彼女のうれしそうな様子を見て心は満たされていた。ふつう社交の催しで同席する甘やかされた貴婦人たちとはあまりにちがう。かつての愛人たちは彼に服を買ってもらうのを拒むことは決してなかった。それどころか、要求することすらあった。

しかし、イライザは何も要求しない。

彼女の高潔さには驚かされた。店の経営に苦労している商人であり、妹たちを養う役目を負わされた若い女性なのに。イライザのような美しい女性に自分が欲望を抱くのは理解できる。当然のこととすら思える。しかし、称賛や尊敬はまるでちがう感情だ――彼女に対するすでに込み入った感情をいっそう複雑にする厄介な感情だった。

「ピンがゆるんでしまいました。腕を上げてくださいな。ボディスをもう一度締めますから」と仕立屋は言った。

イライザはそれに従った。すでに体にぴったりしていたボディスが豊かな胸で引き延ばされた。グレイソンは欲望に爆発しそうになった。彼女にきれいなものを買ってやりたくてたまらなくなり、彼女をシルクやサテンや宝石で飾り立てたい欲望に突然駆り立てられる。彼の喜びのためだけに着飾る愛人としてのイライザが脳裏に浮かんだ。

ぼくの愛人。

どうしてこれまでそれを思いつかなかったのだ？

単純な解決法だった。ふたりで長くみだらな午後や情熱的な夕べを過ごすためのタウンハウスを買い、彼女の店や妹たちから遠く離れ、彼のうんざりするような領地関係の帳簿や彼の注意を絶えず惹こうとする新進の画家たちの集団からも離れて過ごすのだ。

イライザと結婚することはできない。自分の爵位はもちろん、サラの評判や将来を考えなければならないからだ。しかし、彼女に指輪を差し出す必要はない。彼の立場の男がイライザ・サマートンを愛人にしたとしても、誰も驚きもしないはずだ。

「これでいいはずです」と仕立屋が言い、グレイソンのみだらな物思いは中断された。「ほかのドレスについては、デザインと生地を選んでいただかなくてはなりません。デザイン画を持ってきますので、ちょっと失礼します」ミセス・ガードナーはすばやくその場から去った。

イライザは台の上に立ったままでいた。ドレスにピンがついているせいで、仕立屋が戻ってくるまで待たなければならないのだ。ここにふたりきりでいるのが気まずいのか、下唇を嚙んでいる。グレイソンにとって彼女は謎そのものだった。経験豊富で世慣れた未亡人を演じているが、その目は性的に未熟であることを物語っていた。グレイソンはこれほどに女性を強く求めたことがこれまであったか思い出せなかった。

ふいにもっと彼女を知りたいという欲求に駆られ、グレイソンは華奢な椅子にすわったまま身を乗り出した。

「恋愛結婚だったのかい？」と訊く。

イライザの繊細な眉根が寄った。「なんですって？」

「きみの結婚さ。ご主人を愛していたのかい？」

イライザはためらい、ストッキングを穿いた爪先に目を落とした。答えないつもりかと思ったが、やがて彼女は目を上げた。「まえにも言ったように、ミスター・サマートンはずっと年上だったの」

グレイソンは立ち上がった。「ああ、わかるよ」

台の上に乗っていても、目を合わせるのに彼女は見上げなければならなかった。うなじのところで髪はピンで留められ、猫のような緑の目と優美な首筋がはっきりわかった。

「わかるってどういう意味です？」

「ふたりのあいだに情熱はなかった」

彼女の目がきらりと光った。「情熱はあったわ！」

「結婚の誓いをまっとうするだけのことじゃなくて」

「だったら、何ですの？」

グレイソンは一歩進み出た。「肉欲さ。欲望」

イライザは身をこわばらせた。なぜか彼女がぴりぴりしていることで、いっそう興奮が募った。

「こんなところで言うことじゃないわ、伯爵様」とイライザは言った。

「グレイソンだ。ぼくのことはグレイソンと呼んでくれ」と彼は求めた。

イライザは頑固そうに小さな顎を突き出した。「いいわ。こんなところで言うことじゃないわ、グレイソン」

「ぼくはそうは思わないな、イライザ」と彼は小声で言い返し、彼女のうなじの脈が速まるのが見えるほど近くに寄った。彼女の鼓動を速めたかった。自分の下で絶頂を迎えてあえぐ彼女の姿が心をよぎった。「きみに情熱を教えてやりたい」

イライザのふっくらした唇が開いた。「そんなのまちがってる」ささやくような声。

「これほどに強く惹かれるのがまちがっているはずはないさ」

目のまえに立つ彼女は熟れた果物のようだった。グレイソンは飢えていた。手を伸ばして触れずにいられないほどに。

手で彼女の頰を包む。「きみも感じている。そうじゃないかい？」

緑の目がみはられる。「いいえ」声はかすれていた。

「きみはめずらしい美術品を思わせるよ。美しいが変わっている。目を喜ばせるためのものので、扱いには最大限の注意が必要だ」

ボディスのなかで豊かな胸が上下した。「やめて」

「その特権がほしい」グレイソンはかすれた声で言った。「悪い扱いはしない。きみに肉欲の悦びを教え、きみが経験したことがなく、学びたいと思っているすべてを教えてあげよう」

みだらなことばを聞いてイライザの目がうるみ、液体のようになった。ピンク色の唇が開く。

その瞬間、キスを止められるものは何もなかった。グレイソンの意図を知ってイライザの目にも熱い期待の光が映った。グレイソンは男としての満足感に身震いした。彼女にキスをし、愛人になってくれるよう説得するのだ。

なんともすばらしい、完璧な計画だった。

彼女の父親に正義の鉄槌を下すつもりでいることには罪の意識を覚えずにいられなかったが、そうした思いも脇に退けた。その瞬間、熱した血は彼女だけに向けられていた。

グレイソンは首をかがめた。唇と唇はほんの数インチしか離れていない……。

イライザは深々と息を吸い、突然顔をしかめてボディスの端をつかんだ。「痛い！」

グレイソンはぎょっとしてすばやく身を引き離した。

イライザが腕を上げると、ピンが突き出しているのがわかった。脇の下のやわらかい肌に傷がつき、血がにじみ出ている。「忌々しいピン！」

「じっとしていて」とグレイソンは命じた。

ドレスをよく見ると、ピンの頭がボディスの内側にあった。ドレスの内側に入れた指が、胸の脇のやわらかく温かい肌に触れた。ライラックの繊細な香りに感覚が満たされ、グレイソンは鼻孔をふくらませた。彼女がそれ以上痛い思いをしないように注意しながら、ピンを生地からとり去る。サテンはわずかにゆるみ、シュミーズの上にバラ色の胸の先がちらりと見えた。

グレイソンの血は熱く重く体を駆け巡った。目を彼女の目に向けると、互いのあいだに興奮のさざなみが立った。グレイソンはピンが刺さった場所を親指でかすめた。

イライザは身動きしなかった。息すらしていない。

グレイソンはゆっくりと首をかがめてやわらかい胸の脇にキスをした。

イライザは息を呑んだが、彼を押しやろうとはしなかった。そのことに勇気を得て、グレイソンが肌をなめると、彼女は喉を詰まらせたような声をもらした。

甘く、温かく、独特な味わいだった。「お互い惹かれ合っているのは否定しないでくれ。それをもっと探求しなければ」グレイソンは肌に口をつけたままつぶやいた。

「だめよ」そう言うイライザの声は弱々しかった。

グレイソンは身を起こし、緑の目をのぞきこんだ。「だめじゃない。めったにない特別なことなんだから」

「できないわ」イライザは息をついた。

グレイソンはどうしてもキスせずにいられなかった。一度でいい。ピンにも何にも邪魔されずに。彼は顔を彼女の唇へと下ろした。

ちょうどそのとき、廊下に足音が響いた。イライザははっと身を離し、緑の生地をつかんで胸に押しあてると、台から降りて試着室へ逃げこんだ。カーテンを閉めたところで、ミセス・ガードナーが腕にデザイン画の束を抱えて急いで部屋にはいってきた。

「選ぶのにお力を貸していただけるはずですわ、伯爵様」そう言ってデザイン画の束を彼の腕に押しつけた。そのとき、遠くでベルが鳴り、別の顧客が店にはいってきたことを知らせた。「誰がいらしたのか見てきますので、少々お待ちください」ミセス・ガードナーは踵を返してまた速足で廊下を正面の部屋へ急いだ。

店主の間の悪い邪魔がはいったことで胸に苛立ちが募っていた。グレイソンは腕に持たされたデザイン画を見下ろした。デザイン画などどうでもよかった。カーテンの陰で起こっていることに心を奪われていたのだから。イライザがドレスを脱ぐと、その生地が長い脚をすべり落ち、コルセットの上には上向きの胸が突き出している。カーテンとはほんの一フィートしか離れていなかった。カーテンを開き、ドレスのホックをかけたりひもを結んだりの手助けをすることもできる。そうしながら、また誘惑の種を植えつけるのだ。彼女を愛人にするという計画をほのめかすために。

グレイソンは椅子にデザイン画を下ろした。カーテンへと手を伸ばしてまえに進み出る。

「店のまえに停めてあるのはハンティンドン伯爵の馬車かしら？」恐ろしいほど聞き覚えのある女性の声が官能の靄を貫き、グレイソンは脇に手を落とした。

眠っていてもその声は聞き分けられただろう。じっさい、眠っているあいだに聞いたこともあった。

レティシア。かつての愛人がここにいる。

くそっ。

15

イライザは小さな試着室で重い息をつき、壁に頭をあずけた。熱くなりすぎた肌に対して漆喰の壁は冷んやりしていた。彼に惹かれる気持ちは否定してもしかたなかった。グレイソンは男らしさを存分に発揮し、苦もなく彼女の感覚を奪った。彼に惹かれずにいられず、そばにいるときには、荒れ狂う感情を制御するのは無理だった。彼の唇がむき出しの肌をかすめ、なめたときのことが思い返される……。

ああ、なんてこと！　膝はまだもろく感じられた。

イライザは首を振った。こんなふうに惹かれるのは危険だ。欲望を募らせてどんないいことがあるというの？　彼との将来など問題外なのに。

見せかけだけでもおちつきをとり戻さなくては。妹たちと店と自分の生き方を守らなければならない。グレイソンはすでに多くを知りすぎている。何ひとつ見逃さない知性のせいでさらなる疑惑も生じたようだ。結婚生活に情熱が欠けていたという話から、お互いに絶えずつきまとう欲望を探求しようという話になった。力を貸すことに同意し、アメリアの秘密を守ってくれると彼を信頼すらしたが、だからといって、彼が彼女の過去のすべてを自由に掘り下げていいというわけではない。

すべての真実は誰にも知られてはならないのだ。

深々と息を吸うと、イライザは速まる鼓動を鎮めようとした。カーテンの裏に身は隠されていたが、安全とは思えなかった。グレイソンはカーテンの向こう側で待ちかまえている。一歩、もしくは二歩でカーテンを開けられてまた腕に引き入れられてしまう。

問題は、それに抗えるかどうかだった。

イライザは再度ドレスの背中に手を伸ばしたが、ピンで留められた生地のせいであまりにむずかしかった。いったい仕立屋はどこにいるの？

カーテンのあいだから外をのぞこうとしたところで、スカートのこすれる音と女性が息を呑む音が聞こえてきた。

「グレイソン！　思いもよらない驚きね」女性の声――ミセス・ガードナーの声でないのはたしかだ。

「こんにちは、レティシア」とグレイソンが言った。

イライザは当惑して耳を澄ました。グレイソンと名前で呼ぶほどこの女性は彼と親しいにちがいない。記憶が蘇り、イライザは凍りついた。彼の妹のサラが馬車に乗りこんできたときに言っていたことが思い出されたのだ。グレイソンを夜に頻繁に訪ねてきていた女性の名前がレティシアではなかった？　レティシアの公的な称号がレディ・キンズデールなのでは？

「ラスキン家の舞踏会以来ね、あなた。女性の衣装に興味がおありとは知らなかったわ」と女性は言った。

「レティシア――」

女性の声がかすれた。「またすぐに訪ねてきてくださらなくては、グレイソン。わたしが持っている衣装が今どんな状態か、見直してくださってもいいわね」

その不埒なことばを聞いてイライザは息を呑んだ。カーテンを少しだけ開けて外をのぞくと、驚くほどきれいなブロンドの女性が見えた。洒落た髪型にした銀色っぽい髪と白い肌と青い目が磁器の人形を思わせる。イライザの濃い色の髪や目とは対照的な見かけだった。貴婦人でもあった。上等のシルクのドレスは値の張る最新流行のものに見えた。それに宝石といったら！　金のネックレスにはクルミ大の大きなルビーがついていて、胸の谷間で輝いていた。

レティシアはほっそりした手をグレイソンの袖に置き、身を寄せて何か耳打ちしていた。その親密な身振りがことば以上に雄弁だった。

イライザの胃が沈み、指はスカートをきつくつかんだ。少しまえにはグレイソンの巧みな誘惑に屈しそうになったのだった。そのことばが頭のなかでこだました。〝お互い惹かれ合っているのは否定しないでくれ。それをもっと探求しなければ。めったにない特別なことなんだから〟。

わたしは何を考えていたの？

グレイソンはあの女性と今も情事を持ちながら、わたしともベッドをともにしたいというの？　レティシアが現れたことは不快極まりなかったが、イライザに自分の立場をわきまえさせてくれた。

わたしと彼はちがう世界の人間だ。わたしはただの商人で、彼はレティシアのような貴婦人を自由にできる伯爵だ。共通するものなど何ひとつない。

なんてばかだったの！

刺さる危険のあるピンを無視し、イライザはカーテンを押しのけて外へ出た。

「仕立屋は戻ってきました、伯爵様？」と訊く。

ブロンドの女性は驚いて目を丸くした。イライザは一瞬勝ち誇った気分になれた。しかし、レティシアの驚きの表情はすぐさま無関心の仮面にとって代わられた。

「わたし、何かお邪魔したのかしら？」レティシアは口紅を塗った唇をわざと笑みの形に曲げた。

グレイソンの表情は、イライザが台の上に立って向かい合っていたときとはちがうものになっていた。黒っぽい目に浮かんでいた熱い色は、冷ややかで超然としたものに変わっている。

グレイソンはブロンドの女性に顔を向けた。「きみが親切にも仕立屋を呼んできてくれれば、何よりも助かるよ」

女性ははっきりと追い払われたことに若干身をこわばらせたが、気をとり直してなまめかしい笑みを浮かべた。「もちろんよ。わたしの提案を忘れないでね」レティシアはシルクのスカートをくるりとまわしてその場を去った。

いくつか鼓動を数えるあいだ、イライザとグレイソンは見つめ合っていた。ようやくイライザはおちつきをとり戻した。彼が出ていかないなら、わたしが出ていくだけのこと。できるだけ急いで仕立屋を見つけ、ピンだらけのドレスを脱ぐつもりだった。

イライザは頭を高く掲げ、彼の横を通り過ぎようとしたが、グレイソンに腕をつかまれた。「きみが思っているようなことじゃない」

イライザは目をしばたたいた。「ばかなことを言わないで。あなたの情事に関心なんてないわ」

「くそっ、イライザ。彼女とは終わったんだ。もう何カ月もレティシアのところへは行っていない」

イライザは彼に尊大な目を向けた。「あなたが誰と浮かれまわろうとわたしにはどうでもいいことよ」

「そうかい？　ぼくにはそうは見えなかったが」

イライザはどれほど傷つけられたか彼に知られるのを拒んだ。「でしたら、思いちがいですわ、伯爵様」

イライザの腕をつかむ指がわずかにきつくなった。「グレイソンだ、忘れたのか？」

「ご心配なく、伯爵様。わたしは約束は守りますから」

彼の眉が下がった。「それはどういう意味だい？」

イライザが腕を引くと、彼は指を離した。「ロイヤル・アカデミーにはごいっしょして、盗まれたレンブラントを見つける手助けはするつもりです。でも、わたしを自由にできるとは考えないで。わたしは生活のために働いていても、娼婦じゃありませんから」


これ以上はないほど最悪の事態だった。イライザの態度の変化がグレイソンには信じられなかった。ほんの少しまえには愛撫に反応し、無意識に体を弓なりにして押しつけてきていたのに。

何もかもうまくいっていたのだ。誘惑は成功まちがいなしに思えた。彼女に触れたいと思うのと同じだけ、彼女のほうも触れてほしがっているのはたしかだった。

レティシアが思いがけず現れたことですべてが変わってしまった。

グレイソンはボンド街を歩いていくイライザのこわばった背中を見つめた。彼女は仕立屋の手を借りて緑色のドレスを脱ぎ、地味な商人らしいドレスに戻ってからは、礼儀正しく、冷静ではあっても、ほとんど口をきかなかった。

今日の予定は立ててあったのだった。彼女を食事のできる場所に連れていって温かい食事と上等のワインをともにする。そうして彼女の生い立ちや結婚生活や過去について聞き出したいと思っていた。父親についての情報をうまく引き出したいからではなく、彼女自身についてもっとよく知りたいからだった。

今やすべてが不可能となった。仕立屋を出てから、イライザは彼に対してことばとも言えないことばをひとことつぶやいただけだった。ふたりは靴屋へ行き、注文したドレスに合う舞踏会用の上靴を注文した。ほかの店では扇や装飾品を買った。

今度ばかりはイライザも費用について抗議することはなかった。

彼に口をきくこともなかったが。

それでも、店の主とは自由に会話をした。明るい笑みを浮かべ、店の主が持ち出してきた品物を喜んで検分した。彼女の笑みや気安い笑い声や店への率直な賛辞に男の店主たちがうっとりする様子を、グレイソンはなすすべもなく見つめているしかなかった。

店では後ろに立って彼女の選んだ商品に許可を出すようにうなずき、代金を払うことしかすることがなかった。ブランドンが居合わせていたら、笑われて、嫉妬に駆られてむっつりした男になっているとからかわれたことだろう。

どちらもグレイソンには慣れない感情だった。いつからぼくは女性を巡って嫉妬する男になったんだ？

ようやくふたりは馬車に戻った。イライザは氷の女王さながらに美しく、触れがたい様子でグレイソンと向かい合う席におさまった。

「必要なものはすべて手に入れたかしら？」とイライザは訊いた。

〝ええ〟とか〝いいえ〟以外に彼女が彼に対してまともにことばを発したのは初めてだった。

「ロイヤル・アカデミーに必要なものはすべて。試着にはまた行かなくてはならないが」

「ほんとうにピケンズ子爵が舞踏会にわたしたちを招いてくれると思う？」

それはまちがいなかった。しかし、ほんとうのことをすべて打ち明けるつもりはなかった。「きみのことを喜ばしく魅力的な女性と思うのはたしかさ」わずかに苦々しい思いでグレイソンは言った。

イライザは彼の口調を誤解したにちがいなく、首を振った。「力を貸すと約束したんだから、そうするつもりよ」

「そのことばを疑ったことはないよ」

「でも、これは」彼女はそう言って、おそらくは互いの関係を示すように手を振った。「お互いやめにしなくては。もうキスはできないわ」

「それには賛成できないな」

「あの女性――」

「――は過去の存在だ」

「わたしが言おうとしていたのはそういうことじゃないの。あの人は貴婦人で、あなたと同じ世界に属している女性よ。わたしはそうではない」

そういう話になるとは予想していなかった。レティシアは侯爵未亡人の称号を持っているかもしれないが、彼の心を奪ったのは彼女ではなかった。頭ではイライザの言うことも理解できたが、ふたりの人間がこれほど強く惹かれ合っているときにそんなことは問題ではなかった。

「抗おうとしても無理なことだ」

「わたしは抗わなければならないわ。わからないの？　あなたは何も失うことにはならない。ハンティンドン伯爵なんですもの。裕福で、権力もある。あなたが卑しい商人と情事を持ったと知られたところで、社交界の誰もまばたきひとつしないでしょうよ。一方、わたしの評判は損なわれるけど。わたしに害をおよぼすおつもり？」

その質問には虚をつかれた。彼女の言うとおりだった。彼女が彼の愛人だと世間に知られれば、店の主としての評判は損なわれることだろう。男の自由になる女だと思い、みだらな意図をあからさまにする男も多いにちがいない。

しかし、誰にも知られることはない、とグレイソンはみずからに言い聞かせた。屋根にのぼってふたりの関係を大声であたりに知らせるつもりはなかった。

「ぼくらのあいだのことを秘密にしておけばどうなんだい？　きみに害をおよぼすつもりはない」と彼は言った。

しかし、ほんとうにそんな約束ができるのか？　彼女の父親を見つけてつかまえたときに、すべての真実が明らかになることはないと保証はできなかった。彼女がジョナサン・ミラーの娘だと知られたら、彼女も妹たちも破滅することになる。悪名高き贋作画家の娘たちが所有する店だとわかったら、誰もピーコック版画店には通わなくなるはずだ。

イライザは首を振った。「貴婦人のお友達のところへ戻って」

グレイソンは言い返そうとしたが、そこでさえぎられた。馬車が停まり、馬丁が扉を開けようと飛び降りたのだ。グレイソンは手を振って馬丁を下がらせ、彼女が馬車から降りるのに手を貸した。「またすぐに、イライザ」

そうして彼女が店のなかへと姿を消すまで待った。

グレイソンは馬車に戻ると、よくクッションのきいた座席に背をあずけた。イライザのことばが頭のなかで巡った。〝貴婦人のお友達のところへ戻って〟。レティシアが両手を広げて歓迎してくれるのはまちがいなかった。

問題は、自分がレティシアを求めていないことだった。求めているのはイライザだ。

イライザ・サマートンへの欲望は正気を失いそうなほどに高まっていた。彼女がそばにいるときにはいつも、感情の抑制がきかずに怒ったり苛立ったりしてしまう。彼女の願いを尊重して距離をおくべきではあった。しかし、男はどの程度耐えられるものだろう？どのぐらいのあいだ、彼女のそばにいてみだらな空想をしながら、ベッドに誘わずにいられるだろう？

正義を求める気持ちは今も臓腑を焼いていた。ジョナサン・ミラーを見つけ、犯した罪について裁きを受けさせたいという思いはこれまでになく強まっていた。また、レンブラントを見つけ、美術館に貸し出して大勢の目に触れさせられるよう、ピケンズ子爵の個人的な収集品からとり戻したいとも思っていた。

一方で、イライザを求める気持ちもあった。彼女がミラーの娘であると暴かれたら、彼女の評判も今の生活もずたずたにされてしまうことだろう。またも彼女は妹たちが生き延びられるよう、たったひとりで格闘しなければならなくなる。

自分の名を傷つけ、評論家仲間のあいだで恥をかかせ、贋作によってほかの人々にも害をおよぼした罪人をつかまえることで、今や果たしたいのは復讐だけではなくなっていた。

単純だったものが複雑なものに変わってしまったのだ。果たしたい思いも変わりつつあった――彼女を誘惑したいという思いは変わらなかったが、彼女の父親がつかまって罪に対する裁きを受けたあとも、彼女が破滅しないよう守ってやりたいという思いも生じていた。

16

その後何日かは店に客が訪れることも少なく、イライザにとって辛い日々となった。夜に帳簿を眺めながら、経費の多さや収入の少なさにひどく頭を悩ませた。ただ、少なくとも暖房については心配する必要はなかった。グレイソンが届けてくれた石炭は、残り数カ月の冬のあいだ、楽に持ちそうだったからだ。

とくに客がまばらだった日に、ミセス・ガードナーの店から翡翠色のドレスが届いた。妹たちは袖が長く、裾に繊細なバラ飾りのついた美しいサテンのドレスを見て大騒ぎした。クロエは下着の上等なバチストの生地に驚き、アメリアは靴屋から届いた、ドレスとそろいのサテンの上履きを履いてみた。

ロイヤル・アカデミーを訪問する午後はその翌日だった。グレイソンの馬車がストランド街にはいり、アカデミーのあるサマーセット・ハウスのまえで停まると、彼と向かい合う席にすわったイライザの血管を興奮が駆け巡った。イライザは緑のサテンのドレスを両手で撫でた。

「今夜もきれいだよ、イライザ。そのドレスはほんとうにきみの美しさを引き立てている」

黒と白の装いをしたグレイソンも驚くほどすばらしかった。たくましい人。その目に簡単に溺れそうになる。

ぼうっとなったおばかさんのような振る舞いをしてはだめよ！

イライザは唾を呑みこみ、「ほんとうに今夜、ピケンズ子爵は来るかしら？」と訊いた。

「たしか、冬のあいだの展覧会は毎年恒例の夏の展覧会ほど人が集まらないそうだけど」

夏の展覧会は上流階級の多くの人が好む、社交シーズンでは人気の催しだった。無数に開かれる晩餐会や、庭園でのパーティーや、音楽会や、舞踏会とちがって、ロイヤル・アカデミーは驚くほどすばらしい美術品を展示し、一風変わった気晴らしを提供してくれるからだ。

「関係ないさ」とグレイソンは言った。「ピケンズがこの展覧会を見逃すことはない。貴族のみんながみんな冬に田舎に戻るわけじゃない」

馬丁が扉を開けた。グレイソンは馬丁の助けを待たずに降り、イライザが降りるのに手を貸した。その手は必要よりもほんの少しだけ長く彼女の手をにぎっていた。イライザは問うように彼を見上げた。

「いっしょに来てくれてありがとう」と彼は言った。

ああ、その気になれば、ほんとうに魅力的になれる人だ。イライザは彼が協力を求めている理由をみずからに思い出させなければならなかった。レティシアのような女性が待ちかまえているとなれば、彼がわたしに求めるのは、レンブラントとお父様を見つける手助けだけのはず。

イライザが手袋をはめた手を彼の袖に置き、ふたりはアカデミーの玄関の間へと足を踏み入れた。びくびくとした不安にとらわれる。父は贋作を売るときに娘をともなうことは一度もなかった。それでも、何年もまえ、父がまだまっとうな画家だったころに、イライザは父に連れられていくつかの催しに参加したことがあった。長女として父を手伝い、油や筆のはいった木製の道具箱を運んだこともあった。

ジョナサン・ミラーがここに来ている人たちと付き合っていたのは何年もまえかもしれないが、イライザの心には不安が走った。わたしが何者か見破る人はいる？

グレイソンはその不安を感じとったにちがいなく、彼女の手をきつく握った。「何年もまえのことだ。誰もきみのことはわからないよ。それにきみはぼくといっしょだ、忘れたのかい？　ぼくがきみを連れてくるとは誰も思わないよ」

つまり、ジョナサン・ミラーの娘を、ということね。その皮肉に笑うべきか否かわからかった。伏せたまつげ越しに彼に目を向けたが、予想に反して彼の目にあざ笑うような色はなく、驚くほど真剣なまなざしだった。

グレイソンに連れられて主展示室に足を踏み入れると、そうしたすべての物思いは消え去った。床から天井まで絵が飾られている。尊敬される巨匠から才能ある新人にいたるすばらしい作品が、鮮やかな色の万華鏡さながらに美術愛好家の目を大いに喜ばせていた。

イライザはアカデミーの創設者たち――トマス・ゲインズバラ、ジョン・ベイカー、サー・ジョシュア・レイノルズ――の絵を認めた。アカデミーの最初の会長で、新しいサマーセット・ハウスを設計したサー・ウィリアム・チェンバーズの絵が目立つ場所に展示されている。

絵は題材ごとに分類されてはいなかった。肖像画の隣に風景画や木炭のスケッチが吊るされている。色や才能が混じり合い、現実離れした展示となっていた。ここでなら何時間でも過ごせるだろう。

着飾った人々が作品を眺めながら部屋を歩きまわっていた。展覧会は盛況で、訪れている人の多くがグレイソンを知っていた。彼は会釈したり、人目を惹く見かけの何人かとは足を止めて握手したりした。白髪頭で眉が太く、足を引きずっているのがはっきりわかる紳士がふたりに近づいてきた。

「ハンティンドン伯爵！　来てくれてうれしいよ。この時期にはリンカーンシャーのハンティンドン・ハウスにいるんじゃないかと思っていたんだが」

「田舎に行くのはあとまわしにできますからね、ヘンリー。展覧会を見逃すつもりはありませんよ」

グレイソンはイライザのほうを振り向いた。「ミセス・サマートンを紹介させてください。こちら、アカデミーの展覧会の幹事であるミスター・パイパー」

展覧会の幹事！　父はそんな人物に熱烈に歓迎されるほどの重要人物ではなかった。

イライザはお辞儀をした。「お会いできて光栄です」

ミスター・パイパーはやさしい笑みを浮かべた。「こちらこそ、お会いできて光栄です」そう言って部屋を身振りで示した。「どうぞ、見学を続けてください。いくつかの作品について伯爵の意見をぜひ聞きたいんでね」

ふたりは先へ進んだ。イライザの目は壁に釘づけになっていた。「ほんとうにすごい。ついにここへ来られるなんて、夢が現実になったんだわ」

「父親に連れられてきたことはないのかい？」

「ないわ。父はその必要があるとは思わなかったの」

彼の黒っぽい目に何かが燃え上がった。「愚かだったんだな」

イライザは身をこわばらせた。「あなたにはそう思われてもしかたないわね」

「いや、そういう意味で言ったんじゃない。きみの美術への愛に気づかず、ロンドンのありとあらゆる美術館にきみを連れていかなかったことが愚かだと言ったんだ」

イライザは彼を見上げた。父のことは批判されてもしかたないと思っていたが、それは父の罪のせいであり、娘を不当に扱ったせいではなかった。グレイソンの目に強い光が戻り、ふたりのあいだにはまた熱いものが生じた。彼は彼女の手袋をはめた手をそっとにぎった。イライザの脈が速まった。

「ああ、いらしたんですね、伯爵」

イライザが振り返ると、長身痩軀の男が急いで近づいてきた。質素な茶色の上着とウェストコートを身に着け、手には手帳と鉛筆を持っている。「ハンティンドン伯爵、新人画家の絵が展示されていますが、〈タイムズ〉はご意見をうかがいたいと思っています」

イライザは新聞記者を見て目をぱちくりさせた。記者の注意はハンティンドンだけに向けられている。

グレイソンは腕を差し出した。「行こうか、イライザ？」

そう言ってその絵がかけられている場所へ向かった。それはグレイソンの目よりもわずかに高いところにかけられていたが、ほかの多くは天井に近いほど、もっとずっと高いところにかけられていた。絵を吊るすには長いはしごが必要だろうと思われた。

「絵を吊るす場所については画家のあいだで絶えず争いになるんだ」と彼はささやいた。

グレイソンは首を傾け、手を背中で組んで絵を見つめた。そのまわりには見物の人だかりができ、彼の意見がどれほどの影響力を持つかにイライザは驚かずにいられなかった。彼の意見次第で、新人画家の将来が約束されたり閉ざされたりすることもあり得るのだ。

イライザはグレイソンをうっとりと見つめながら立っていた。蠟燭の光が黒髪に反射し、作品を見つめる横顔は猛々しいと言ってもいいほどだった。

鼓動が不規則になる。動作のひとつひとつから、彼の性的魅力を思い出さずにいられないの？

イライザは無理やり目をそらした。そばに画家が立っていた。イライザと同い年ぐらいの若者で、グレイソンが自分の作品を眺めているあいだ、びくびくと足から足へ体重を移動させていた。その絵はトラファルガーの海戦を描いた美しいものだった。才能があるのは明らかで、さらに修行を積めば、偉大な画家になる可能性もあった。

「きみはどう思う、ミセス・サマートン？」とグレイソンに訊かれ、イライザは虚をつかれた。

思わず目をしばたたく。こんなに人がいるまえで、ほんとうにわたしの意見を訊いているの？

まわりの人々も同様に驚いたようだった。

からかわれているのかたしかめるためにイライザはグレイソンと目を合わせたが、彼のまなざしは真剣そのものだった。

イライザは咳払いをした。「とても劇的で感動的な絵ですわ。戦いの様子が細部にいたるまで活き活きと描かれ、戦闘のときへと心が連れ戻される感じがします」

「すばらしい感想だ」グレイソンはきっぱりと言った。「ぼくもこのご婦人と同じ意見だ」

新聞記者がせっせと手帳に何か書きつけているのが意識された。

「ミセス・サマートンはブルトン街の近くでピーコック版画店を経営している。魅力的な店だ」グレイソンは何気なく言った。

記者は彼女をちらりと見て手帳に書きつづけた。

イライザは驚愕した。今起こったことの重要性を理解したからだ。グレイソンのこのひとことで、店はひと晩のうちに有名になるかもしれない。

グレイソンは若い画家のほうに顔を向けた。「きみの将来の展覧会にもぜひ足を運びたいね。ほかの作品も気に入ったら、ぼくがきみの後援者になることについて話し合ってもいい」

画家は口を開けて閉じた。「光栄です、伯爵様。ほんとうに」

グレイソンはイライザの腕を自分の腕にたくしこみ、彼女を連れてその場を離れた。

「どうしてあんなことを？」とイライザは訊いた。

「あの画家には才能がある。きみも彼の作品が気に入ったようだと思ったんだが」

「そのことじゃないわ。わたしの店のことを記者に言ったでしょう。どうして？」

グレイソンは別にというように肩をすくめた。「魅力的な店だと思っているからさ」

イライザは警戒の目を向けた。「ほかに理由は？」

「きみの店にも顧客が必要だ」

たしかにそうだった。店はいつ終わるとも知れない冬のせいで打撃をこうむっていた。

それでも、グレイソンに意見を訊かれ、記者のまえでピーコック版画店を褒められたことがイライザには信じられなかった。「でも、あなたがあんなふうに——」

「ああ、あそこにいた」イライザのことばをさえぎってグレイソンが言った。

突然話題を変えられたことに当惑しつつ、イライザは彼の目を追った。「どなたが？」

「ピケンズ子爵さ。こっちへ来る」

グレイソンと同じぐらいの年齢に見える、茶色の髪と目をした体格のいい男性がまっすぐこちらへ向かってきていた。グレイソンと目が合うと、その目が細められた。

ピケンズ子爵はふたりのまえで足を止めた。「ハンティンドン、新人画家の作品を見たそうだね。きみがあれを感動的だと思ったと聞いて驚かなかったのはなぜだろうな？　用足しの壺についたしみでも、あれよりは芸術的な才能を示すものがあるよ」

イライザは息を呑んだ。

グレイソンは黒い眉を上げた。「おそらく、きみの片眼鏡は調整が必要なんじゃないかな、ピケンズ」

「はっ！」ピケンズは声を張りあげた。「その傲慢さが身を滅ぼすもととなるだろうよ」

「ぼくはなぐり合いに反対する人間じゃないが、ご婦人のまえでは気を鎮めるほうがいいな」グレイソンは冷ややかに言った。

子爵の目がイライザに向けられた。「そのとおりだ。きみが連れているご婦人の美しさを知るのに片眼鏡は必要ないな」

グレイソンは紹介を行った。「ミセス・サマートンだ。こちら、ピケンズ子爵」

ピケンズが慇懃にイライザの手に顔を寄せると、イライザはお辞儀をして、もっとも魅力的な笑みを向けた。「あなたのお噂はとてもよく耳にしますわ、子爵様。美術を愛する者として、あなたがロンドン一すばらしい個人的な収集品をお持ちであることは存じ上げております」

ピケンズはウェストコートのボタンがはじけ飛ぶのではないかと思うほど尊大に胸をふくらませた。「ありとあらゆる美しいものを求めるのが、生涯を通しての大望ですから」そう言って、きらりと光る目でイライザの体を眺めまわした。

イライザはグレイソンを横目で見やった。顎の筋肉がぴくりと動いた。

嫉妬しているということがあり得るかしら？　まさか。子爵とかかわりを持ってほしいと言ったのはこの人では？

「ピケンズはアカデミーの展覧会を見逃すことはないんだ。自分を美術品鑑定家だと思っているからね」とグレイソンは言った。

子爵は眉根を寄せた。「この男のことばに耳を貸してはだめだ、ミセス・サマートン。ハンティンドンとぼくはいつも意見が合わないようでね。ほんとうに博識な美術品収集家をお探しなら、すぐ近くで見つかりますよ。ハンティンドンについては――」そう言ってグレイソンにちらりと目をやった。「きっと評判がいいと思わされているでしょうが、それほど評判はよくない」

グレイソンが横で身を固くするのがわかった。

「でも、ハンティンドン様はとても尊敬されていますわ」とイライザは指摘した。

ピケンズは鼻を鳴らした。「過去にだまされたこともある」そう言ってあざ笑うように唇を曲げ、グレイソンのほうに顔を向けた。「どうして話さないんだ、ハンティンドン？ラファエロの作品だと思ってべた褒めした油絵が、贋作だったとわかったときのことを。贋作だと！」彼は高笑いした。

「ぼくはそれを否定したことはない」グレイソンの声には張り詰めたものがあった。

ピケンズはイライザのほうに目を向けた。「上流社会でも悪名高い贋作画家にだまされたんですよ。ぼくならそんな失敗は犯さない」と自慢げに言う。

グレイソンは身動きひとつせずにいた。イライザは目を彼からピケンズに向け、またグレイソンに戻した。胸に冷たいものが宿った。父の罪が引き起こした影響について本気で考えたことはなかったのだった。グレイソンの自信に満ちた物腰に、彼は決して傷つかない人間だと思いこんでいたのだ。

父は何度も言っていた。〝贋作は金持ちに売られた場合は被害者の出ない罪だ。〟

そのことばを頻繁に聞くうちに、幼いころからそれが真実だと思うようになってしまったのだった。

今初めて、グレイソンがどれほど傷つけられたのかをまのあたりにした。今もまだ傷ついているのを。

ほかにどれほどの人が彼の失敗をあざ笑ったのだろう？

イライザはグレイソンを弁護しなければという強い思いを感じた。父ではなく。グレイソンを。

「それは何年もまえのことにちがいありませんわ」と彼女は言った。

「ほかの人間が忘れるほど昔のことじゃありませんよ。彼は丸々一年もアカデミーに顔を見せなかった。そうだろう、ハンティンドン？」

グレイソンは黙って立っていた。この傲慢な子爵に対して自己弁護しようとは思わないの？　ピケンズのことばは人をおとしめ、侮辱するものだった。グレイソンは決闘を申しこんでもいいほどだ。しかし、そうはせず、表情をぴくりとも変えずにじっと立ったままでいる。

いったいどうして何も言い返さないの？

「その贋作画家のことは覚えていますわ」とイライザは言った。「たしか、名前はジョナサン・ミラーだった」

「そう」とピケンズは言った。

「大勢をだました人ですわ。あなたのような鑑定家、収集家、評論家を。だまされたからといって恥とは言えません。わたしがあなたなら、自分が個人的に収集した絵画が本物かどうかよくよく調べるでしょうね」と彼女は言った。

ピケンズの笑みが揺らぎ、イライザは自己満足の笑みを押し殺した。ピケンズのような男はよくわかっていた。自意識過剰な男。父はこういう愚か者たちをだまして生計を立てていた。

気をつけて、とイライザはみずからに言い聞かせた。子爵に立場をわきまえさせるために今日ここに来たわけじゃないでしょう。

イライザは軽い笑い声をあげ、子爵の腕に触れた。

ピケンズのこわばった表情がゆるんだ。「からかっているんですね、ミセス・サマートン」

「たぶん」

「このご婦人はきみの守護神だ、ハンティンドン」とピケンズは言った。

「ぼくに守護神は必要ない」ようやくグレイソンが声を発した。「でも、弁護してくれようという姿勢はとても魅力的で、心奪われる気がするよ」

グレイソンからほれぼれと見つめられ、イライザの鼓動が高まった。そのことばのどれだけがほんとうで、どれだけが子爵をだますためなの？

「ハンティンドン伯爵！　よければ、あといくつか質問を」

イライザが振り返ると、先ほどの新聞記者がすばやくグレイソンのほうへ近づいてくるところだった。

「どうやら、ハンティンドン伯爵は忙しいようだ」とピケンズが言った。「ぼくが展覧会を案内してまわりましょうか、ミセス・サマートン？」

イライザはためらって伏せたまつげ越しに子爵に目を向けた。子爵を魅了する絶好の機会だ。そこで、はにかむような笑みを向け、手袋をはめた手を子爵の袖に置いた。「それはすてきですわ、子爵様」

17

グレイソンはピケンズ子爵が部屋の向こうへイライザを連れていくのを見守っていた。イライザは子爵の袖に指を置き、緑の目を彼の顔に向けてふっくらした唇に官能的な笑みを浮かべている。ピケンズの反応は、美しい女性に強い関心を向けられた血気盛んな男のものだった。数インチも胸をふくらませ、傲慢な自負心もあらわに足を運んでいる。

グレイソンは臓腑をわしづかみされる思いだった。予想どおりに、イライザを紹介するやいなや、ピケンズは彼女に関心を抱いた。しかし、ピケンズがほんとうの意味で彼女に関心を抱いたのは、イライザが子爵のまえで熱っぽくグレイソンの弁護をしたときだった。

子爵はでき得るかぎりのやり方で仇敵を傷つけたいと思っていた。イライザを利用する以上の方法があるだろうか？　ご婦人のまえで侮辱してやろうという試みがうまくいかなかったら、次善の策を弄するはずだ――ご婦人を誘惑して相手から遠ざける。

ピケンズが過去のことを持ち出したときには、冷たく危険な怒りを感じたのだった。口を開いたり、動いたりしたら、子爵の太い首に手をまわしてしまうかもしれないと恐れ、黙ったままでいた。その代わり、憎しみをほとんど隠すことなくピケンズを凝視し、その贋作画家の娘が目のまえにいることを子爵が知りもしないとは、なんと皮肉なことだろうと考えていた。

五年の月日が流れたが、ジョナサン・ミラーにだまされたときの屈辱はグレイソンの胸にまだ生々しく残っていた。評判には瑕がつき、その瑕は今も残っていた。面と向かって侮辱してくるのはピケンズだけかもしれないが、陰ではいまだに噂されているのはわかっていた。

その失敗が墓石に刻まれるのを想像したこともあった。〝ここにハンティンドン伯爵眠る。王国の伯爵であり、たいていの場合有能な美術評論家だったが、悪名高き贋作画家にたった一度だまされたことがある。〟

しかし、癇癪を抑えられなくなりそうになったところで、イライザが弁護してくれて驚くことになった。弁護したのは演技ではなかった。美しい顔は青ざめ、ピケンズに侮蔑の目をちらりと向けていた。発したことばも真摯で、ピケンズをやりこめたのはたしかだ。いまだに理解できないのは、どうして彼女が――ジョナサン・ミラーの娘が――自分を弁護してくれたのかだ。まったくもって信じられないことだった。

そのことは生きているかぎり忘れないだろう。

「ハンティンドン伯爵、ほかに特筆すべき絵はありますか？」

グレイソンは新聞記者のほうに向き直った。すでに新人画家についていくつも質問されており、忍耐力が急激に尽きようとしていた。答えに注意を集中させるのに忌々しいほどに困難な思いをしていたからだ。イライザとピケンズが立つ部屋の隅へとくり返し目を向けずにいられなかった。

イライザはピケンズからほんの数インチのところに立っていた。あのばかが何か言ったことに対して首をそらして笑っている。

グレイソンの指が脇で拳ににぎられた。

イライザの演技はあまりに上手で、グレイソンはそれが気に入らなかった。子爵の妻がここへ来ていないのは明らかで、ピケンズは誰に気兼ねすることなくイライザをじっと見つめ、ぼうっとなった愚か者の姿をさらしていた。

誰に気兼ねすることなく、彼女を誘惑しようとしていた。

イライザが体の向きを変えると、蠟燭の明かりが肌に反射し、緑のスカートが光った。どんな男でも、体にぴったりしたシルクの下の裸体を思い描くはずだ。その長い脚が自分に巻きつく情景を。ピケンズがそんなみだらな情景を思い描いているのはまちがいなく、彼女のことはグレイソンの恋人だと思いこんでいた。

そして、ああ、自分はほんとうにそうなってほしいと願っている。

きれいな女性が関心を惹いてこようとするのには慣れていた。レティシアやほかの未亡人が愛人になろうとしてくることには。富と爵位のせいでほしい女性は必ず手にはいり、拒まれることは決してなかったのだが、イライザ・サマートンの場合、自信を失うことばかりだった……。

彼女がピケンズの関心をとらえたことは喜ぶべきだった。舞踏会への招待状を手に入れ、彼の邸宅に足を踏み入れるというのが計画の一部なのだから。問題は、自分が少しも喜んでいないことだった。

ピケンズが注意を惹く振りをしてイライザの腰に手で触れた。それから、彼女の胸の高さに吊るされた水彩画を指差した。イライザが絵を見ているあいだ、ピケンズは彼女のボディスを見下ろしていた。

グレイソンの胸の内に激しく危険な嫉妬心が湧き起こった。

もうたくさんだ。

「失礼」グレイソンは新聞記者にそう言うと、ふたりが立っている場所へ近づいた。

「ハンティンドン様」近づいてくる彼にイライザは笑みを向けた。「ピケンズ様が二週間後に舞踏会を開かれるそうで、わたしを招いてくださったところなの。あなたの招待状もすぐに届けてくださるそうよ」

「ミセス・サマートンは美術愛好家の宝だ。この人をいったいどこで見つけたんだい、ハンティンドン？」とピケンズは訊いた。

この尊大なばかはイライザの近くに寄りすぎだ。グレイソンは彼女を引き離したくなった。「きみの奥方の誕生日を祝う舞踏会のことにちがいないな。奥方はお元気かい？」とグレイソンは訊いた。

ピケンズの顔が暗くなった。「もちろん、元気さ。でも、こともあろうにきみに元気かと訊かれるのは妙な気がするな」

「きみの舞踏会に参加したら、必ずじかにお祝いを言うよ」グレイソンはイライザにぞんざいな身振りをした。「行こう、ミセス・サマートン。記者との話は終わった」そう言ってイライザの腕をとり、自分のそばに引き寄せた。それから、会話を避けながら人込みを巧みに縫って進み、彼女を玄関の間に導いた。

ふたりは紋章のついた馬車におさまった。馬丁が扉を閉めるやいなや、イライザはグレイソンのほうに顔を向けた。「あれはどういうこと?」

「あれって?」

「子爵の奥様について訊いたときのことよ。あなたとピケンズのあいだの敵意がありありとわかったわ。あれほどの反感を引き起こすだけの何かがあったのは明らかかね。美術の世界での競争心以外の何かが」

グレイソンの顎がこわばった。「ぼくが子爵夫人と情事を持ったと彼は思いこんでいるんだ」

「それはほんとうなの?」

「いや。ぼくは既婚女性と関係を持ったことはない。たとえ不幸な結婚をしている女性であっても」

「だったら、どうしてピケンズはそう思いこんでいるの？」

「ぼくが何度かハリエットに誘いをかけられたことがあるからさ」

イライザは唇を引き結んだ。「なるほどね。あなたが彼女の誕生日を祝う舞踏会に招待されないのも当然ね。振られた女の恨みを甘く見てはならない」

「そのことばには真実があるよ」グレイソンはあざけるように言った。「ピケンズとぼくはもともとあまり互いをよく思っていなかったんだが、言うまでもなく、ハリエットはぼくに誘いをかけられ、自分のほうから拒んだという話を夫にしたんだ」

「そう訊けば、納得がいくわ。彼が不実な関係を結びたがるのも不思議はないわね」とイライザは言った。

「そう言われたのかい？」

「もちろん、言われたりはしなかったわ」とイライザはぴしゃりと言った。「男性の意図を理解するのに、女はすべてをことばで聞く必要はないの」

グレイソンは顔をしかめた。男の動機や欲望を理解していないぼんくらだと言われた気がしたからだ。じっさいはあまりによく理解しているせいで、ピケンズがイライザを誘惑しようとしていると考えるだけで、血が沸き立つ気がした。

彼女のそばにいるときに自制心がきかなくなることで自分自身にはいっそう腹が立った。

イライザを誘惑するのはほかの誰でもなく、自分でありたかった。いっしょにいる時間が増えればそれだけ、そもそも彼女の手助けを必要とした理由に注意を向けることがむずかしくなった。キスするたびに彼女が同じ熱さで反応することも、そうした事態を悪化させた。

馬車は通りを駆け抜け、イライザは外に目を向けた。馬車のなかが張り詰めた沈黙に包まれた。

角を曲がると、ようやくイライザが目を合わせてきた。「どうして何も言わなかったの？」

彼女が何の話をしているのかははっきりわかっていた。あきらめの悪い彼女はほんとうのことを訊かずにいられなかったのだ。「ピケンズに人格を攻撃されたときに、どうして自己弁護しなかったのかということかい？」

「ええ」

「それが問題だと？　ぼくがきみの父親の作品にだまされたのはほんとうのことだ。彼の贋作は細部まで実によくできていた」

「あなたは打ちひしがれたにちがいないわ。打ちひしがれて怒り狂った」

「ピケンズのような男は必ず攻撃してくるものだ。ぼくを弁護してくれる必要はなかったんだ」

「あったと思うわ」とイライザは小声で言った。

「ぼくをだましたのはきみの贋作じゃない、そうだろう？」

「ええ、でも――」

「もうそのことはいいんだ」張り詰めた声できっぱりとそう言うと、それ以上の言い争いは避けられた。

またもふたりのあいだに沈黙が流れた。イライザは膝の上で手をもみ、下唇を噛んだ。怒りをあらわにして彼女を悲しませたことが気まずかった。手を伸ばして彼女の指を撫でてやりたくなる。子爵に攻撃されたときに彼女がそうしてくれたように、苦しみをやわらげてやりたかった。

「今の今まで贋作を売ることがどんな結果をもたらすか、ちゃんとわかっていなかったの」とイライザは言った。「充分すぎるほどお金を持った人からお金を奪うだけのことと思っていた。でも、それだけじゃなかった。それによってあまりに多大な害がおよぼされていたのね」

グレイソンはため息をつき、髪を指で梳いた。「そのことはもう考えないことにするんだ。きみは今日よくやってくれた、イライザ。ピケンズの舞踏会への招待状をぼくらふたり分手に入れてくれたんだから」

イライザは身を乗り出して彼の袖に触れた。「アカデミーに連れていってくださってありがとう。生涯忘れないわ」

触れられてグレイソンの鼓動が速まった。「二度と行くことはないという口ぶりだね」

「その機会はないでしょうから」

「さっきも言ったが、きみの父親はきみとアメリアを連れていくべきだった。きみたちがどれほど美術を好んでいるかわかってしかるべきだったんだ。アメリアの芽吹きはじめた才能に気づくべきだった」

イライザの唇が開いた。エメラルド色の目は水をたたえた湖のようだった。その深い湖に反射するのは偽りではなく、心からの望みだった。

「わたしたちの望みは父にとって重要じゃなかったの。父は生き残ることだけを考えていたから」

「どうしてだい？　何が彼を駆り立てていたんだ？」

イライザはため息をついた。「父は長年まっとうな肖像画家として成功していたの。国王陛下にサーの称号を与えられるほどに。その後、母が長引く咳のせいで肺を病んで亡くなった。いい母親で、両親はほんとうの恋愛結婚だったのよ。母の死後、父は変わってしまった。世間とつながりを持たなくなり、何事にも無関心になった。同じころ、もっと若い新人画家たちが登場し、仕事の競争が激しくなったの。父はそうした変化に順応しようとした」とイライザは言った。

「贋作画家になって？」

「そう、父にとっては単純なことだったの。すでに絵を描いていたわけだし。『どうしてほかの作品を模写してはいけない？』と言っていたわ。早い段階でやめるべきだったのよ。でも、貪欲さにとりつかれてしまった」イライザの声には悲しみの響きがあった。「娘のことも思いやらなくなってしまった」

「ええ、そう。でも、父のおかげで、わたしたちみんなが美術への愛に目覚めることになった」

グレイソンはうなずいた。「だからこそ、きみは婦人服店などではなく、版画店を開いた」

彼女の顔に悲しみの影がよぎり、目が伏せられた。「たぶん、そう」

グレイソンは彼女の手をとっててのひらを撫ではじめた。にぎりしめた指をゆるめさせようと、ゆっくりと円を描く。「そういう意味でぼくらは似たもの同士だ、イライザ。美術の世界にどっぷりひたったときに、いわく言いがたい喜びを感じる」

イライザは触れられて息を呑んだ。グレイソンは互いのあいだに、画家が真っ白なキャンバスに最初に筆を入れるときに感じるのと同じほど強く惹かれるものを感じた――抗いがたく、たしかで、歓喜の訪れがはっきりと意識される感覚。

「ほかの仕事のほうが安全だったはずだ」と彼は指摘した。「でも、きみは社交界に真の身分を知られる危険を冒してでも、美術から離れていられなかったんだ。美術品の美しさに囲まれている必要があった。それを求め、それにどっぷりとひたっているときだけ完全だと感じられた」

イライザは目を上げた。緑の目はたしかにそうというように燃えていたが、そこにはほかのものもあった。

興奮。欲望。グレイソンに対する。

「ええ、そのとおりだと思うわ」とイライザはささやいた。

欲望が血管のなかを暴れまわり、鼓動が速まった。「それをぼくたちがいっしょにとらえられたらと想像してごらん」とグレイソンはかすれた声で言った。

「そんなの危険だわ」

「だからこそ、これほどに刺激的なんだ」そう言って彼女を引き寄せた。

イライザは抗わなかった。グレイソンと同じだけ、そのときその場にとらわれているように見えた。

飢えたグレイソンの口が彼女の口を覆った。柔らかく、女らしい曲線に満ちた彼女の口を。イライザはキスを返し、腕を彼の首にまわして指を髪に差し入れた。舌が最初は恐る恐る、やがてより激しくからみ合った。グレイソンの唇は彼女の唇から耳たぶへと移って軽く噛み、繊細な耳をなめた。イライザは身震いした。そのまま唇を首筋へと這わせ、刺繻のはいったボディスの上まで下ろす。彼の息がシルク越しに胸の丸みに熱を与え、腕に抱いたイライザが震えるのがわかった。

彼女にもっと触れて味わいたいという強い衝動に突き動かされ、グレイソンはドレスの背の一番上のボタンを外し、シルクとシュミーズを肩から下ろしてみずみずしい胸をあらわにした。バラ色の胸の先は冷たい空気に触れてダイヤモンドのように硬くなり、その光景にグレイソンは声をもらしそうになった。

胸を手で包み、片方の胸の先をなめてから口に含んだ。イライザはあえいで背を弓なりにし、思い切り身を差し出してきた。彼女に髪をつかまれ、グレイソンはさらに駆り立てられた。もう一方の胸に注意を向け、何度もなめているうちに、硬くなったものがどくどくと脈打ち、ズボンの生地を押し上げた。そこにイライザが体をこすりつけるようにしたため、グレイソンはまるで十マイルも全力疾走したかのように、胸の奥で鼓動が速まるのを感じた。

「ああ」と声をもらす。「きみをぼくのものにしなければ、イライザ」

そう言って手をスカートの下へ動かし、長い脚を包むシルクのストッキング沿いに指を上に動かした。指が下着に触れると、その綿の生地を破って肌に触れたくなった。ここが狭苦しい馬車のなかではなく、ベッドの上ならと思わずにいられなかった。

馬車がわだちにはまって大きく揺れ、イライザは彼の膝から床に転がり落ちそうになった。

「あっ！」イライザは座席に戻ってドレスを直し、彼の目から胸を隠そうとした。

グレイソンは親密なひとときが失われたことを嘆き、うめき声をもらしそうになった。息は切れ切れになっている。これまでの人生でこんな痛いほどに興奮したことは一度もなかった。

「イライザ、ぼくらは――」

「こんなことを続けてはいけないわ！」イライザは声を張りあげた。「あなたといるとわれを忘れるみたいなの。こんなのはまちがっている。何もかも」

「ぼくにはまちがっているとは思えない」

イライザは彼のことばを無視し、ドレスを直すのに必死だった。ボタンは背中にあり、彼女には手が届かなかった。

「ぼくにやらせてくれ」グレイソンはイライザに後ろを向かせ、小さな真珠のボタンに注意を集中させた。開いたシルクを閉じながら、肌のやわらかさのことは考えまいとした。

「ありがとう」とイライザは小声で言った。

グレイソンは顔をしかめた。お礼など要らなかった。裸で組み敷かれ、身もだえしてほしかった。

イライザは髪を整えはじめた。真っ黒な房がいくつか結った髪からほつれていた。巻き毛のひと房は右の胸のまわりに魅惑的に落ちていた。そこに手を伸ばし、なぞりたくてグレイソンの指はちくちくした。

みだらな思いに夢中になるあまり、馬車が停まっているのに気づくのが遅れた。馬丁が飛び降りて御者台がきしんだ。タッセルのついたカーテンを押しやると、イライザの店のまえに着いていた。

「今日はアカデミーに連れていってくださってありがとう。でも、お互い距離を保たなければなりませんわ。あくまで約束を果たす関係として。もうキスはなしよ。ほんとうに」

「わかった」ぼくに選択肢があるのか？

「二週間後にピケンズの舞踏会でお会いしましょう」

二週間。彼女をまた誘惑するのに二週間も待てるはずがなかった。ある考えが浮かんだ。

「きみのドレスの試着に行かなきゃならない、そうだろう？」

動揺の色が彼女の顔をよぎったが、すぐに礼儀正しい笑みに変わった。「ご面倒をおかけする必要はありませんわ、伯爵様。試着にお付き合いいただくよりもずっと重要なお役目がおありでしょうから」

ある。たしかにある。しかし、今この瞬間はただのひとつも思いつけなかった。

18

「信じられない！　どんどんお客様が来るわ」クロエがカウンターの請求書を急いで片づけながら言った。

アメリアはイライザに〈タイムズ〉を差し出した。「このすばらしい記事のおかげね」そう言って店に足を踏み入れたばかりの別の顧客の相手をするために急いでその場を離れた。

イライザは自分を抑えられなかった。その朝三度目に新聞を開いてその記事を読んだ。


今週末のロイヤル・アカデミーではちょっとした騒ぎが起こった。有名な美術評論家のハンティンドン伯爵が新人画家の作品について、無名の女性に意見を求めたのだ。誰にとっても驚きだったのは、その絵を褒めた女性の意見に伯爵が同意し、その幸運な画家に後援者になると申し出たことだ。その謎の女性はブルトン街の近くにあるピーコック版画店のミセス・サマートンであることがわかった。ハンティンドン伯爵がその店の常連客であることは推して知るべしである。

店のベルがまた鳴り、イライザは顔に笑みを貼りつけて目を上げた。

「あの方がわたしたちを助けてくださるって言ったでしょう」クロエがそうささやき、新しい客の応対に出ていった。

妹たちの言うとおりだった。店は繁盛していた。この上ないほどに。冬の気候は厳しく、イライザは夜ごと帳簿とにらめっこし、春までもつだろうかと頭を悩ますことに疲れきっていた。〈タイムズ〉の記事のおかげで、雪が小休止したこともあいまって、客が店に押し寄せることになっていた。版画や絵画は古い装飾品とともによく売れた。グレイソンが新聞記者に発したことばが売り上げにつながったのはまちがいなかった。

認めたくないほどに彼には恩ができた。

版画を選んでいる客に応対しながら、アメリアはあくびを押し殺していた。イライザは驚いて足を止めた。今朝は妹も疲れている様子だった。店が忙しすぎるから？　それとも、クロエの病気が移ったの？

もしくは、何かほかの理由？

アメリアは振り向いてイライザと目が合うと、すばやく目をそらした。客が代金を払って店を出るのを待ってイライザはアメリアを脇に引っ張った。「最近、わたしがほかのことで手一杯だったのはたしかだけど、何か困ったことでも？」とイライザは訊いた。

アメリアは肩をすくめた。「遅くまで起きて絵を描いているだけよ。ほんとうのところ、家賃を払う助けになるよう、贋作のひとつを売ることを考えていたの」

イライザは動揺を覚えた。「わたしがそれに反対しているのは知っているはずよ」

「あなたの気持ちはわかってる」

「だったら、どうして？」

「あなたのためよ。わたしたちのため。家のため。あなたがしじゅう頭を悩ませているから」

イライザはまばたきした。そうなの？　わたしがしじゅう頭を悩ませているように見えると？

「わたしが力になりたいと思っていることはわかってくれないと」アメリアは手を伸ばし、イライザの手をつかんだ。「あなたはいつも責任を引き受けるしっかり者でいようとしている」

「わたしは長女だもの。それが義務なの」イライザは指摘した。

アメリアは首を振った。「そんなのばかげてる。わたしだってもうすっかり大人なのよ。あなたはいつもひとりで重荷を背負って、衝動を抑えた姿を見せる理性的な姉でいようとしている」

衝動を抑えた？　妹たちには、わたしがロイヤル・アカデミーからの帰り道に、もう少しでグレイソンに身をまかせるところだったことなど想像できるだろうか？　グレイソンの言ったとおりだった。偉大な美術作品を見ることで、情熱的な本性が解き放たれたのだ――彼だけが理解し、分かち合える情熱。まのあたりにした美術品への興奮と、同行したハンサムな男性に心をとらわれたのだった。悩みなど簡単に忘れ、本能的な欲望だけで心が一杯だった。

あれほどに抑えがきかなかったことは初めてだ。

「家の助けになりたいというあなたの気持ちを責めるつもりはないけど、わたしの知らないところで贋作を売るというような思い切ったことをしてほしくもないわ。そもそもハンティンドン伯爵と困ったことになったのも、偽のヤン・ウィルデンスの絵をとり戻そうとしてのことなんだから」

「伯爵とかかわったことは、わたしたちにとって害よりも助けになったわ」とアメリアは言い返した。

「たぶんね。でも、性急なことはしないと約束して」

アメリアはためらったが、やがて姉を抱きしめた。「わかった。店の売り上げも上がってきたから、わたしが助け船を出す必要はないみたい。でも、わたしが力になりたいと思っていることはわかって。あなたひとりで悩むべきじゃないわ。昔はにこにこしてて、快活で……よく笑ってたじゃない」

イライザは眉根を寄せた。妹たちと最後に声をあげて笑ったのはいつだっただろう？

そんなに昔のこと？　イライザはアメリアにまわした腕に力をこめた。「そうするわ、約束する。さあ、婦人服仕立屋へ試着しに出かけなきゃ。クロエとあなたに店をまかせていい？」

「もちろんよ。行って。理由がなんであれ、そういう贅沢をたのしまなくちゃ。目のまえを横切る幸せはつかむものよ」


イライザは興奮と恐れの入り混じった気持ちで婦人服仕立屋を再訪した。仕立屋がサファイヤ色のシルクをどんな舞踏会用ドレスに仕立てたのか、見るのが待ちきれない思いだったが、同時に、レディ・キンズデールと鉢合わせするのではないかと不安でもあった。自分がどちらにより動揺したのかはわからなかったが――そのご婦人がグレイソンの愛人であったことと、その事実に自分がおかしくなりそうなほどに嫉妬したことと。

ミセス・ガードナーはイライザを店の奥へと案内し、ひとつの仕切りのカーテンを開き、壁のフックにドレスを吊るした。「お気に召したかしら？」

輝くサファイヤ色のドレスを目にして、喜びにイライザの鼓動が不規則になった。ビーズをあしらったボディス、たっぷりした袖、銀のリボンの裾飾りのついた驚くほど美しいドレスだった。そのやわらかい生地に触れると、長いあいだうずめてきた女としての虚栄心がむくむくと顔をもたげた。「ほんとうにきれい」

仕立屋の目がイライザの頭のてっぺんから爪先までに向けられた。「お召しになったら、この上なくすばらしいですわ。巻き尺とピンクッションを持ってきますから、お待ちくださいな」仕立屋はそう言って部屋を出ていった。

ミセス・ガードナーが試着室を出ていくやいなや、イライザはそれぞれの仕切りのカーテンの下をのぞきこみ、部屋に誰もいないことをたしかめて安堵した。しかし、ほっとしたのもつかのま、廊下に足音と女性の声が響いた。

「舞踏会用のドレスじゃなく、乗馬用のドレスなの。手持ちの衣装がフリルのついたピンクのドレスばかりなのにうんざりなのよ。紫とか赤紫色のものが好みなのに。大人の女性が着るようなドレスよ」若い女性の声が言った。

「旦那様はピンクがお好きなんです」と年上の女性のとがめるような声が言った。

「お兄様は気づいてもいないんじゃないかしら」と若い声がさらに言った。

「ぴったりの色と素材のものがあります。若いお嬢様は奥の部屋でお待ちくださいな」とミセス・ガードナーが言った。

イライザが入口に目を向けると、ミセス・ガードナーがはいってきて、その後ろに黒っぽい巻き毛の少女が続いた。グレイソンの妹のサラだった。

「デザイン画と生地の見本を持ってすぐに戻りますね」仕立て屋はそう言って二度目に姿を消した。

イライザの姿を認めて少女の茶色の目がみはられた。「ミセス・サマートン！　なんてすてきな驚きなの」

「こんにちは、レディ・サラ。おひとりなの？」

サラは首を振った。「メイドがいっしょよ」突然いたずらっぽい輝きが目に宿った。「お兄様のことを言ってるなら、来てないわ。グレイソンは婦人服仕立屋に足を踏み入れたりしないから」そう言ってくすくす笑った。

イライザもにっこりした。少女にそれはちがうと言って、兄についての思いこみを打ち消すつもりはなかったからだ。

サラはスキップして近づいてくると、イライザの手をにぎった。「あなたのことを考えていたの」

「そう？」

「また訪ねてきてくださらないかと。メイドは何十歳も年上で、大きな家にいるとさみしいこともあるのよ」

十三歳の自分よりもはるかに年上の人間のことをそんなふうに言うサラに、イライザは眉を上げた。サラは十三歳にしてはずっと大人びたことを言う。「あなたは魅力的な若い女性だもの。お友達も多いにちがいないわ」とイライザは言った。

「たぶんね。でも、十八歳になってデビューするのが待ちきれないわ。そうしたら、刺激的な舞踏会やパーティーに全部参加できる」

「ああ、そういうことね。殿方とダンスしたいのね」とイライザは言った。

サラは首を振った。巻き毛が大きく揺れた。「興味があるのはひとりだけよ」

「お気に入りの殿方がいるの？　ハンティンドン様はその方に会いたがるでしょうね」イライザは指摘した。

サラはイライザの手を下ろし、スカートから糸くずを拾う振りをはじめた。「お兄様は絶対に許してくれないわ」

「どうしてわかるの？　お兄様にも機会を与えてあげなくちゃ」

「あなたにはわからないわ。ミスター・サミュエル・ニールはこれまで会ったなかで誰よりもハンサムな人よ。家も裕福だし」

「だったら――」

「貴族の出じゃなく、実家は商家なの。サミュエルのお父様は船をいくつも持っていて、サミュエルは家の事業を継ぐべく育てられてるの。でも、お兄様はわたしに公爵の息子と結婚してもらいたいと思ってる」とサラは言った。

かわいそうなサミュエルはわたしと同じね。イライザはもはやナイト爵令嬢ではなく、罪人の子供だった。身分の低い女商人。

「公爵の息子さんのことは嫌いなのね？」とイライザは訊いた。

サラの目がわずかに細められた。「気取っていて威張ってるんだもの。自分のことしか話さないし。わたしの言うことに興味なんかないのよ。いっしょにいてたのしいと思ったことは一度もないわ」

「そういう思いをお兄様に説明しなきゃだめよ」

サラは貴婦人らしからぬ鼻息をもらした。「無理よ。お兄様は爵位と家系にしか関心がないんだから。昔はおもしろい人だったのに。お話もよくしたわ。お母様とお父様が亡くなってから、わたしはお兄様にとって妹というより、責任を負わないといけない相手になったの」

イライザは身を凍りつかせた。アメリアが同じようなことを言っていなかった？　思っている以上にグレイソンとは共通する部分があるのだろうか？　どちらも両親を失い、妹について責任を負っている。イライザの父が亡くなっていないのはたしかだが、ずっとまえに姿を消し、妹たちのことについて助けとなってはくれない。あなたも人生をたのしみ、幸せな瞬間をつかまえなくてはとアメリアは言っていた。

そうすることをわたしはいつやめたのだろう？

「だからこそ、あなたに訪ねてきてほしいと思っていたの」とサラは言った。「お兄様は最近神経質で怒りっぽくなったわ。いっしょに暮していて愉快な相手とは言えない。あなたが訪ねてきてくださったら、きっと助けになるはずよ」

それについて確信は持てなかった。「彼の女性のお友達はどうなの？」とイライザは思わず訊いていた。

サラは眉根を寄せた。「誰のこと？」

「あなたがわたしの馬車に乗りこんできたときにおっしゃっていた方よ。レディ・キンズデール」

サラは鼻に皺を寄せた。「レティシアはもう何カ月も訪ねてきてないわ、ありがたいことに。お兄様も彼女とのお付き合いを続けないだけの分別はあるのね」

彼はほんとうのことを言っていたのだ。イライザの心は高鳴った。彼女との付き合いは何カ月もまえに終わったとグレイソンは言っていた。そのことばを信じていいかどうかわからなかったのだった。気にするべきではなかったが、気になった。

彼と多少いちゃついたところで害があるだろうか？　あまりに長いあいだ、生き延びることに頭を悩ませてきたので、イライザはその習慣から抜け出せなくなっていた。すでにグレイソンには力になると約束したのだから、そのあいだ自分もたのしんでどうしていけない？　幸せな瞬間をつかんでどうしていけない？

ロイヤル・アカデミーは長いあいだの夢だった。子爵夫人の誕生日を祝う舞踏会に参加することも、一生で一度の経験になるだろう。裕福なご婦人のように装い、上流社会の人々に交じってグレイソンとダンスを踊る。イライザはカーテンのかかった仕切りのなかに吊り下げられて試着を待っているシルクのドレスに目を向けた。近くの窓から射しこむ陽光がサファイヤ色のシルクをきらめかせている。身に着けたら、波打つ滝のように見えることだろう。

イライザはサラに目を戻し、じっと見つめられていることに気がついた。突然の衝動に駆られ、イライザはにっこりした。

「サラ」イライザは言った。「〈ガンターズ〉にアイスクリームを食べに行ったことはある？」

サラの目が輝いた。「まえはグレイソンが連れていってくれてたわ。もうその時間はなくなったけど」

「わたしが連れていくわ」

「いつ？」

「今日はどう？」

「ほんとうに？」

イライザがうなずくと、サラはイライザの腕に飛びこんだ。「あなたがわたしの思ったとおりの人だとわかっていたのよ」

ミセス・ガードナーが戻ってきて、イライザのドレスは効率よく試着され、計測されてピンを打たれた。サラは乗馬用ドレスのための生地を選び、仕立屋が提案したデザイン画のいくつかからデザインを選んだ。

サラのメイドを引き連れてふたりは婦人服仕立屋をあとにした。目の端でイライザはハンティンドン家の紋章のはいった馬車がサラを待っているのを見つけた。馬丁が扉を開けようと御者台から飛び降りた。

サラはイライザの袖を引っ張った。「ミスター・サミュエル・ニールについて打ち明けたこと、お兄様には言わないと約束してもらわなければならないわ」イライザの注意を馬車からそらしながらサラはささやいた。

イライザは眉をひそめた。「あなたはミスター・ニールへの気持ちと、公爵の息子を嫌っていることを、お兄様に言わなければならないわよ。お兄様を信頼しなければ」

「まだだめよ。秘密を守ってくれる？」サラは今度はもっと切羽詰まった口調でささやいた。

イライザはサラの腕を軽くたたいた。「心配要らないわ。今のところは約束するから」

「約束とはなんだい？」

あまりに聞き慣れた男らしい声がしてイライザはびくりとした。くるりと振り向くと、グレイソンが馬車の横に寄りかかっていた。イライザは手を胸にあてた。「なんてこと！びっくりしたわ」

「すまない。妹を迎えに来たんだが、うれしいことにきみがいっしょにいるのを見て驚いたところさ」ストライプのウェストコートと濃紺の上着を着たグレイソンの肩幅は一マイルもあるように見えた。

イライザの鼓動が速まった。馬車で情熱的に抱き合って以来、彼には会っていなかった。彼を思うことはたびたびで、ピケンズの舞踏会までの日数を期待と恐れを持って指折り数えていたのだった。

あと一週間。

グレイソンは唇の端を持ち上げてゆったりと笑みを浮かべた。「ぼくの馬車が縁石に堂々と停まっているんだから、ぼくは隠れていたわけじゃない」

「ミセス・サマートンがガンターズへアイスクリームを食べに行こうって誘ってくださったの」サラがグレイソンに言った。

グレイソンの黒っぽい目が問うようにイライザに向けられた。「ぼくもいっしょに行っていいかい？」

サラは不思議そうに兄を見やった。「今日は忙しいんだと思っていたわ。美術館の館長のなんとか卿とかが訪ねてくるって」

グレイソンはそれを打ち消すように手を振った。「待たせておけばいい。こんな気分のいい午後に、ふたりの美女のおともをして菓子屋へ行く以上に重要なことがあるかい？」

サラは笑顔になってイライザのほうを振り向いた。「あなたがいるとお兄様の機嫌がよくなるって言ったでしょう」

イライザは答えなかった。あまりに無邪気なそのことばに、サラの思いこみを打ち消したくなかったからだ。わたしが彼女の兄と知り合うことになった真の理由をサラが知ったら、どう思うだろう？

馬車に乗ってまもなく、三人はメイフェアのバークリー・スクエア七番地に到着した。パイナップルにガンターズと書かれた看板があるかわいらしい店がまえだ。イライザとサラが菓子屋にはいるときには、グレイソンが扉を押さえてくれた。

蓋のないケースに展示されたお菓子の並びを見て、サラはうれしさのあまり息を呑んだ——イタリアの焼き菓子としっとりした砂糖菓子、チョコレート、クリーム、砂糖漬けのプラム、ペイストリー、シャーベット、オレンジやレモン、ピスタチオやジャスミンや焼いたハシバミの実やパルメザン風味までさまざまあるアイスクリーム。

サラとイライザはどちらもレモンアイスを注文し、グレイソンはピスタチオ味にした。三人は店の隅にある動物の足のテーブルにつき、華奢な椅子にすわった。イライザはアイスクリームをスプーンですくって味わった。レモンの甘酸っぱさが舌の上で溶けて風味がぱっと広がった。

イライザがガンターズを訪れたのは久しぶりだった。菓子屋の顧客は上品な装いの貴婦人や紳士たちだった。ガンターズは紳士がご婦人といっしょにいるのを見られても、ご婦人の評判に瑕がつかない唯一の店だった。夏のあいだは、外でアイスクリームを食べるのが常連客の習わしで、アイスクリームやシャーベットが溶けないうちに運ぶため、給仕たちが馬車のあいだを駆けまわるのがつねだった。しかし、今はまだ冬で、客はみな店内のテーブルと椅子についてて甘いものをたのしんでいた。

サラは椅子の上で身をまわし、首を伸ばして店の反対側に席をとっている家族に目を向けた。「学校のお友達のミス・アビゲイル・エヴァーズだわ。お話ししてきていい?」

「もちろんさ」とグレイソンは答えた。

サラは立ち上がって兄の頬にキスをした。「いっしょに来てくれてとてもうれしい」そう言ってレモンアイスを手に、友達とおしゃべりしながらアイスを食べるためにテーブルを離れた。

グレイソンはイライザに目を向けた。「天気が一時的な休息を与えてくれたね。みなその機をとらえて外出している。きっとピーコック版画店にも多少客が来ているんじゃないかな?」

イライザは笑みを浮かべそうになるのをこらえるために下唇を噛んだ。何気なく発せられた質問だったが、その真の目的はわかっていたからだ。「ええ。でも、店が繁盛しているのは天気のせいだけじゃないし、それはあなたにもわかっているはずよ」

「へえ?」

「〈タイムズ〉の記事はお読みになった？」

「今朝はまだ新聞を読んでいないんだ」と彼は答えた。

イライザはバッグを開けてたたんだ新聞をとり出し、彼に差し出した。「読むべきよ。あなたのことがとても好意的に書かれているから」グレイソンはイライザが差し出した新聞をちらりと見たが、それを受けとろうとはしなかった。

「その記事を読んで驚いたのかい？」と訊く。

「いいえ。驚いたのは、大勢の新しいお客様がどの絵を買ったらいいか、わたしの意見を求めてきたことよ」と彼女は言った。

おもしろがるように彼の目が光った。「きみの趣味がいいことをぼくは疑ったことがないけどね、イライザ」

イライザは笑った。「あなたってとんでもないわ」

グレイソンは空のアイスクリーム容器とスプーンを下ろし、彼女に目を向けた。「サラを誘ってくれてありがとう」

「とても感じのいいお嬢さんですもの。あなたも妹さんともっといっしょに過ごすべきだわ。さみしがっているわよ」

「妹がそう言ったのかい？」と彼は訊いた。

「言い方は色々だったけど」

「ぼくは忙しかったんだ」

「責任を感じているのね」

「もちろん。妹の最初の社交シーズンが来たら、正しいことをしてやるつもりだ」

イライザは自分の考えをどううまくことばにしていいかわからず、ためらった。「彼女にとって正しいことをしてあげてね。あなたが最善と思うことじゃなく」

グレイソンは眉根を寄せた。「何が言いたいんだい？」

イライザはレモンアイスに目を落としてから、彼へと目を上げた。「今日初めて気がついたんだけど、妹ということになると、あなたとは共通する部分があるわ。わたしも両親がいなくなってから妹たちの面倒を見てきたし」

「きみの父親は亡くなってはいない」

「そうよ。でも、いっしょに生きているわけでもない」

父の身に何があったのか、想像は尽きなかった。そのことで心乱されているのはイライザだけではなかった。アメリアは気にしていないと言うかもしれないが、贋作作りに手を染めているのは、父に近づくためではないかとイライザは疑っていた。クロエは男性に過剰に好意を寄せているが、それも父の姿を求めてのことではないかと思われた。

イライザはスプーンを下ろした。「わたしが言いたかったのは、あなたの気持ちはわかるということよ。アメリアは衝動的で、クロエは男性について無知だわ。ふたりのことはわたしがちゃんとしなければとずっと思っていたけど、たぶん、何もかもまちがっていたのね。妹たちは自分で将来の道を選ばなければならない」

「言っている意味がわからないよ。その話がどうサラと関係するんだい？」とグレイソンは訊いた。

イライザはためらった。サラと、ミスター・サミュエル・ニールについての秘密は守ると約束したのだから。それでも、公爵の息子のことを話さないとは言わなかったはずだ。それだけでも多少は助けになるのでは？

「サラがどこかの公爵の息子の話をしていたの。あなたが彼女のお相手にしたいと思っている誰か」とイライザは言ってみた。

「ああ、トレント公爵の息子は相手として願ってもないはずだ」

「たぶんね。でも、あなたのお考えが妹さんと同じかたしかめなきゃいけないわ」

グレイソンがしばらく黙りこんだため、イライザは妹の養育について口出ししすぎたのではないかと不安になった。しかし、そこで彼が目を合わせてきた。「サラはきみのことが好きになりつつあるんじゃないのか？　そうなるのも当然だが」

それはどういう意味？「余計なお世話を焼くつもりはないんです、伯爵様」

グレイソンは身を乗り出してイライザの手に触れた。ゆっくりと彼女の顔立ちのひとつひとつを眺める彼の表情は穏やかだったが、真剣なものになった。「ぼくは気にしないといったらどうだい？　そうされるのも悪くない」

グレイソンのことばを聞いてイライザの脈が速まった。じっと見つめられたせいで、体じゅうを目もくらむような潮流が駆け巡ったが、どうにかそれを抑えようと努めた。何と答えていいかわからず、イライザは手を引っこめてスプーンを持った。

「試着はどうだった？」と彼は訊いた。

イライザは目を上げた。ありがたいことに、それは語り合っても気まずくない話題だった。「うまくいったわ。ドレスはピケンズの舞踏会に間に合うように仕上がる予定よ」

「ぼくも試着に居合わせたかったたな」と彼は言った。

「どうして？」

「ひとつ打ち明けると、またきみに会いたかったんだ。舞踏会まで待ちたくなかった」

そのまなざしの強さと発言の内容が相まってイライザは一瞬ことばを失った。目を伏せ、スプーンで溶けかけたレモンアイスをかきまぜる。

「そういうことを言ってはいけないわ。いっしょに目的を果たすだけの関係でいるって約束したんだから」そう言って最後に残ったひとさじのアイスを口に入れた。舌に載せたアイスは甘すぎるように思われた。

グレイソンは声をひそめた。「きみのことを考えまいとしたんだが、無駄だった。きみにキスしたい」

イライザはアイスにむせそうになった。ガンターズは彼女の評判に瑕をつける恐れなく、ふたりがいっしょにいるところを見られてもいい唯一の場所かもしれないが、キスしたらそうはいかない。ふたりのあいだには火花が散っていた。誰かに見られたら、惹かれ合っているのを知られてしまうのはまちがいない気がした。

イライザは彼の完璧な形の唇に目を落とした。キスを想像せずにどうして彼に目を向けられる？　ふたりきりだったら、キスを拒むことはできないだろう。

「子爵の舞踏会まではいっしょに過ごすべきじゃないわ」彼の熱いまなざしから気をそらしてくれるものを探して心はもがいていた。「たぶん、その晩どう行動を起こすかについて話し合うべきね」

「ここではだめだ」と彼は言った。

「いつなら？」

「きみを夕食に連れていきたい」

「妹さんも交えてガンターズへ来るのはいいけど、いっしょにいるのを人目にさらしつづけるのは賢明じゃないわ」とイライザは言った。

「ふたりで食事ができる静かな場所があるんだ。そこの主と知り合いで、料理もすばらしい。個室を手配するよ」

人生が差し出すものをたのしむのよというアメリアの助言が思い出された。それでも、わたしは悩みをかなぐり捨てて気ままに絵を描ける画家とはちがう。ハンサムな顔を見るや夢中になってしまうクロエでもない。わたしはブルトン街の近くにちゃんとした店をかまえるミセス・サマートンなのだ。

グレイソンがしてくれたことに感謝しているのはたしかだったが、怖くもあった。彼と恋に落ちるわけにはいかなかった。ふたりでより多くの時間を過ごしつづければ、自分の心を危険にさらすことはわかっていた。恋に落ちたとして、破れた心以外に得るものが何かあるだろうか？

グレイソンは伯爵で、裕福な貴族の娘と結婚するのがお決まりの男性だ。宿敵の娘と結婚することは絶対にないだろう。

そんな思いとは裏腹に、舞踏会での行動について話し合っておく必要があると論理的な思考は命じていた。自分の役割についても、グレイソンが子爵の大きな邸宅で盗まれたレンブラントをどうやって見つけるつもりなのかも、はっきりしていなかった。

「いつ？」気がつけばそう訊いていた。

「今夜。七時に馬車で迎えに行く」

19

グレイソンとイライザは〈フォックスウッド・アームズ〉で温かく出迎えられた。主のニコラス・フォックスウッドはグレイソンが来るのを待ちかまえていて、ふたりが店にはいるやいなや、グレイソンと握手した。グレイソンはフォックスウッドの弟が新人の画家のころに力になったことがあったのだ。今その弟は裕福な商人の肖像画を描いており、フォックスウッドは以来グレイソンに感謝していた。

ふたりは小ぢんまりとした個室に通された。路床で火が赤々と燃えるなか、給仕は店で一番いいワインのボトルを開け、ふたりのグラスに注いだ。イライザはワインを飲み、グラス越しにグレイソンを見つめた。はっきりとわかる頬骨が顔に斜めに走っている。椅子にすわってわずかに身をまえに乗り出しているせいで、上着の広い肩の部分がぴんと張っている。引きしまった硬い体。ロイヤル・アカデミーからの帰り道、馬車のなかでその胸に体を押しつけられたときのことは鮮明に覚えていた。

「カメのスープを試してみてくれ。ここの特別料理なんだ」とグレイソンは言った。

こうして向かい合ってすわっていると、下腹部のあたりの神経が騒いだ。今夜はあまり食べられないかもしれない。グレイソンと知り合って一カ月あまりになるが、ふたりきりで個室で向かい合い、親密に食事をともにするとは夢にも思っていなかった。最初は敵同士だったのに、今は……。

今は何なのだろう？

盗まれたレンブラントをとり戻すために手を結んでいる相手？　それとも、父を見つけることについては敵対する相手？

何もかもあまりに入り組んでいた。グレイソンに惹かれる気持ちのせいで、そうした感情も強まり、イライザをあやうい立場に置いていた。

イライザはまたワインを飲み、グレイソンはすぐにグラスにワインを足してくれた。あまり飲むべきでないのはわかっていたが、上等なワインはなめらかに喉を通り、血を温め、神経をなだめてくれた。

給仕が最初の料理を運んできた。湯気を上げるカメのスープ。給仕は銀の深皿からそれをボウルに注ぎ、静かに下がった。イライザはスプーンを手にとり、ボウルからスープをすくって味わった。完璧なスパイスの調合が温かいスープを絶品にしていた。

「んん」イライザは思わず目を閉じて言った。「ほんとうにおいしい」

目を開けると、グレイソンの目がじっと顔を見つめていた。それが強烈に意識されて、慣れた震えが全身に走った。

「きみが食べるのを見ているとうれしくなるよ」低くなめらかな声だ。

イライザは息を止めた。「そういうことを言ってはいけないわ」

「どうしていけない？　きみがたのしむ姿を見るまで、食べ物がどれほどすばらしいものか忘れていたよ」

「わたしがあなたにとって単なる気晴らしにすぎないというように聞こえるもの」

「単なる気晴らしなんかじゃないさ、イライザ。ほんとうのところ、きみといると、何もかもが目新しく感じられてすがすがしい気分になる。何より驚きなのは、美術品ですらそうなんだ」

ああ、なんて。イライザはそんな告白をされるとは思ってもみなかったのだった。グラスに手を伸ばし、中身を飲む。「そのことをあまり深く考えないほうがいいわ、伯爵様。簡単に説明できることだから。あなたは人生においてよりよいものに慣れてらっしゃるのよ。商人であるわたしはちがう。あなたは単に鋭い観察眼でわたしの反応に気づいているだけよ」

グレイソンは目におもしろがるような光を浮かべて首を振った。「きっとそれだけじゃない」

扉が開き、給仕が次の料理を運んできた。ローストしたラム肉のにおいに唾が湧いた。給仕はラム肉と付け合わせのカリフラワーとアスパラガスを載せた皿をイライザのまえに置いた。

イライザは礼儀正しくフォークを手にとって小さくひと口食べた。完璧な焼き具合で味付けもすばらしかった。グレイソンは食事しながらも、彼女から決して目を離そうとしないように思われた。

イライザは椅子の上で身動きした。「ピケンズの舞踏会について話し合ったほうがいいわ」

「何を話し合うことがあるんだい？」

「ふたりとも招待状を受けとったわけだけど、何をするつもり？」

「盗まれたレンブラントを見つけるつもりだ」単純な仕事だとでもいうような口ぶりだった。

イライザは驚いて目をぱちくりさせた。そんな曖昧な答えでわたしが納得すると本気で思っているの？「ピケンズがその絵をほんとうに買ったんだとしたら、舞踏会を開くときに家に置いておいたりするほど愚かなはずはないわ。舞踏室の壁におおっぴらに飾っておくなんて愚か者のすることよ」

グレイソンはにやりとして椅子に背をあずけた。「ああ、でも、あの傲慢な男なら、私邸の美術品展示室には飾っておくだろう」

「彼の美術品展示室でワルツを踊るつもりなの？」

グレイソンは忍び笑いをもらした。「彼がぼくをそこへ連れていくことはないだろうな」

いるのね？」

イライザの頭にある考えがひらめいた。「わたしなら連れていくんじゃないかと思って
彼の笑みが薄れ、目がわずかに細められた。「それも考えたが、きみにたったひとり、守るものもなく、あの男といっしょにいてほしくない」

それが初めてではなかったが、彼の声にはきみはぼくのものと主張するような響きがあった。イライザは腹を立ててしかるべきだった。それなのに、脈が速まっただけだった。

「だったら、どうするつもりなの？」と彼女は訊いた。

「ピケンズが客の相手で忙しいあいだに、こっそり探すつもりでいる」わかりきった答えと言いたげな口調だった。

「まさか、本気じゃないはずよ！　見つかったら、どうするつもり？」

「見つからないさ」

その傲慢な態度を見て、イライザは笑わずにいられなかった。「あなたと出会ったときにはあなたのこと、ただの尊大な貴族だと思ったのにね」

黒い眉がすばやく上がった。「尊大な？」

「そして退屈な」とイライザは付け加えた。

「〝退屈〟と言われると腹が立つな。ぼくらが協力し合うようになってからも、興奮やわくわくする思いを感じたことはないのかい？」

イライザは彼に目を向けた。「わたしがロイヤル・アカデミーの展覧会をどれだけたのしんだかはおわかりよね」

給仕がデザート――いちごとクロテッドクリーム――を運んできた。グレイソンはワインをもう一本頼んだ。イライザは彼がグラスにワインを注いでくれるのを見守った。

それから、いちごをつまみ上げて熟れた実をかじった。甘い味が広がって舌がくすぐられた。いちごを最後に食べたのがいつかは思い出せなかった。この贅沢な果物を買う余裕などなかったからだ。

「クリームといっしょに食べなきゃだめだ」グレイソンはそう言って彼女の手から赤い実を奪い、濃厚なクリームにつけた。そして身を乗り出し、イライザの唇へと持ち上げた。

「味わって」

ワインのせいか、目のまえの男性のせいか、背筋にわくわくするような興奮の震えが走った。イライザは彼の目をのぞきこみながら身を寄せ、唇を開いた。グレイソンが差し出したいちごの端を噛む。いちごと濃厚なクリームのとり合わせは極上だった。イライザはゆっくりと噛んだ。それを見つめる彼の目が暗くなるのを意識しながら。

「あなたのおっしゃったとおりね。いっしょに食べるとおいしい」と彼女は言った。

「唇にクリームがついてる」

イライザはナプキンに手を伸ばした。

「いや」グレイソンは彼女の手首に手をあてた。「ぼくにやらせてくれ」

そう言うと、ナプキンを持ち上げる代わりに目を彼女の唇に落とし、頬に息が感じられるほどに身を寄せてきた。彼の顔が少しずつ降りてくると、イライザは身動きをやめた。胸の奥では心臓が激しく鼓動している。彼はまったく体を押さえつけようとしてこなかったので、イライザは身を引くのも、椅子に背をあずけるのも自由だった。

それなのに、動かなかった。息もしなかった。

彼の舌が彼女の下唇についたクリームをゆっくりとなめた。みずみずしい湿り気がさっと円を描いたような感触だった。彼の筋肉が張りつめ、力がみなぎっているのがわかる。それでも、そのキスには荒々しさはまったくなかった。彼の口がそっと彼女の口を一度……二度かすめ……感覚をいたぶった。

イライザはため息をつき、キスが深まるものと期待して唇を開いた。すっかり唇を覆われると、心臓が飛び跳ねた。完全に口を奪われて彼女は口を開いた。舌がゆっくりと舌をかすめ、全身を欲望の震えが貫いた。

グレイソンはゆっくり、じっくりとキスをし、巧みにイライザの抑制をゆるめ、情熱をかき立てた。ひげ剃り用の石鹸の刺激的なにおいに包まれるなか、彼の口は上等のワインでも味わうように彼女の口を味わっていた。欲望とともに興奮が募る。抑えこまれていた感情があふれてすべての懸念を押し流した。互いのちがいも溶けて流れた。これを求めていたのだった。こうして触れ合うことを。不規則になったかすれた息遣いが耳の奥でこだました。

「ああ、グレイソン」とイライザは思わずささやいた。

テーブル越しに伸ばした指が彼の袖をのぼり、筋肉質の前腕をつかんだ。肩にしがみつき、髪に指を差し入れたかった。秘密の悦びとやさしさを約束してくれる彼の唇は、長いあいだ否定してきたさみしさに触れた。父に捨てられ、生き残ることだけを考えるようになってからずっとうずめてきた感情が突然噴出したのだ。

強く求めているのは心だけでなく、体もだった。キスが深まるにつれ、脚のあいだに湿った熱が集まった。互いのあいだにあるテーブルの広さが強く意識された。彼の体に自分の体を押しつけたかった。体にまわされる腕のたくましさ、体の熱、硬さを感じたかった。きっと彼にもそれは感じとれたはずだ。グレイソンなら、どうすればその思いを解放できるかわかるはず。イライザはキスしながら声をもらした。要求しつつ、懇願するように。

グレイソンは彼女の頰を手で包み、顔をわずかに離した。イライザは焦れて小さな声をもらした。

「イライザ」口をつけながら彼はささやいた。

「ん」

グレイソンは身を引き、さらに少しあいだを開けた。イライザは当惑してまぶたを上げ、彼と目を合わせた。キスしてくれていたのに……どうしてやめるの？

彼の声は太くかすれていた。「ミスター・サマートンなんていないんだろう？」

頭が混乱する。理性が戻ってきて、頭をすっかり包みこもうとしていた情熱の霧を払ってくれるのに時間がかかった。彼の目は澄んでおり、その目に自分がどう映っているかは想像するしかなかった――ワインを飲みすぎ、情熱をかき立てられすぎてくもった緑の目。

「何もかも知らなきゃならないの？」声が震えた。

グレイソンが真実を悟ったことに恐怖を感じてしかるべきだった。知り合ってまだまもないのに、秘密をすべて暴かれてしまったことに。そもそも、ジョナサン・ミラーの娘であることもすぐさま見抜かれてしまったのだった。贋作を描いたのがアメリアであることも。そして今、いもしない夫についての作り話を見抜かれてしまった。

イライザは彼の顔を探るように見たが、だまされていたことに怒っている様子はなかった。目の奥には、妙な好奇心と何か別の感情が揺らいでいた。陶酔？　称賛？

「知りたいんだ」と彼はなおも言った。

イライザはわずかに首を振った。

「頼む。知らずにいられないんだ」

懇願されるとは思っていなかった。その声の調子に胸をつかまれる。真実を知りたがっているのは、それを利用するためではないのだ。心の奥底では、彼が秘密を暴いて彼女が根気強く築き上げてきた店をだめにするつもりでないことはわかっていた。

「そのとおりよ。ミスター・サマートンなんていなかった」とイライザはささやいた。

「どうしてずっと未亡人の振りをしていたんだい？」

イライザはまだ自分が彼の前腕をつかんだままなのに気づいた。手を引っこめようとすると、その手を彼がつかんだ。恐れよりも驚きから、イライザは目を上げた。心臓が大きく鼓動するなか、ことばもなく彼を見つめた。

「ほかにどうすれば？　三人の若い未婚の女たちよりも、未亡人のほうが、店の主としてずっとたやすく受け入れてもらえるから」と彼女は言った。「偽名を使わなければ、版画店の建物を借りることもできなかったわ。そういう嘘の身分を用いても、節操のない商人や顧客のなすがままだったけれど。倉庫の主のミスター・ケインはそういう人たちのひとりにすぎない」

ケインの名前を聞いてグレイソンは顎をこわばらせた。「あの悪党のところへは二度と行ってないんだろうね？」

「ええ。行く必要がなかったから」取引してくれる画材商をグレイソンが教えてくれてからは。

「わたしの過去について、いつからわかっていたの？」とイライザは訊いた。

「しばらくまえから疑っていた」

「どうして？」彼にわかったなら、ほかの人にもわかるはずだ。

「キスさ」

「キス？」いったいどういう意味？　過去について彼が調べたのだと思ったのだった。近くの墓地でサマートンの名前の墓石を探すか、死亡を証明する記録を探すかして。

「きみのキスは情熱的だったが、経験に欠けていた」グレイソンはあっさりと言った。

イライザは身をこわばらせた。怒って反応すべきとはわかっていたが、彼のことばにうぬぼれが傷つけられた。イライザは唇を引き結び、肘をついて彼の目を見つめた。「わたしにキスするのは嫌なの？」

イライザがワインのせいで大胆になっているのはわかった。傷ついたようにも見えた。そんな反応をするのはばかばかしかった。グレイソンはこれまでにないほどに興奮していたのだから。テーブルからテーブルクロスをはがし、それを暖炉のまえに敷いてそのときその場でイライザの体を奪わずにいるのには、ありったけの自制心を働かせなければならなかった。彼女の服を脱がせ、クリームを胸ややわらかい太腿や女性の芯の部分になすりつけて、その甘美な部分からゆっくりとクリームをなめとる情景が心に浮かんだ。

彼女の不安をやわらげるにはたったひとつしか方法がないこともわかっていた。

それを見せてやらなければ。

欲望に声がかすれた。「ここを出たほうがいい」

彼は立ち上がり、彼女が立つのに手を貸した。ありがたいことに、イライザも争わなかった。グレイソンはわずかによろめく彼女を連れて店を出ると、馬車に乗るのに手を貸した。イライザは彼と並んですわった。

グレイソンが屋根をたたくと、馬車は走り出した。

「わたしの質問に答えてくださってないわ」と彼女は言った。

「なんの質問だい？」

「わたしにキスすることよ。好きじゃないの？」

グレイソンは汗ばみ出した。「とても好きさ。きみはワインを飲みすぎだとも思うけどね」

「きっとあなたのせいで動揺したのよ」

「どうして？　ぼくが嘘をつかれるのが嫌いだからかい？」

イライザは肩をすくめた。「あなたをだますためじゃなかったのよ、そうでしょう？　ずっとまえにはじめたことですもの」

そのことについては、しばらくまえから疑ってはいたが、確信を持てなかったのだった。真実を知らなければと思い、今、それがわかった。彼女は結婚したことがなかったのだ。

つまり、誰にも触れられたことがない可能性が高いということだ。そう考えただけで、硬くなったものがいっそう硬くなった。

ぼくはいったいどうしてしまったんだ？　これまで無垢な女性とベッドをともにしたことはなかった。疫病のように避けて通ってきた。処女には複雑な感情がつきまとうからだ。だったら、どうしてこれまでにないほどに彼女がほしくてたまらないのだ？

イライザは逆境と闘って生き延びてきた人間であり、グレイソンは自分と同じ若い貴族の多くの男たち以上に彼女を尊敬していた。そして、怖くなるほど強烈に彼女を自分のものにしたくてたまらなかった。

イライザは彼を見上げた。その目は馬車のランプの明かりを受け、大きな緑の球のようだった。「それで、キスに話を戻すと、わたしが何かまちがっているの？」

「そんなことはない」彼はかすれた声で答えた。「それに、きみにキスするのが嫌とは一度も言っていない」

イライザは彼の頬を手で包んで引き寄せた。「証明してみせて」

それ以上うながされる必要はなかった。彼女を腕に引き入れると、今度は音を立ててキスをした。イライザは彼の上着をつかみ、その手をうなじにまわした。爪で頭皮をひっかかれ、生々しい欲望がグレイソンの全身に走った。彼女のせいでおかしくなりそうだった。完全に。

グレイソンは少し身を引いた。「だから、真実を知る必要があったんだ。きみの最初のときはベッドですべきだから」かすれた声になる。

イライザは身震いした。「これまでは馬車のなかでキスしても気にしなかったじゃない」

「キスだけの話じゃない」

「そうなの?」

版画店のまえに着き、馬車が停まった。グレイソンは馬車から飛び降りてイライザを助け下ろした。「店のなかまで送るよ」

イライザはバッグをあさって鍵を探した。鍵を見つけると、グレイソンがそれをとって扉を開け、彼女のあとから版画店にはいった。脇机にランタンがひとつだけ灯されていた。

「妹さんたちは?」と彼は訊いた。

「しっ」イライザは言った。「もうすぐ午前零時よ。階上《うえ》で寝てるわ」

グレイソンは深々と息を吸い、髪を手で梳いた。彼女の体を奪うわけにはいかない。ワインによって彼女の抑制がゆるみ、妹たちが階上で寝ているときには。「いっしょに食事ができてたのしかったよ」

イライザは首を傾げて彼をじっと見つめた。「ふたりで過ごす夜はまだ終わっていないわ。来て」そう言ってランタンを手にとると、彼の手をつかみ、裏の作業部屋へ導いた。

グレイソンにはそれに抗う気力がなく、連れていかれるままになった。油絵具とテレピン油のかすかなにおいが小さな部屋を満たしていた。二枚の新しい絵が乾かすために壁に立てかけられている。まえに似た絵を店で見たことがあった。おそらく、アメリアの気に入りの題材でよく売れるのだろう――ボウルにはいった果物と田舎の風景の絵。使いこまれた作業台の絵具は片づけられていたが、筆のはいった瓶は隅に置かれていた。

イライザは仕切りのカーテンを閉め、絵に囲まれた作業部屋にふたりきりになると、彼のほうに向き直った。「わたしが学べるよう、もう一度キスしてほしいの」

「きみはワインを飲みすぎた」

「だから？　キスして」イライザは肩をすくめて彼のほうに歩み寄った。指で彼の頬をかすめると、その指を胸に置いた。置かれた手の下でグレイソンの鼓動が速まった。

イライザは彼を待たずに爪先立つと、自分から唇を押しつけてきた。グレイソンの全身がこわばった。張りつめた体に抑制をきかせながら、彼女を見下ろす。

イライザは苛立ったような小さな声をもらし、彼の口に合わせて口を傾けようとした。繊細なピンクの舌を彼の唇に走らせたと思うと、さらに口を押しつけ、彼のふっくらした下唇を吸った。

欲望に全身が焼かれ、グレイソンの自制心がはじけた。彼は彼女を引き寄せて作業台に押しつけた。口を開け、唇で彼女の唇を開いて舌をなかへ差し入れる。

イライザは抗わず、彼の肩をつかんで降参したように体を弓なりにして押しつけてきた。

その熱い反応がグレイソンの欲望に油を注いだ。手を腰から胸へとすべらせると、ドレス越しにも触れられて硬くなった胸の先がわかった。豊かな胸はなんとも言えずすばらしく、またそれを見ずにいられなかった……また触れずにいられなかった。

背中のボタンを外し、ドレスとシュミーズを押しのけると、胸が自由になり、彼のてのひらにぴたりとおさまった。グレイソンはキスをしながら親指でバラ色の胸の先をこすった。

そうしながら、もう一方の手でスカートを持ち上げると、シルクのストッキングをかすめるように手をすべらせ、ガーターの上のむき出しの肌に触れた。下着を押し開けて魅惑的な熱に触れる。

濡れていた。彼のために。グレイソンが称賛するようにあげたうなり声に、彼女の悦びのあえぎ声が応えた。彼は指で彼女をいたぶった。一本なかに差し入れ、引き出してゆっくりと敏感なつぼみのまわりをなぞる。イライザは声をもらし、彼の手のほうに身を押しつけた。グレイソンはこのなかにはいるのはどんな感じだろうと想像せずにいられなかった。このシルクのような熱にすっぽりと包まれるのは。どうにか自制心を保とうと深々と息を吸う。彼女の最初のときは悦びだけで痛みがあってはならない。彼女が身を震わせる様子や、初めて絶頂を経験する姿を見たかった。みだらな夢を見るときには自分を思い出してほしかった。

「自分を解放するんだ。ぼくが支えているから」グレイソンは唇をつけたままかすれた声でささやいた。

指が巧みに動くと、腕のなかで彼女は身もだえした。純粋で原始的な所有欲にとらわれる。情熱に駆られた彼女はこの上なく魅力的だった。彼の手によって絶頂に達すると、ほっそりした体は痙攣し、純粋な悦びの声が唇からもれた。

グレイソンは唇を彼女の耳に寄せた。「きみがほしい」

イライザはまばたきして目を開いた。「どこで？」

ああ、イライザは愛の行為を許してくれるだろうか？

彼女はテーブルの上で起き上がろうともがき、重心を保つために手を振りまわした。その手が筆のはいった瓶にあたり、テーブルから転がり落ちた瓶が木の床にあたって砕けた。

イライザは息を呑み、恐怖に目をみはった。

しばらくして、版画店のほうから女性の声がした。「イライザ？　帰ってるの？」

イライザは勢いよく立ち上がってドレスを直した。「アメリアだわ」

グレイソンにはそれ以上の説明は要らなかった。彼女を振り向かせてボタンをはめるのを手伝った。髪も乱れていたが、それについてはどうしようもなかった。

「ここにいて」イライザは作業部屋のカーテンを開けて店へ出ていった。すぐに姉妹が会話する声が聞こえてきた。

「ええ、わたしよ」とイライザが言っている。

「大丈夫なの？　物音がしたけど」とアメリア。

「起こしちゃってごめんなさい。まちがって作業部屋の瓶を倒しちゃったの。心配要らないわ。ベッドに戻って。わたしは片づけをするから」

「ほんとうに大丈夫？　お手伝いしてもいいけど」

「いいえ。大丈夫。ベッドに戻って。クロエまで起きたら困るわ」とイライザは言った。

「待って。ハンティンドン様との夕べはどうだったの？　ロマンティックだった？」とアメリアは訊いた。

「ベッドに戻って。明日の朝、全部話してあげるから」とイライザは言った。

少しして、作業部屋のカーテンが開き、イライザが戻ってきた。「ごめんなさい。でも――」

「聞こえたよ」グレイソンは彼女の手を唇に持っていった。「たのしい夕べだった」

「わたしもよ」

海賊さながらに、分捕り品とともに彼女を抱き上げ、肩にかついで運び去りたかった。

「じゃあ、きみとのキスをぼくがたのしんでいるとこれで信じてもらえたかな？」

その晩、イライザは寝つけなかった。作業部屋での情熱的な行為がくり返し思い出されたからだ。彼のせいで体に生気がみなぎり、激しい欲望に駆られたことが衝撃だった。あれほどの悦びがあり得るとは思いもしなかったのだった。

何も知らないアメリアが邪魔してくれなかったら、どうなっていたのだろう？　グレイソンに愛の行為を許していただろうか？

ワインのせいにもできる。彼といるといつも身の内に強い情熱が湧き起こるのはわかっていた。しかし、今夜のことは目の覚めるような出来事で、頭がくらくらするほどだった。グレイソンに触れられるだけで体がほどけてしまうとしたら、あんな男らしい人ともっと親密な行為をしたらどんな感じなのだろう？

彼がほしくてたまらなかった。それでも、体を差し出して恋に落ちずにいられる？　彼との将来を考えるなど論外だった。立場のちがいを見過ごすわけにはいかない。

しかし、何よりも怖いのは、すでに多少心を奪われてしまっているのではないかということだった。

20

二日後、ピケンズの舞踏会の夜が来た。イライザはグレイソンとは別に到着することになっていた。そのためにグレイソンが紋章のはいっていない馬車をよこしてくれたのだが、それは今、ピケンズ家に続く道で長い馬車の列に並んでいた。ようやく大きなメイフェアの邸宅の玄関のそばで馬車が停まり、お仕着せを着た使用人が扉を開けて踏み台を下ろしてくれた。

イライザは馬車から降りるとすぐに穏やかな表情を作り、玄関の石段をのぼる着飾った人々の列を眺めた。楽団の演奏が外にいても聞こえ、玄関の扉のそばに置かれたたくさんのランタンがその場を照らしていた。

ロンドンの舞踏会に参加するのは初めてだったが、演じる役割があった。不安を感じていることを誰にも疑われてはならない。

とくにピケンズ子爵には。

目の端でグレイソンが近づいてくるのがわかった。大勢の客たちにまぎれて邸宅の外で待っていたにちがいない。イライザは彼のほうへちらりと目をやり、じっと見つめないように努めた。白と黒の装いで現れると思っていたのだが、極上の青い夜会服に白いウェストコート、黒っぽい膝丈のズボンという人目を惹くいでたちだった。

グレイソンは彼女の後ろに並び、ふたりは石段をのぼって玄関へ向かった。「今のところはそばを離れないでくれ、イライザ。舞踏場へはいったら、みな散り散りになる。執事によってわれわれは別々に紹介される。誰もいっしょに到着したとは思わないはずだ」

舞踏場に着くと、イライザはまわりを見まわした。クリスタルのシャンデリアに灯された何百という蜜蠟の蠟燭の明かりが、大理石の円柱や白と黒のタイルの床に反射している。高価な香水やコロンのにおいや、客たちのドレスの鮮やかな色に感覚が圧倒される思いだった。そして宝石……女性たちが耳や首のまわりにつけているダイヤモンドや、ルビーや、エメラルドは壮観だった。男性たちも負けてはいなかった。ほとんどすべてのクラヴァットに金のピンがついている。

イライザはロイヤル・アカデミーで見かけたふたりの紳士を見つけた。ほかは、ピケンズの舞踏会に参加するためか、もしくは田舎が退屈なせいでロンドンに残っている、名前も顔も知らない上流階級の人々だった。いずれにしても、イライザはその華やかさと富を見せつけられて居心地が悪くなった。ほんの一瞬、父がこの人々に良心の呵責なしに贋作を売りつけた理由がわかる気がした。あからさまに示された富は、どれだけたくましくした想像をも超えていた。

〝犠牲者のいない罪なんだ〟。そうジョナサン・ミラーは言っていた。〝彼らが金を払えるのはまちがいないし〟

とはいえ、お金は父の罪の一部にすぎなかった。そこにはお金以上のものがあることがイライザにもわかりはじめていた。父はほかの形でも人々を傷つけた。父のペテンの犠牲者になったグレイソンに対し、子爵がどれほど屈辱的なことばを投げつけたかが思い出された。

グレイソンはイライザに目を向けた。「この家の主人に挨拶する心の準備はいいかい？」

「あなたが子爵夫人に挨拶する心の準備ができていれば」

グレイソンはイライザにウィンクしてみせた。今夜、夜会服に身を包んだ彼がどれほどハンサムかがふいに意識された。挨拶の列が進むにつれ、女性たちの目がグレイソンに注がれ、揺れる扇の陰でささやきが交わされるのがわかった。彼に目を向けている女性はひとりではなかった。

イライザはピケンズ子爵の姿を見つけた。薄緑がかった青い上着にチェックのウェストコートを着た子爵は、太りすぎのクジャクのように見えた。子爵より少なくとも十歳は若く見える子爵夫人は背が高く、やせすぎの女性で、夫に負けない華やかな装いだった。ピンクのドレスは壁紙のような色合いで、縁にはシルクの花やフリルがふんだんにあしらわれている。ブロンドの髪は凝った装飾の頭飾りで後ろに結い上げられ、元々堂々たる身長がさらに高く見えた。

「ミセス・サマートン、またお会いできて光栄です」と子爵が言い、イライザの顔にしばらく留めていた目をグレイソンに向けた。一瞬その顔に嫌悪の色がよぎった。「ハンティンドン、あえて言うが、ほんとうに来るとは思わなかったよ」

「来ないわけにはいかないさ」とグレイソンは言った。

子爵夫人がグレイソンにほほ笑みかけた。「ハンティンドン様、お久しぶりです」

「お誕生日おめでとうございます、レディ・ピケンズ」

子爵夫人はグレイソンにはにかむような笑みを向けた。イライザはすぐさま子爵夫人が嫌いになった。

ばかなことを考えないでとイライザは自分を叱責した。子爵夫人は既婚者で、グレイソンは彼女と情事を持ったことはないと言っていた。それに、わたしには彼のすることにとやかく言う権利はない。

イライザはグレイソンのあとから舞踏場へとさらに進んだ。楽団は活き活きとしたカントリーダンスを演奏していた。寄木張りの床の上では、踊り手たちがくるくるとまわっている。黒髪の紳士が魅力的なブロンドの女性と踊っているのが目を惹いた。脇に動くと、そのハンサムな男性がヴェール伯爵であることがわかった。近くでよく見ると、相手の女性はダンスの軽快なステップのあいまにも、ひっきりなしに彼に話しかけているようだった。

なんてこと！　どうやってあんなことができるの？　ステップをひとつもまちがえずに。

「ヴェール様と踊っているご婦人はどなた？」とイライザは訊いた。

「タウンゼンド公爵の娘レディ・ミネルヴァだ。ヴェールの家族はあのふたりを結婚させたがっている」

驚くことでもなかった。ヴェールは伯爵だ。公爵の娘とダンスし、お似合いの相手とされても当然だった。それでも、イライザはがっかりせずにいられなかった。ヴェールがアメリアに向けるまなざしを見たことがあり、ハンサムな伯爵に対してアメリアが思いを抱いているのではないかと疑っていたからだ。

ヴェールがご婦人と踊っているのを見たら、アメリアはどう反応するだろう？

打ちのめされるかもしれない。

それでも、夢見がちなクロエとちがって、アメリアは現実的で逆境に強い人間だ。伯爵との未来があり得ないことはわかっているはず。イライザは妹たちにはいいお相手を見つけたいとつねづね強調してきた――過去を問わない裕福な商人を。アメリアは姉の考えには反論していたが、きっと正しいと思うことをしてくれるはずだ。

グレイソンとブランドンはふたりとも伯爵だった。社交界においては、ふたりのあいだにさほどちがいはなかった。どちらも爵位にふさわしい結婚をするものと思われている。それを忘れるわけにはいかない。グレイソンへの思いが募れば厄介なことになる。必要以上に彼に心を占められてはならないのだ。レンブラントを見つけたらすぐにも、ハンティンドン卿の誘惑のない、かつての人生をとり戻すことになる。


グレイソンはグラスのシャンパンを飲み、イライザの注意を惹こうと男たちがばかな振る舞いをするのを眺めていた。男たちのことは責められない。体の曲線にぴったり合った魅惑的なサファイヤ色のドレスを着てみずみずしい胸のふくらみを見せつけている今夜の彼女は、この上なく美しく見えたからだ。もうひとり紳士が近づいてきて、すでに彼女をとり囲んでいる四人の男たちの輪に加わった。防衛本能から、グレイソンは権利を主張したくなったが、イライザの付き添いとして振る舞うことはできなかった。別々に招待されたかのように見せなければならないからだ。彼女の評判は自分にとっても重要だと言ったのはほんとうだった。

それでも、心は乱れ、動物のような所有欲に駆られていた。イライザのそばに来たひとりの若者がすばやくダンスカードに名前を書いた。

楽団がワルツを演奏しはじめると、グレイソンは衝動的に動いた。まえに進み出て男たちを肘でかき分け、イライザのそばまで行った。

「このご婦人の最初のワルツはすでに予約済みだ」そう言ってイライザの腕をとり、まわりに集まっていた男たちから引き離して寄木張りのダンスフロアへ連れ出した。

グレイソンはほっそりしたウェストに手を置くと、音楽に乗って動き出した。イライザはそれに合わせた。彼女がワルツを知っているはずはないとふと思ったが、イライザは上手にステップを踏んでいた。

「どこでダンスを習ったんだい？」と彼は訊いた。

イライザは片眉を上げた。「商人がどうしてワルツの踊り方を知っているかってこと？」

「侮辱するつもりはなかった――」

イライザに笑みを向けられてグレイソンの脈は速まった。「からかっただけよ、伯爵様。この二週間ほど、アメリアと特訓したの」

グレイソンはダンスフロアでイライザとともにくるくるとまわった。互いの体は数インチしか離れていなかった。彼女の繊細なラベンダーの香水は悩ましく、欲望のあまりの荒々しさに、ステップのことなどほとんど考えていられなかった。彼女をまっすぐテラスに連れ出し、庭のどこかに人目につかない場所を見つけたくてたまらなくなる。この赤い唇を求め、ほっそりした肩から美しいドレスをはがすのだ。

「何を考えてらっしゃるの？」とイライザが訊いた。

きみと愛を交わすこと以外に？

「美術品展示室さ、覚えているかい？」と彼は言った。「子爵夫人の誕生日を祝ってみんながシャンパンで乾杯しているあいだにここを抜け出すつもりだ」

「わたしはどこであなたと落ち合えばいい？」

「きみには美術品展示室に来てもらいたくない。舞踏場に留まっていてもらいたい」と彼はきっぱりと言った。

イライザは顎を上げて彼の目をしっかりと受け止めた。「いやよ」

音楽がじょじょに小さくなってワルツが終わり、楽団が次の楽曲の準備をはじめた。グレイソンはほっそりした手をつかみ、言い争いができるよう、彼女を鉢植えのヤシの木の陰に連れていこうとしたが、イライザのダンスカードに最後に名前を書いた若者が寄木張りのダンスフロアの端で浮き浮きと待っているのが目の端でわかった。グレイソンは向きを変え、テラスへと続く開いたフランス窓のほうへ彼女を連れていった。

テラスに出ると、冷んやりとした夜気に包まれた。たいまつが赤々と燃え、スレートのタイルが敷かれたテラスとその下のよく手入れされた庭を照らし出している。テラスの隅には両切り葉巻を吸っているふたりの紳士がいた。グレイソンはイライザをそれとは反対側の隅に連れていき、手すりにもたれた。

「きみにはここに留まっていてほしい。鍵をこじ開けなければならないし、安全じゃないかもしれないからね」と彼は言った。

たいまつの明かりを受けて、美しい緑の目が反抗的に光った。「ここまで来て脇に追いやられるつもりはないわ。わたしもいっしょに行きます」

腹立たしい女だ。激しく口論したいのか、分別をなくすほどにキスをしたいのか、わからなくなる。

「わかった。子爵の美術品展示室は階段をのぼりつめたところにある。使用人用の階段を使わなければならないだろう。つかまったら、ぼくらは恋人同士で、あいびきのための人目につかない部屋を探していたということにするんだ、わかったかい？」

「わたしは並外れて演技が上手なのよ、忘れたの？」

どうして忘れられるだろう？

「いっしょに舞踏場を出るのは危険すぎる。ぼくが出てから五分待ってあとを追うんだ」

ふたりが舞踏場に別々に戻ると、ちょうど給仕がシャンパンのグラスを載せたトレイを持って客のあいだをまわっているところだった。客たちはピケンズと子爵夫人のまわりに集まり、お祝いのグラスを掲げている。

「美しいわが妻に乾杯！」ピケンズが音頭をとった。

客たちは歓声をあげ、楽団がすぐさま陽気な調べを奏ではじめた。

「あらあら。ミセス・サマートンじゃありませんこと？」脇から女性の声がした。

イライザが振り返ると、レディ・キンズデールが近づいてくるところだった。驚くほど襟ぐりの深いボディスの薄い銀色の生地のドレスを身に着けた侯爵未亡人は、目の覚めるような美しさだった。金色の髪は凝った形に結われ、幾房か巻き毛が落ちていて、青い目とハート型の顔を引き立たせている。

「では、わたしの名前をお知りになったのね？」とイライザは言った。

「むずかしいことじゃなかったわ。直前になって招待客に加えることになった方々についてレディ・ピケンズのお手伝いをしたの。あなたがピケンズ様ともお知り合いだと知って驚いたわ。子爵は美術にかかわる人なら誰でも気に入る方だけど。たとえ相手がとるに足りない小さな版画店の店主であっても」

イライザはこわばった笑みを顔に貼りつけたまま注意をダンスフロアに向けた。反応してこの女性を悦に入らせるつもりはなかったからだ。

「ハンティンドン様を探しているの？」とレディ・キンズデールは訊いた。

「いいえ」

レディ・キンズデールはほっそりした肩をすくめた。「わたしに嘘をついても仕方ないわ。ハンティンドン様と恋に落ちていると思っているのでしょう？」

「なんですって？」イライザは顔を戻した。

「かまととぶる必要はないわ。あなたは彼のことが好きなのよ」そのことばは非難をこめた高慢な声で、よく手入れされた眉を持ち上げて発せられた。

「そんなことは――」

「あなたがそんなおばかさんだとは思わなかった。彼があなたに結婚を申しこむことは絶対にないわ。彼にとってはちょっとしたベッドのお相手にすぎないってこと、わからないの？」

イライザは唇を引き結んだ。「わたしたちは恋人同士じゃないわ」

レディ・キンズデールは笑った。冷たく棘のある声だった。「わたしはだまされないわ。ともかく、あなたは貴族じゃなく、ただの商人よ」商人ということば自体が気に障るとでもいうような言い方だった。「あなたは彼とはまるでちがう世界の人間じゃない。こうして今夜ここにいて、彼が買ってあげたにちがいない上等のドレスを着ているとしても」

客たちが突然レディ・ピケンズのために拍手して歓声をあげ、イライザはびくりとした。その音が頭のなかで響き渡る気がした。胃のあたりに重いものが宿る。このご婦人は無慈悲な人かもしれないが、そのことばは真実をついていた。

自分でもずっとわかっていたことじゃない？　今は役割を演じているだけ。一時的な役割を。

イライザは無表情を崩すまいとした。心痛むことばに反応するまいと。

五分。

五分しかないのだ。五分経ったら、グレイソンはひとりで美術品展示室を調べることだろう。

顔に笑みを貼りつけてイライザはレディ・キンズデールのほうを振り返った。「わたしはハンティンドン様にとっては一時の気晴らしかもしれませんけど、これまで目にしたことから言って、あなたはもはや彼にとっては気晴らしですらないようですね」

レディ・キンズデールはわずかに口を開き、目を険しくした。「よくもそんなことを」と声を殺して言う。

「言いました、レディ・キンズデール。では、失礼します」イライザは振り返ってその場から歩み去った。


グレイソンは邸宅の二階へ続く使用人用の階段の下でイライザを待っていた。現れた彼女の顔は頬が紅潮している以外は青ざめていた。

「遅かったね。大丈夫かい？」と彼は訊いた。

「ええ」

ひそかに子爵の家を捜索することで神経質になっているのだろうか。「手をとらせてくれ」

イライザは彼の手に手をすべりこませた。「急がなければならない」グレイソンは彼女と並んで階段を速足でのぼりながら言った。

イライザはついてくるのに小走りになった。「どこへ向かえばいいか、どうして知っているの？」

「まえに来たことがあるんだ。何年もまえに」

「既婚女性と関係を持ったことはないのでは？」

グレイソンは彼女に横目をくれた。「ああ。でも、絵を見せるという名目でレディ・ピケンズに階上《うえ》へ誘われたことはある」

「その価値はあったの？」

グレイソンはにやりとした。「絵はね。ご婦人の怒りを買うことになったが」

ふたりは階段のてっぺんに達し、長い廊下に足を踏み出した。グレイソンは忍び足で廊下を進みながら閉じた扉の数を数えた。使用人は階下《した》で客のもてなしに忙しくしているらしく、ひとりも見あたらなかった。四、五、六……。その次の扉のまえで足を止める。取っ手に手を伸ばし、鍵がかかっていても驚かなかった。

イライザが目を丸くして見守るなか、グレイソンは上着のポケットから鍵を開ける道具をとり出した。「あなたのこと、退屈な貴族と呼んだなんてね」

「そのことばは撤回するかい？」

「扉をうまく開けられるかどうかによるわ、伯爵様」

グレイソンはにやりとしてふたつの鋼の棒を鍵穴に差しこみ、鍵をまわそうと器用に棒を動かし出した。

廊下に足音が響いた。

「誰か来るわ」イライザが切迫した声でささやいた。

「もうすぐ開く」

「急いで！」

額に玉の汗が浮かぶ。イライザはここにいるべきではない。舞踏場に留まるよう言い聞かせるべきだった。鍵が解錠され、取っ手がまわった。グレイソンはイライザの手をつかんで部屋のなかに引っ張りこむと、扉を閉めた。

ブーツのこすれるような足音が扉のまえを通り過ぎ、さらに先へ進むまで、ふたりは息を止めていた。

グレイソンは扉をわずかに開けて外を見た。「使用人が通り過ぎただけだ」

「よかった」とイライザは言った。

ふたりは部屋のほうを振り返った。薄暗かったが、壁にかかっている絵の輪郭は見てとれた。部屋の中央には、磁器の皿や象牙や金の彫刻、青銅の像などが飾られている大理石の台があった。

イライザに言ったことはほんとうだった。何年もまえ、絵を見せるという名目で子爵夫人に招かれたときにここへ来たことがあった。その晩、子爵夫人はみだらな目的をはっきり示したのだった。しかし、それもずいぶんとまえのことだ。そのとき以来、ピケンズの収集品がどのぐらい増えたのか興味があった。

「探してみてくれ――」

イライザが息を呑んで彼のことばをさえぎった。「あの絵を見て!」そう言って彼の肩越しに指を差し、彼の目をとらえた。グレイソンの鼓動が速まった。「あの風景画がわかる?」イライザは驚きに目を丸くして訊いた。

グレイソンは指差されたほうに目を向けた。彼女はミケランジェロの作品でも見たというような顔をしている。

「ああ。どうしてだい?」と彼は訊いた。

「父の作品なの」

「どうしてわかる?」

「父が描いているときにいっしょにいたからよ」

グレイソンは笑わずにいられなかった。「きみの父親を責める気になれないのは初めてだ。ピケンズ自身が贋作を買っていたことを指摘してやれたらと思うだけで」

「目には目を?」

「ある意味そうだ」と彼は言った。「これだけ長いあいだピケンズのあざけりに耐えてきたっていうのに、彼自身、だまされていたとはな」

イライザは残念そうな目をくれた。「指摘してやることはできないわね」

「ああ」グレイソンは苦々しく言った。美術品展示室に忍びこんだことをピケンズに知られるわけにはいかない。グレイソンは壁に目を向けて考えを巡らした。「あまり時間はない。レンブラントを探そう」

ふたりは部屋じゅうの壁にかけられた絵をひとつひとつたしかめてすばやく探した。

「ここにはないわ」とイライザが言った。「おそらく、ドリアン・リードがまちがっていて、買ったのはほかの誰かだったのよ」

グレイソンの胸の内で苛立ちが募った。「いや、ちがう。ピケンズが別の場所に隠しているにちがいない」

「いなくなったのがばれるまえに戻らなくては」とイライザは言った。

探すのをあきらめたくはなかったが、イライザの言うとおりだった。ピケンズが収集品を見せに客を階上へ連れてくる可能性もあった。

グレイソンは用心深く扉をわずかに開けて廊下の両側を見てから、部屋をあとにした。

ふたりは階段を降り、暑くなりすぎた舞踏場の人ごみにまぎれた。

21

舞踏場へ戻る途中、イライザにはグレイソンの失望が感じとれた。レンブラントは子爵の私邸の美術品展示室にあるにちがいないと確信していたからだ。彼と同じぐらいイライザも盗まれた絵を見つけたかったが、彼とは異なる理由からだった。

アメリアの贋作を返してもらいたかったのだ。もうグレイソンがそれを治安判事に突き出すとは思わなかった。それでも、贋作が手元に戻って初めて、アメリアが罪を問われることはないと安心できる気がした。

ピケンズが盗まれたレンブラントを買ったとグレイソンが確信しているとしたら、イライザも同様だった。盗まれた絵を見つけるためなら、できるかぎりのことをするつもりだった。イライザは舞踏場を見まわし、子爵を見つけた。

子爵はクリスタルのグラスを手に、パンチボウルのそばで友人たちに囲まれていた。そのうちのひとりのことばに笑い声をあげ、グラスのなかの琥珀色の液体がレースのカフスにかかったこともあまり気にしていないようだった。

見るからに酔っ払っている。子爵がイライザにみだらな関心を示していたのもまちがいなかった。

完璧な組み合わせ。

イライザは父を思い出した。ジョナサン・ミラーは利用できるものは何でも利用する人間だった。

娘のわたしもそうしよう。

グレイソンは彼女に背を向けて人目を惹く装いの紳士と会話していた。イライザは飲み物のテーブルへ向かった。子爵がいるほうへまっすぐに。

通りすがりにわざと彼の肩をかすめるようにすると、子爵のうるんだ目が輝いた。彼は給仕に合図し、すぐさま泡立つシャンパンのフルートグラスで一杯のトレイがイライザに差し出された。

「なんとも魅惑的なお姿だ、ミセス・サマートン。たのしんでいますか?」と子爵は訊いた。

「すばらしいお宅ですね、子爵様。正直、アカデミーでお会いしたときにはこの上なくわくわくしましたの。心から美術を愛していますので」

子爵の熱い息が頬にかかった。「ぼくもですよ」

イライザは身を寄せ、彼の袖に手を置いた。「あなたの美術品展示室はすばらしいとお聞きしましたわ」

子爵はボディスの上にのぞいている胸のふくらみに好色な目を向けた。「すばらしい、ええ。ご覧になりたいですか？」

イライザは唇をなめた。「想像しただけで血が高鳴りますわ。何にもましてわくわくします」

子爵の目が欲望に光った。「こちらへどうぞ。こんなきれいな客人の望みに従わなかったら、もてなす側として失格になる」

楽団が活き活きとした調べを奏ではじめ、音楽はクレッシェンドに達した。子爵のあとから舞踏場を出るときには、グレイソンの姿は見えなかった。今度は使用人用の階段を忍び足でのぼるのではなく、湾曲した正面の階段をのぼった。

ピケンズはわずかにふらついており、強いブランデーのにおいを発していた。彼がウェストコートのポケットから鍵束をとり出したときに、イライザはそれを目にした。

鍵束についたもうひとつの金の鍵。

どの部屋の鍵だろう？

子爵は鍵を開けるのに手間取り、二度鍵束を落としてから、ようやく部屋の扉を開けた。その部屋にはその晩二度目に足を踏み入れることになった。イライザはそこに飾られた美術品を初めて目にする振りをしながら部屋のなかを歩きまわった。「とてもすばらしい美術品ばかりですね」そう言って父の贋作のまえで足を止めた。いじわるをしてやりたいという思いが心に湧いた。「これはとくにきれい」

子爵はうぬぼれに胸をふくらませた。「これはとても高くついてね。競売で競り勝って手に入れた」傲慢な口ぶりだった。

イライザは思案ありげな笑みの形に唇を曲げた。「ねえ、ほかにしまいこんでいる作品もありますの？」

「ああ、まあ」

イライザは子爵のそばに寄り、腕に指を走らせた。「そう、高価な美術品を見ると、息ができなくなってしまうんです……興奮して」

血色のよい顔から目が突き出た。「きみは驚くべき女性だな。情熱的だ。ハンティンドンといっしょにいるのを初めて目にしたときからわかっていた」

「あの方はわたしにとってなんの意味もない方ですわ。あなたとは、特別なつながりがありますけど、子爵様」イライザはささやくように言った。

それから、首に腕をまわした。キスを誘うのにそれ以上は必要なかった。イライザが最後の最後に顔をまわしたので、子爵の唇は頬に落ちた。湿ったぬめぬめした感触だったが、イライザは嫌悪を抑えこみ、すばやく指を動かすと、彼のウェストコートから鍵束をとって背中に隠した。もう一方の手で彼の胸を押す。

「奥様の声が聞こえたわ！」とイライザは叫んだ。

ピケンズは顔を持ち上げた。頭にかかった酔いの靄を警鐘が払おうとしているようだ。

「妻の？」

そう言って入口に目を向けた。イライザは鍵をスカートのなかに隠して扉のところへ行った。「いなくなっているのがばれるまえに舞踏場に戻ったほうがいいわ。奥様はきっとあなたを探しているのよ」

「妻が。ああ、戻らなくちゃならない」と彼は言った。「妻の誕生祝いの舞踏会の晩にきみとここにいるのが見つかったら、これからの人生を耐えがたいものにされる」

「だったら、その理由を与えないほうがいいわ」

ピケンズの顔が赤くなった。彼はイライザのために扉を押さえていてくれた。「わたしは何分か遅れて戻ります」とイライザは言った。「誰かに訊かれたら、ご婦人用の休憩室を探していたと答えるわ」

「ああ、ああ」子爵はそう言って急いで階段を降りていった。

子爵の姿が見えなくなるやいなや、イライザは踵を返してスカートのポケットから鍵束をとり出した。美術品展示室と隣り合わせの扉のところへ走り、鍵束のなかから鍵穴に合う鍵を見つけようとした。これだと思う鍵を見つけたところで、力強い手に腕をつかまれて振り向かされた。

あげかけた悲鳴はグレイソンの手で抑えこまれた。鼓動は早鐘のようだったが、グレイソンとわかってイライザはおちつきをとり戻し、彼はうなずいた。

グレイソンは手を離したが、あとずさろうとはしなかった。目は危険な光を帯び、顎の筋肉は怒りにぴくぴくと震えている。「いったい何をしている？」

イライザは鍵束を持ち上げた。「レンブラントを見つけようとしてるの」

「掏《す》りの技も父親から学んだのかい？」

「むずかしくはなかったわ。ピケンズはひどく酔っ払っていたから」

「きみは傷つけられるか、もっと悪いことだって――」

「あまり時間がないわ」イライザは彼のことばをさえぎって言った。「ピケンズは美術品展示室にある以外にも美術品を所有していると認めたわ。この鍵でここの扉のどれかを開けられると思う」イライザは廊下を身振りで示した。

グレイソンは鍵束をつかんで彼女が開けようとしていた扉を開けようとしたが、どの鍵も合わなかった。次の部屋に移ったが、やはり開かなかった。

三番目の扉の鍵が開いた。

グレイソンは扉をわずかに開いた。そこに誰もいないことをたしかめると、ふたりは子爵の主寝室と思われる部屋に足を踏み入れた。マホガニーの家具や四柱の天蓋のある優美なしつらえの部屋で、おそらくは妻の部屋に通じると思われる扉があった。ピケンズが馬に乗り、犬を連れた肖像画が石造りの暖炉の上にかけられている。ざっと見たところ、貴族の寝室としてはありふれた部屋だった。しかしやがて、茶色の紙に包まれ、線の糸で結ばれた大きな包みが背の高い引き出しダンスの陰に置かれているのが見えた。

「あそこ」イライザは指差した。

グレイソンは家具の陰から包みを引っ張り出し、茶色の紙の隅を慎重にはがした。「これだ」

イライザは息を呑んだ。そのレンブラントはすばらしかった。紙を全部はがして全体を見たくてたまらなくなるほどに。巧みな筆使いによって、アトリエで絵を描く若きレンブラントの自画像が描かれた絵。

「これを持ち帰るわけにはいかない。今夜トマス・ベグリーに書きつけを送るよ」とグレイソンは言った。

イライザはグレイソンが持つ鍵束に手を伸ばした。「これを返さないと」

グレイソンは彼女の腕をつかみ、険しい顔になった。「きみがぼくの意志に完全に反することをするのはこれで二度目だ、イライザ。きみは傷つけられるか、手籠めにされたかもしれないんだぞ」

彼が何を示唆しているのかはわかった。最初に彼の意に反したのは、ドリアン・リードにひとりで会いに行ったときだった。あのときは最悪のことになったのだった。でも、今度はちがう。盗まれた絵画を見つける機会は一度しかなかったのだから。

「わたしに腹を立てるわけにはいかないはずよ」とイライザは言い返した。「レンブラントを見つけたんだから。さあ、ピケンズがなくなっているのに気づくまえに、鍵束を戻させて」

「どうやって？」

「わたしにまかせて」とイライザは言った。

グレイソンは訝しげに目を細めた。つかんだ腕を放してくれないのではないかと不安になったが、彼は渋々手を離した。「きみが階下へ降りるのを見てるよ」

ふたりは別々に舞踏場に戻った。ピケンズは手に飲み物を持ってダンスフロアのそばに立っていた。彼女に気づくとお辞儀をし、声をひそめて言った。「子爵夫人は何も疑っていない」

イライザは安堵の笑みを顔に貼りつけた。「よかった」

彼は腕を差し出した。「きみに踊ってくれと頼まなければ、もてなし役として礼儀を失することになる」

イライザはそれに応じ、ダンスフロアに導かれた。そして笑みを浮かべ、彼の上着の下に手をすべりこませて鍵束を返した。「美術品を見せてくださってありがとうございました、子爵様。あんな目覚ましい芸術的経験はけっして忘れませんわ」

22

翌日、イライザはひどい頭痛とともに昼過ぎに目覚めた。舞踏会は永遠に続くように思われ、家に戻ったのは朝の四時になってからだった。勤勉な商人であるイライザはふつう六時すぎまで寝ていることはなかった。上流社会のばか騒ぎには驚くしかなかった。

昨晩の記憶がよみがえってくる。レンブラントを見つけたのだった。グレイソンとの約束は果たした。彼がアメリアの贋作を返してくれたら、もう会う必要もなくなる。

そう考えるとほっとしてしかるべきだったが、感じたのは、胸に突き刺さって痛むほど鋭い喪失感だった。ばかなことをしている。ハンティンドン伯爵も、いつかは裕福な貴婦人と結婚しなければならない点ではヴェール伯爵と変わらない。イライザは単なる商人で、彼をだました男の娘だった。

それでも、その日の午後、グレイソンからの手紙を受けとると、心は興奮に満たされた。

クロエが手紙を手渡してくれた。「今朝届いたのよ。あなたを起こしたかったんだけど、アメリアが休ませてあげてって言うから。家に帰ってきたのが朝早い時間になってからだったって」

紙の表には、グレイソン特有の大胆な筆跡で宛名が書かれていた。

「舞踏会がどんなだったか、話してくれなくちゃ！」クロエがうながした。「ご婦人たちはどんなドレスを着ていたの？　殿方たちは？　伯爵とダンスは踊った？」

頭痛が頭蓋骨の根底へと伝わった。妹の矢継ぎ早の質問が頭に響いた。「舞踏会は退廃的だったわ、クロエ。あとで全部話してあげる」

イライザは急いで奥の作業部屋へ行き、封を切った。

イライザ
今夜、わが家でぼくと夕食をともにしてくれると光栄だ。きみが約束を果たしてくれたので、今度はぼくが約束を果たす番だ。七時に御者を迎えに行かせる。
グレイソン

また彼と親密に食事をともにすると考えると、鼓動が不規則になったが、今度は彼の家での食事なのだ。グレイソンの意図ははっきりしていた。約束を守る人だから、ヤン・ウィルデンスの贋作を返すということだ。しかし、そこにはそれ以上の何かがあった。家に招いてくれる必要はないのだから。大勢いる男の使用人の誰かに絵を届けさせればいいだけのこと。

つまり、それ以上の何を求めているの？

そして、どうしてわたしは彼の招待に疑問を感じているの？

最後に一度グレイソンには会いたかった。彼という人間に慣れ、美術への共通の愛を語り合ってともに時間を過ごすことに慣れてしまっていた。知性にあふれ、すぐれた美術評論家である彼は、妹たちにも思いやりを示してくれた。そして、自分に正直になるとすれば、彼に強く惹かれているのもたしかだ。

また、レンブラントの問題もある。イライザのほうも彼に訊きたいことがあった。公爵は盗まれた絵の返還を要求するのだろうか？　するとすれば、どうやってそれを実行するの？　単に子爵の家を訪ねて絵を盗んだことを責め、家のなかを探しまわるわけにはいかないはずだ。

奥の部屋を行ったり来たりしていると、アメリアがやってきた。「昨日の晩は期待どおりに行ったの？」

アメリアの声を聞いてイライザはくるりと振り返った。「レンブラントは見つかったわ。たしかにピケンズが買っていた」

「それはいい知らせじゃない？　ハンティンドン様はわたしの絵を返してくれるわね」

「今夜会いたいって言ってきたわ」

「あなたは彼に惹かれるようになったんじゃない？　それで、彼に二度と会えないと思うと悲しくてたまらないのね」

キャンバスの束のそばに立つ妹はとても若く、期待に満ちた顔をしていた。イライザは舞踏会で公爵の娘と踊っていたヴェール伯爵を思い出した。彼は店を訪ねてきたとき以来、アメリアとは会っていないはずだったが、妹のためにイライザの胸は痛んだ。

妹とわたしは同じ苦しみを味わっているのでは？

そのことについてアメリアを諭したい気持ちもあったが、イライザは舌を噛んだ。どうしてアメリアの空想を台無しにしなきゃならないの？　アメリアに自分の心を守るよう、あとで忠告すればいい。一方、自分自身はすでに心を奪われてしまったのではないかと不安だったが。


イライザはその晩、新しくあつらえたドレスのひとつに身を包んだ。銀のバラの刺繡を施した、簡素だが、優美な薄緑色のクレープ地のドレス。これまで二度、グレイソンのメイフェアの邸宅を訪ねたときとはちがって、執事のハッチンズは温かく出迎えてくれた。

「主人がお待ちです」とハッチンズは言った。

イライザは執事のあとから、廊下を何度か曲がって進んだ。意外にも、執事は磨きこまれたテーブルとチッペンデールの椅子の置かれた正式な晩餐室のまえを通り過ぎた。次の角を曲がると、どこへ向かっているのかわかった。グレイソンの書斎はいくつかの扉を通り過ぎた先にある。書斎で夕食をとるのだろうかと思ったが、執事が書斎を通り過ぎ、もうひとつの閉じた扉のまえで足を止めると、脈が速まった。

そこがなんの部屋かはわかっていた……。

ハッチンズが扉を開けてくれ、イライザはグレイソンの美術品展示室のなかに足を踏み入れた。彼は背の高い窓のそばに立ち、眼下の庭を眺めていた。彼女がはいっていくと振り向き、笑みを浮かべた。濃紺の上着に真っ白なクラヴァット、淡黄褐色のズボンに磨きこまれたヘシアンブーツといういでたちのその姿はすばらしかった。シャンデリアや部屋じゅうの脇机に置かれた枝付燭台の蠟燭が部屋を明るく照らしている。隅には、真っ白なリネンをかぶせ、磁器の置かれたテーブルがふたりのためにしつらえられていた。

グレイソンは手を差し出した。「夕食をともにするのをたのしみにしていたんだ、イライザ」

イライザはまえに進み出て手袋をはめた手を彼の手に置いた。「わたしもよ」

グレイソンは彼女をテーブルに導き、椅子を引いた。「ぼくらはここで食事するのがぴったりだと思ってね」蠟燭が揺れる光を貴重な絵に投げかけている。

イライザがすわると、彼の指はしばし彼女の肩に留まった。それが意識されてイライザは身震いし、ひげ剃り用の石鹼の香りを吸いこんだ。グレイソンが向かい合う席にすわると、ふいにイライザの神経が張り詰めた。

扉が開き、ふたりの使用人が銀の覆いのついたトレイを運んできた。鹿肉と新鮮な野菜を載せた皿が目のまえに置かれ、クリスタルのグラスには高価なワインが注がれた。食べ物はおいしかったが、味がしない気がした。感覚はすべて目のまえの男性に集中していたからだ。

グレイソンはワインのグラスを掲げた。「われわれの成功に」

イライザもグラスを掲げた。「レンブラントが見つかったことに」

それから、ワインを飲んだ。グラスを下ろすと、彼に唇を見つめられていることがわかった。「舞踏会の晩以降に何があったのか教えてもらってないわ。絵はとり戻されて、正規の所有者であるデスフォード公爵に戻されたの？」

「ああ。公爵の事業管理人であるトマス・ベグリーは抜け目のない男でね。盗品とわかっていて買ったと子爵を責めるわけにいかないのはたしかだったので、ピケンズに接触して、つかまった美術品仲買人が盗品のレンブラントを子爵に売ったと言っていると話した。ピケンズはすぐさま動揺し、その絵が盗まれたものだとは知らなかったと主張した。レンブラントは公爵に戻された」

「賢いわ」

デザートが運ばれた。粉砂糖を軽く振った甘いタルト。イライザがそのおいしいお菓子を食べ、唇をなめるのを、グレイソンの黒っぽい目は何ひとつ見逃さなかった。

彼は立ち上がって手を差し出した。「おいで」

イライザも立って彼の手をとった。窓辺に置かれたベルベットのソファーを身振りで示され、すわってほしいのかと思ったが、彼は首を振り、ソファーの後ろを指差した。そこでイライザにもそれが見えた。

ヤン・ウィルデンスの贋作。

「約束だからね。この絵はきみのものだ。紙で包ませて、明日の朝ひそかにきみのところへ届けさせるよ」

彼が約束を守らないかもしれないと疑う気持ちはなかった。それでも、深い感謝の思いに心が満たされた。

「これをどうするつもりだい？」と彼は訊いた。

「燃やすわ」

グレイソンは黒い眉を持ち上げた。「美術品が壊されるのを見るのは忍びないな。たとえ贋作であっても」

「またどこかの収集家の展示室におさまることが絶対にないように」とイライザは断固とした口調で言った。

グレイソンもうなずいた。イライザがその絵に強い感情を抱いていることを理解してくれているのだ。「きみはこれまで知り合った誰よりも称賛すべき女性だよ」と彼は言った。

イライザは驚いて目を上げた。「称賛すべき？　うちの家族が過去にしたことについて思い出させてあげないといけないのかしら？」

「それはきみの父親の罪であって、きみの罪ではない」グレイソンはきっぱりと言った。「過去の出来事についてきみを責めたのはまちがっていたと言ったはずだ。きみは勤勉な商人であり、妹たちを養うという重荷を背負ってきたすばらしい女性だ」

そのことばを聞いて、イライザの身にぞくぞくするものが走った。これはほんとうなの？　宿敵の娘としてではなく、わたし自身を彼が見てくれているということが？

「これだけじゃないんだ」とグレイソンは言った。真剣な顔つきになっている。高ぶっているその様子を見て、イライザも興奮を覚えた。彼は『イカロス』を指差した。初めてこの部屋に足を踏み入れたときに、彼女が称賛した版画だ。「これをきみに」

「なんですって？」

「きみへの贈り物だ。きみに持っていてもらいたい」

イライザはぽかんと口を開けた。一財産の価値がある版画だったが、彼が美術品を贈ろうとしてくれているという事実に真に心をつかまれた。

「どうして？」と訊く。

「きみがその版画を褒めたときから、それを見るたびにきみを思い出すんだ」

鼓動が不規則になる。ふたりのあいだの大きなちがいは理解していた。社会的にも、経済的にも……父がしたことを思えば、倫理的にも。それでも今、そのどれもがどうでもいいことに思えた。今や目が開かれていた。大きく。そして、この人がほしいと思った。ほしくてたまらなかった。

いっしょにいる時間はかぎられていた――終わりを迎えようとしていた。もしあのときそうしていたらと考えながら一生を送るつもり？

答えは絶対的に否だった。

彼の官能的な顔立ちを見つめているうちに、イライザの心は妙な興奮に満ちた。一度だけ、自分のために何かをしたかった。一生の思い出になるひと晩。「もっとほしいものがあるわ、伯爵様」

グレイソンは眉を下げた。「絵をもう一枚かい？」

イライザは歩み寄って唇をなめ、「いいえ。あなたの腕のなかで経験したことをもっとほしい」とささやいた。

目が合うと、彼の黒っぽい目が蠟燭の光を反射して光った。「イライザ、そのことばは絶対にたしかだと言ってくれ。ぼくも今度は止められそうもないからね」

「絶対にたしかよ」イライザは息を吸った。「あなたがほしい」

グレイソンは彼女の顔の横に手を添え、目を口に落とした。イライザの脈が速まった。今夜、彼のキスをあまりに長く待ちすぎたのだ。誘うように唇を開くと、爪先立ってみずから唇を彼の唇に寄せた。彼は急ぐことなく、ゆっくりとキスをし、その動きが欲望に火をつけた。イライザはたくましい首に腕を巻きつけ、甘く誘うように体を弓なりにした。

ゆったりとしたキスが変化し、彼は彼女をきつく抱き寄せ、胸から太腿までぴったりと体が触れ合うようにした。感覚がたかぶり、イライザはそれを認めるような声をもらした。口を開いた情熱的なキスをされたと思うと、力強い手が腰にまわされ、グレイソンがまえに二歩歩いた。

気がつけば、二枚の絵のあいだの壁に押しつけられていた。ずっとまえにそうされたように。しかし、今回はみずから進んでそうされ、口に突き入れられた舌や、敏感な胸を押しつぶす筋肉質の胸を受け入れていた。指で広い肩をつかんでしがみついてもいた。彼の舌が彼女のふっくらした下唇に沿って動き、死にかけた人が救いを求めるように彼女の口を求めた。

グレイソンはイライザを壁のほうに向かせ、髪を脇に払ってうなじに熱いキスをした。首に唇が触れる感触にイライザは身震いした。欲望がくらくらするほどの速さで脈打ちながら全身に広がる。てのひらは冷んやりした漆喰に押し当てていたが、背中は彼の体の熱に包まれていた。彼の指がドレスのボタンを外すのがわかって息を呑む。裸の肌を彼の裸に押しつけたくてたまらなくなる。小さなボタンが外され、新しく美しいドレスが体をすべり落ちて足元にたまった。下着とコルセットがそれに続き、イライザはシルクのストッキングとフリルのついたガーターだけの姿になった。

イライザが裸になったのに、彼は服を着たままだった。恥ずかしく思って当然だったが、気にもならなかった。それだけ欲望が大きかったからだ。自分は貴婦人ではなく、自分で強く求めて彼とこうしているのだ。またキスされ、背中を下へ下へと降りた唇が尻に達してそこに熱く押しつけられると、ありとあらゆる思いが吹き飛んだ。

イライザは息を呑んだ。膝をついたグレイソンに大きなてのひらで胸を包まれたのだ。これほどに無防備で、同時に熱く感じたのは初めてだった。体は彼に触れてほしいと訴えていた。彼だけが与えてくれる何かを求めて。

グレイソンは彼女を振り向かせると、口で胸を吸い、胸の先を舌でいたぶった。胸で生じた焼きつくような感覚が、腿のあいだの熱いうずきへと伝わった。イライザはその悦びにひたるために目を閉じた。彼の口がもう一方の胸に移ると、欲望におかしくなりそうになった。グレイソンは唇を腹へと下ろしてへそのなかで舌をまわし、脚のあいだの縮れ毛に息を吹きかけた。それから、熱くうずく芯の部分をなめた。

ああ、なんて！　イライザは彼の黒髪をつかんで引き離そうとしたが、秘めた部分の感じやすいつぼみを熱い舌でひとなめされただけで、膝がもろくなった。

たくましい手が腰にまわされる。グレイソンは顔を上げた。「ぼくが支えている。きみを落とすことはしない」

そう言って顔を下げ、また感じやすい部分を攻めた。イライザが欲望に身を震わせ、抑制を失うまで、舌でなめてはいたぶった。彼の巧みな口が愛撫している部分に彼女の全神経が集まった。体は弓のようにぴんと張り詰め、悦びの断崖にあやうく留まっていた。最後に舌でひとなめされ、イライザは爆発するような絶頂を迎え、忘我のかなたへ落ちていった。息をしようとあえぎながら、体をぐったりとグレイソンにあずける。

イライザの呼吸がおちつくまで、グレイソンは立ったままその体をきつく抱きしめていた。ようやくイライザは目を開いた。彼の目は情熱のせいで暗くなり、体は欲望にこわばっていた。

「タットンの競売会できみの横にすわったときから、こうしたくてたまらなかったんだ」

グレイソンはかすれた声で言った。

「ほんとうに？　全然わからなかった」

グレイソンは唇で彼女の額をかすめた。「ぼくにはわかっていた。きみがぼくのベッドにいる官能的な夢も見た。そばにいるきみに触れられないせいで、ぼくはおかしくなりそうだった」

イライザは大胆に彼と目を合わせた。「もっと見せて、グレイソン」

「ああ、いいさ」グレイソンは彼女を腕に抱き上げて窓のそばのソファーに運んだ。ベルベットの生地はやわらかく、裸の肌に心地よかった。

なかば閉じた目に窓の外の月と星が見えた。服のこすれる音がし、彼がクラヴァットをシャツの襟から引き抜き、シャツのボタンを外すのがわかった。裸の胸の筋肉は美しく、縮れた胸毛が平らな腹まで続き、ズボンのウェストバンドの下へと消えていた。グレイソンがズボンを腰から押し下げると、イライザの目が下へ向けられた。

硬くなった長いものが突き出していた。その大きさに一瞬不安になる。男と女のあいだに起こることをまったく知らないわけではなかった。ただ、彼がそれほどに大きいとは思っておらず、自分の体がそれを受け入れられるかどうかがわからなかった。

「きみの体はぼくのためにある。このために」と彼は言った。

黒っぽい目が飢え切って生々しい欲望に満ちていたため、イライザの胸の奥で心臓が大きく揺れた。不安は霧消した。また目を下に向け、今度はその大きさと長さにうっとりする。手を伸ばして触れてみると、硬いものはベルベットの手触りだった。てのひらを太い柱に沿ってすべらせ、親指で先端をなぞると、彼が首を絞められたような声をもらした。

ソファーに片膝をつき、グレイソンはイライザに覆いかぶさった。肌と肌が触れ合う感触にイライザの体は炎に包まれた。やがて岩のように硬いものの先端がうずく場所にあてられるのがわかった。イライザは無意識に腰を持ち上げた。

「力を抜いて」彼は小声で言った。「ゆっくりやりたいんだ。きみにとってもいいものにしたい」

ゆっくり？　ゆっくりするには彼が与えてくれるものがほしくてたまらず、欲望が募りすぎていた。彼は少しずつはいってきた。イライザは欲望のあまりわれを忘れ、爪を彼の尻に突き立ててうながした。グレイソンは男としての純粋な満足を表すように声をもらし、深々とみずからを突き入れた。イライザはたくましい首に口を押し当てて声をあげた。

グレイソンはすぐさま動きを止めた。イライザのなかでは熱いものがどくどくと脈打っている。みずからを彼女の体に突き入れている彼のまなざしは、イライザの秘めた思いを貫くようだった。

「大丈夫かい？」

「ええ」イライザはかすれた声で答えた。

グレイソンはゆっくりと自分を引き出した。そのまま離れてしまうのかと思ったが、また甘美にゆっくりと戻ってきた。自分のものと示すように満たしつつ、悦びも与えてくれた。動きが速まるにつれ、それに合わせてイライザは腰を持ち上げた。たくましい肩をつかみ、なかば閉じた目で美しい顔を見つめながら。

やがてグレイソンは手を互いの体のあいだに差し入れ、感じやすいつぼみを撫でた。イライザは身を震わせた。頭が体に支配され、悦び以外のすべての思考が失われた。彼は一定の力強い調子を保って動きつづけ、イライザは絶頂に近づいた。身の内で情熱が高まって何よりも熱い炎となり、全身が焼かれるようだった。波に乗りつつ、息は切れ切れのあえぎとなった。イライザは欲望の頂点に押し上げられて声をもらし、やがて恍惚のなかへと吸いこまれていった。

グレイソンは頭をまえに垂らして荒い息をしていた。一度、二度とみずからを突き入れると、体をこわばらせ、彼女の体から引き抜いた。種が彼女の腹に飛び散った。

お互い荒い息のまま、イライザは彼を抱きしめた。彼の息が彼女の頬を温め、彼女は彼の背中を撫でた。愛情に全身を貫かれる。たった今ふたりのあいだに起こったことは、地を揺るがすような経験だった。イライザは別の男性に対して同じように感じることは決してないだろうと思った。

23

グレイソンは自分の重さでイライザをつぶしてしまわないように注意しながら、ソファーの端に身を転がした。爆発するような頂点から体は戻ってきていたが、同じように荒れ狂った感情を抑えるのはむずかしかった。

これほどすごい性的満足を感じたのは初めてだった。レティシアとも、それ以前の関係でも、こんなことはなかった。

イライザ・サマートンだけだ。

そして彼女は処女だった。

「情熱に駆られたきみは美しい」思わずぶっきらぼうな言い方になる。

イライザは頬を赤らめた。それも刺激的だった。目はすばらしい胸へと引き寄せられる。いちご色の胸の先を見ると、味わいたくて唾が湧いた。陶酔状態は少しも終わっていなかった。

たった今、処女を奪ってしまったのに、またほしくてたまらないとは。

グレイソンは片肘をついて身を起こし、彼女を眺めた。まぶたははためいているが、呼吸はゆっくりと安らかだ。グレイソンは触れずにいることができず、彼女の腕のなめらかな肌に指を走らせた。

「ひと晩いっしょにいてくれ」と彼は言った。

「無理よ。妹たちが心配するわ」

「だったら、次は――」

扉をノックする音がして、グレイソンはことばを止めた。眉根が寄る。デザートが出されたあとは邪魔をするなときつく指示してあったのだった。

グレイソンは急いでズボンを穿き、扉をわずかに開けた。執事のハッチンズが明らかにびくびくした様子で体を揺らしていた。

「どうしたんだ？」とグレイソンは訊いた。

「レディ・サラがお会いしたいそうです、旦那様」

「サラが？　妹は友人の家にひと晩泊まることになっているはずだが」

「早くお戻りになり、厨房で料理人といっしょにスコーンを召し上がっています」とハッチンズは言った。

グレイソンは苛々と息を吐き、指で髪を梳いた。「すぐにそっちへ行くと伝えてくれ」

まったく。サラが家にいないようにとりはからっておいたというのに。友達とけんかでもしたのか？

グレイソンはイライザに注意を戻した。「すまない。サラは学校時代の友人であるミス・アビゲイル・エヴァーズの家に泊まれると大喜びしていたんだ。ガンターズに行ったときに会った少女だ」

「覚えているわ」イライザは立ち上がってドレスを手にとった。身をかがめて足からドレスを引き上げようとしたときに、なんとも魅惑的な臀部がグレイソンの目にはいった。血管を欲望が駆け巡る。

「忘れがたい夕べをありがとう」とイライザは肩越しに言った。

それだけか？　それでぼくはお役ご免だと？

ふたりのあいだのことがこれで終わりだと思っているなら、それは誤解だ。「イライザ――」

彼女は彼にほほ笑みかけた。「サラに会いに行ってくださいな。わたしがここにいることはサラに知られてはいけないわ。そのあいだ、わたしはここで待っていますから」

イライザはグレイソンが部屋を出てから丸々五分部屋のなかを行ったり来たりしていた。彼との愛の行為はとても情熱的で、魂に触れるものだった。もっと驚いたのは、今はもう、父の昔の罪のことで娘を判断することはないとグレイソンが言ったことだった。ジョナサン・ミラーの道徳観念と能力を受け継いだ長女としてではなく、彼女自身が必死で目指している人間として彼女を見ていると。

出会った状況がちがっていたらと思わずにいられなかった。父が犯罪に手を染めることがなく、まっとうな画家でいつづけて、ロイヤル・アカデミーの展覧会でグレイソンと出会えていたなら。もしくは、どこかの画廊でもいい。舞踏会でも。将来に多少でも可能性があったなら、どうだっただろう?

白昼夢はやめにするのよと、イライザは自分を叱責した。ひと晩、短いあいだでも、すばらしい経験ができたことをありがたく思わなくては。

胸の悪くなるような絶望感に襲われる。アメリアの絵が戻ってきたら、もう彼に会う必要はなくなるのだ。

イライザは重い息をついた。目から涙があふれ、手の甲でそれをぬぐった。サラが邪魔をしてくれたのはよかったのかもしれない。より親密になって心が危険にさらされるまえにここを立ち去れと常識は告げていた。深々と空気を吸うと、イライザは力をかき集めてバッグを探した。

部屋の外で足音がした。グレイソンが扉を開けてなかにはいってきた。「サラは大丈夫だ。友達が風邪を引いたそうで、ゆっくり休めるようにサラは友達の家から帰ってきたそうだ。せっかくの夕べに邪魔がはいったことを謝るよ」

「妹さんに何かあったわけじゃなくてよかったわ」とイライザは言った。

グレイソンの目が彼女を探るように見つめ、彼女がつかんでいるバッグに向けられた。

「帰るんだね」と彼はひとこと言った。

「帰らなきゃ」

「いっしょにいてくれ。ぼくに言えるのはそれだけだが」その声は低く、かすれていた。

喉に塊がせり上がってきた。彼は何を言っているの？　どうしていっしょにいられて？

「妹たちをふたりきりにしておけないわ」

「そういう意味で言ったんじゃない。今夜じゃなくても。ぼくらはいっしょにいられる」

心臓が大きく鼓動した。その音は彼にもきっと聞こえたはずだ。「つまり、恋人同士になるってこと」

「ああ」

真剣な熱いまなざしにとらえられる。その焼けつくような熱さにイライザは身震いした。そんなことができる？　彼の愛人になるなど？　彼は立場を同じくするちゃんとした貴婦人と結婚する義務があるのに、そんな彼とわたしはいっしょにいられる？

レディ・キンズデールのような女性。

イライザはレディ・キンズデールの残酷だが真実をついたことばを思い出した。〝彼があなたに結婚を申しこむことは絶対にないわ。彼にとってはちょっとしたベッドのお相手にすぎないってこと、わからないの？〟

すでに、グレイソンに心を奪われてしまったのではないかと不安だった。その危険にさらされずに彼の愛人になって自分の官能的な一面を探れるだろうか？

答えは絶対的に否だった。

さらには、父の問題もある。グレイソンはわたしに愛人になってほしいと思っているかもしれないが、正義を下すという誓いはどうするの？　今も父を監獄送りにしたいと思っているの？　それとも、過去を水に流すほど、わたしを思ってくれている？

「わたしの父のことはどうなの？」

グレイソンは背筋を伸ばした。「きみの父親がどうだと？」

「お互い、正直になりましょう。あなたはまだジョナサン・ミラーを見つけて、犯した罪の裁きを受けさせたいと思っているの？」

「それがぼくらのこととどう関係するというんだ？」彼はそっけなく言った。

「大いに関係するわ。あなたの一番の関心は今も変わらず父を見つけることだと思うから。でも、ほんとうにレンブラントを見つけたいと思っていたのと、わたしに害をおよぼしたくないと思っていることはたしかでしょうけど」

「きみに害をおよぼしたくはない」と彼はきっぱりと言った。

「でも、父については？」

黒っぽい目が魂を見透かすように見つめてきた。「長年ジョナサン・ミラーを探してきて、裁きを受けさせたいという熱い思いに駆られているのはほんとうだ。でも、ほかの人々がぼくに助けを求めてきたこともわかってもらわないといけない。財産を失った人間もいて、ぼくは力を貸し、ミラーに正義の鉄槌を下すと約束したんだ。彼は何度となくぼくの指のあいだをすり抜けたわけだが」

その声に怒りがたぎっているのがわかり、突然、心乱されるような考えが浮かんだ。「ジョナサン・ミラーへの復讐計画には、娘を誘惑することも含まれていたの？」

グレイソンの表情は険しかった。「まさか。今夜のことはそういうことじゃない。ここで起こったことには、ぼくたち以外の誰も何の関係もない。ぼくたちだけのことだ」疑うようなイライザの顔を見て、グレイソンは首を振り、一歩近寄った。「ほかになんて言えば信じてもらえるんだ？」

イライザはすばやくあとずさった。触れられたら、きっと降参してしまう。「信じてもらえる？　わたしに愛人になれと頼んでいながら、父を探して監獄送りにするのはあきらめないと認めたのよ。どうしてそんなに自分勝手になれるの？」

「自分と妹たちを見捨てて苦労させた人間に愛情を持っているとは言わないだろう？」と彼は言った。冷たく棘のある声だった。

それをイライザは失望の思いを強めながら聞いていた。「何にしても、父であることに変わりはないわ。父がつかまったら、わたしたちが娘だと明かす可能性があることも知っておいてもらわなくては。それに、わたしはアメリアとクロエのことを考えなければならない。アメリアは父のようになるのを恐れているから、父がつかまって裁かれたら、きっとひどく動揺するわ。クロエは父をとても恋しがっていて、いい思い出しか抱いていないの。あなたが思うほど単純な話じゃないのよ。あなたの意図がはっきりわからない。でも、じつを言えば、それもどうでもいいことだけど」決意を固めながらも、イライザはほんの少しまえに抱き合いながら横たわったソファーをちらりと見やった。「今夜のことはいっときのことだったのよ」

イライザはバッグを脇でしっかりとつかみ、彼のそばをすり抜けようとした。

グレイソンが唐突に動いて立ちはだかったため、イライザは驚いて悲鳴をあげた。彼は彼女の二の腕をつかみ、指で肌を撫でた。顔に向けられた目が、探るように目を見つめた。

「ぼくたちのあいだのことは終わっていない」

そのことばを聞いてイライザは背筋を伸ばし、やさしく一定の調子で撫でる指の感触を無視しようとした。触れられたところへ心は飛んでいこうとし、喉の奥が熱く痛くなった。

「あなたは望みのものを手に入れたわ。アメリアの絵を届けてくださると信じています。あなたの〝贈り物〟については――」そう言って壁の版画を身振りで示した。「贈ってくださらなくていいわ。おやすみなさい、伯爵様」イライザは腕を引き抜いて再度脇をすり抜けようとした。

指は愛撫をやめたが、手は腕を放さなかった。グレイソンは動こうとしなかった。「イライザ――」

「お願い、行かせて」

そのことばは無視された。「まだぼくは満足していない。きみがまたほしい」

太い声に生々しい欲望がありありとわかり、イライザの肺の奥で心臓の鼓動が不規則になった。彼に触れたくて指がうずく。「二度目はあり得ないわ」

「きみに触れるのはすばらしかった。腕のなかできみがばらばらになるのも。きみもたのしんでいたはずだ、イライザ」彼はかすれた声で言った。

みだらなことばを聞いて顔が熱くなる。言うことを聞かない体は反応していた。そうやって説得されるわけにはいかない。彼が復讐をあきらめないと明言したあとでは。

イライザはつかまれた腕をよじって自由にし、顎を上げた。「やめて。もう終わったのよ」

グレイソンの目が不穏な光を帯びた。「そんなことは許さない」

「傲慢な態度はあなたらしくないわ、伯爵様」とイライザは言った。

「傲慢とは言えないさ。少しまえにはきみも悦びに声をあげ、もっとほしいと懇願していたんだから」

イライザの手が彼の顔を平手打ちした。グレイソンは凍りついたようになり、目を険しくした。一瞬、やりすぎただろうかとイライザは不安になったが、やがて彼はことばもなく脇に退いた。

イライザは入口で足を止めた。「あなたがご自分で妹の絵を届けてくださる必要はないわ。使いの者を送ってくだされば。お互い、二度と会わないのが一番よ」そう言うと、部屋を出て扉を閉めた。

24

翌朝、イライザは早く起き、店を開けに階下《した》へ降りた。帳簿を調べる振りをしたが、心は物思いに沈んでいた。

ばかだった。父親の罪は娘の罪ではないといったグレイソンのことばを信じてしまったのだから。わたしのことを勤勉と言ったことばを。

称賛すべきだと言ったことばを。

心が締めつけられて痛む。グレイソンはわたしをほしいと思ったかもしれないが、復讐の思いはそれ以上に強いのだ。

彼にはみずからを余さず存分に差し出したのだった……彼に対して募っていた情熱と欲望のままに。グレイソンにされたことや、感じさせられたことを思い出すと、心が焼かれる気がした。愛の行為を許したことで、これまで想像したこともないほどに、男と女のあいだの悦びについて教えられることになった。生きているかぎり、あの焦れるような愛撫と燃え上がった情熱を忘れることはないだろう。

結婚を申しこまれるはずがないことはわかっていたが、愚かにも、情熱的な一夜をともにできれば、その思い出だけで生涯満足できると思っていたのだった。まるで正反対のことが起こった。以前よりももっと彼がほしくてたまらなくなってしまった。

その事実は否定のしようがなかった。彼を愛してしまったという事実は。

手に入れられないものをほしがっていればいいわ。

ほんとうにおばかさんなんだから。

クロエが顧客の相手をしながら版画をそろえたりして店で忙しく働いているのがぼんやりとわかった。一方のイライザは、カウンターの奥の椅子にすわって鵞ペンで帳簿をつけていた。集中しようとしながらもできず、疲れた目に小さな数字がぼやけて見えた。

入口のベルが鳴り、茶色の紙で包まれた大きな包みを持った男がはいってきた。

「ミセス・イライザ・サマートンにお届けものです」と配達の人間は告げた。

クロエが肩越しにイライザに目を向けた。「何が届いたの？」

イライザの鼓動が速くなった。もちろん、わかっている。

包みのひもをほどき、紙をはがすと、アメリアが描いたヤン・ウィルデンスの贋作が現れた。

「ハンティンドン様が返してくださったのね！」クロエは声を張りあげた。「約束を守る方だって言ったじゃない。わたしたちの分もお礼を言ってくれなくちゃならないわ」

イライザは手をもみしだき、目をそらした。

クロエは顔をしかめた。「どうかしたの、リザ？」

イライザは妹に目を向けた。「別に。ようやく戻ってきてうれしいだけよ」

クロエはまだ姉を見つめたままでいた。首を一方に傾け、考えこむようにイライザを見つめている。「彼のことが恋しいんじゃないの？」

恋しいということばはあまりに軽かった。彼をどうしようもなく愛していたのだから。

「なんでもないわ、クロエ。わたしが約束を果たしたので、彼のほうもそうしただけよ。これでどちらもまえに進むことになるわね」

「でも、どうして終わりにしなきゃならないの？　結婚だってできるのに」

かわいいクロエ。男性に夢中の妹のことは昔から心配だった。妹は今も、父には逃げるしか選択肢がなかったが、戻れるようになったら、すぐに戻ってくると信じている。

「彼は伯爵なのよ、クロエ。わたしはただの商人だわ」

「ばかばかしい。真実の愛は必ずどうにかなるものよ」

「上流社会の人たちは富や爵位のために結婚するのよ。両方が望ましいけど。わたしにはどちらもないわ」

「彼は力のある男性よ、リザ。お金は必要ないし、爵位はもう持ってる。自分の望みどおりにできるはずよ」

無邪気なクロエ。彼女と言い争ってもしかたなかった。

「アメリアはどこ？」とイライザは訊いた。「自分の絵が戻ってきたことを知りたいはずよ」

「市場に行っていて、すぐに戻ってくるわ」

イライザは贋作を包み直し、カウンターの奥にしまいこんだ。燃やしてしまいたかった。子供っぽいことではあったが、その絵はあまりに多くの問題を引き起こしてくれた。

それはまったくの真実とは言えない。この贋作がなかったら、グレイソンに出会うこともなかっただろうから。思いは二転三転した。しかし、彼が現れなかったら、これほど心が痛むこともなかっただろう。

イライザは金メッキされた額に指を走らせた。贋作をどうするか決めるのはアメリアが帰ってくるまで待とう。それが唯一正しいやり方に思える。

「アメリアが戻ってきたら教えて」とイライザは言った。

「どうして？　どこへ行くの？」とクロエが訊いた。

「ちょっと出かけてくる」

ここを離れて頭をはっきりさせる必要があった。店の壁が迫ってくるように思えて、息をするのもむずかしかったからだ。帳簿もつけられなかった。人生からグレイソンが失われた今、じっと悲しみに耐えているなどできなかった。

イライザはマントを持って外へ出た。

冷たく湿った空気のなか、公園へ向かって通りを渡った。凍てつく空気に吐く息が白くなる。冷たい空気を吸い、その冷たさを肺に感じた。昨晩のグレイソンとの言い争いが心のなかを駆け巡った。

愛人になることは拒んだのだった。社交界における立場から、グレイソンは伯爵家にふさわしい結婚をして跡継ぎを作らなければならない。おまけに、イライザの父への復讐を果たしたいという強い思いがつねに一番にあった。それが必ずふたりのあいだに立ちはだかることになる。

ふたりがいっしょになることはあり得ない。人生における立場のちがいは砂に描いた線のようにはっきりしていた。

そうだとしたら、どうしてこれほどに心が痛むの？　望むものは手に入れたのでは？　ハンティンドン伯爵との信じられないほどすばらしいひと晩。これから数多く過ごす孤独な夜をなぐさめてくれる思い出。それ以上を望むのはまちがっている。

イライザは公園にやってきた。一年のこの時期は誰もいないとわかっていた。夏には小道に木陰を作るオークの木々は葉が落ち、冬眠しているようだった。イライザはベンチにすわり、マントをきつく体に巻きつけた。リスがベンチのまえの小道を駆けていった。

物音がして、イライザの注意を惹いた。敷石の道をブーツで歩く、こすれるような音。振り返っても見えるのは生垣だけだった。

風？　動物？

それでも、見られているという妙な感覚があった。

無意識に興奮を覚え、脈が速まる。グレイソンがついてきたの？

公園を見渡したが、何も見えなかった。しばらくしてイライザは目をそらした。彼がここにいると想像するなんて、どうかしている。

イライザは立ち上がり、急いで店へ向かった。


翌日、イライザが奥の作業部屋で画材の目録を作っていると、店のベルが鳴った。クロエが店にいたので、客を出迎える必要はなかった。しかし、やがて彼の声がした。

「こんにちは、ミス・クロエ」

「こんにちは、伯爵様」とクロエが応えた。

イライザがカーテンを開けると、外套を着たグレイソンの背の高い姿が見えた。キャンバスの布を抱えている彼女を彼が見つけ、熱い視線がからみ合った。グレイソンがビーバー帽を脱ぐと、イライザの心臓はすぐさまわずかに跳ねた。

イライザは店にはいってカーテンを閉めた。

「あの絵が無事届いたかたしかめたくてね」と彼は言った。

クロエが最初に答えた。「ありがとうございます。イライザもきっとよく眠れるようになりますわ」

「え？　あまりよく眠れていないと？」グレイソンはイライザから目を離さずに訊いた。

「ええ、そうなんです！」とクロエが答えた。

「クロエ！」イライザはとがめるように言った。

クロエはいたずらっぽい笑みの形に唇をゆがめた。「失礼してよければ、ハンティンドン様。アメリアに用事の手伝いをすると約束したので」そう言うと、扉のそばの釘からマントをとって店を出ていった。

イライザはじっと動かずにいた。もつれた感情のせいで心は荒れ狂っていた。彼を怒鳴りつけてやりたかった。キスしたかった。

「よく眠れないというのはほんとうかい？」と彼は小声で訊いた。

「それがどうかして？」

「ぼくにとっては大事なことだ」グレイソンは一歩近寄ろうとするかに見えたが、そこで足を止めた。「先日の晩はよくない終わり方だったから」

「よくない？　あのときのことをそう言い表すの？」

グレイソンの表情は暗く、その目はイライザの顔から決して離れなかった。「きみを傷つけるつもりはなかった。きみのことを思っているんだ、イライザ。これまで知り合ったほかのどんな女性よりも」

イライザは息を吸った。彼のことばを信じたくてたまらなかった。彼がここまではっきり真の感情を明らかにするのは初めてと言ってよかった。

「もうどうでもいいことよ。わたしたちのとり決めは終わったんだから。レンブラントが見つかってよかったと思っているし、公爵が約束を守って美術館に貸し出してくださるといいなと思うわ」

「ぼくらのことは？」

「わたしたちのことなど何もないわ。最初からなかったのよ」イライザは悲しく答えた。

「いや、ある。きみの目を見ればわかる。ぼくの恋人になってくれ。きみに不自由はさせない。タウンハウスも、馬車も、宝石も。きみが望むものはなんでもきみのものになる」

わたしのことをそんなふうに思っているの？　簡単にお金でつられる人間だと？

父と同じように？

イライザは喉に詰まった絶望を呑みこんだ。わたしはこの人を愛しているのに、この人にとってわたしは単なる愛人候補にすぎないのだ。なお悪いことに、それでもまだこの人は父の首を欲している。

わたしのことを思ってくれているのかもしれないが、それは復讐の思いを変えるほどのものなの？　最後に一度だけ試してみよう。

「金銭的なものは何も要らないわ。その代わり、わたしたちのあいだに立ちはだかるものがなくなるよう、復讐の思いを忘れて。父を探すのをやめるのよ。過去を忘れるの」とイライザは懇願した。

グレイソンは答えてもらえないのではないかと思うほど長く黙りこんだ。「できない」

そのことばは正直な気持ちではあっても、ふたりの仲を打ち砕くものだった。愛する人と暗く心痛む過去とを関係づけるとは、運命はなんと不公平なのだろう。「これまでしてくださったすべてに感謝するわ。それから、あのひと晩のことは絶対に忘れない」イライザは爪先立って最後に一度彼にキスをした。「さようなら、伯爵様」

そう言うと、すばやくあとずさった。彼に抱き寄せられるのではないかと怖かったからだ。そうされたら、自分がどう反応してしまうかはもっと怖かった。

25

グレイソンはクリスタルのデキャンタを持ち上げ、グラスになみなみと注いだ。すでにかなり酔っ払っていた。書斎の肘掛け椅子にすわり、使用人たちには決して邪魔をするなときつく命じてあった。その週はずっとふさぎこんで酒を飲んで過ごした。ブランドンですら、彼を外出に誘い出すことができなかった。

グレイソンはグラスに手を伸ばし、ウィスキーを飲んで路床の火を見つめた。

扉をノックする音がした。

くそっ。いったい誰だ？

「放っておいてくれ」うなるように発した声は自分の声とわからないほどだった。

扉が開いた。グレイソンは使用人を叱責する気満々で振り返った。

そこに立っていたのはサラだった。「お兄様、どうかしたの？」

ほんとうにそんなことを訊かれたのか？　妹も、男がどんなときに酔っ払うものか、わかる年になっているんじゃないのか？

グレイソンはサラをにらみつけた。「今は都合が悪い。ひとりにしておいてくれ、サラ」

妹はそのことばを無視して部屋にはいり、扉を閉めた。

グレイソンは不満の声をあげそうになった。どうやら妹は酔っ払った男がどういうものかわかっていないらしい。サラは近づいてきて彼の目のまえで足を止めた。そして黒っぽい目を中身が半分なくなったデキャンタからグラスへ動かし、最後に彼の顔に向けた。

「ミセス・サマートンになんて言ったの？」とサラは訊いた。

「そんなことを訊いてくるにはおまえは幼すぎる」グレイソンは路床の火から目を離さなかった。無視していれば、出ていってくれるだろう。

「わたしは幼いかもしれないけど、お兄様よりは分別を持ち合わせているわ」とサラはきっぱりと言った。

グレイソンははっと妹に目を向け、「サラ」と警告するように言った。

「わたしを締め出さないで、グレイソン。あなたとイライザのあいだに何があったのか教えてくれるまで、ここから出ていかないから」

グレイソンはグラスを振った。「イライザに振られたんだ」

「プロポーズしたの？」

グレイソンは顔をしかめた。「もちろん、してないさ」

「じゃあ、振られたってどういう意味？」

自分の個人的な関係について妹に多少でも明かすなど、ほんとうに酔っ払ってしまったにちがいない。しかし、その瞬間、サラの顔にそれでわかったという表情が浮かんだ。

「ああ、なるほどね。彼女に情婦になってほしいって言ったのね」

なんてことだ。グレイソンは身を起こした。「どこでそんなことばを聞いてきた？」

「わたしだってまったくの世間知らずじゃないのよ。レティシアが夜遅く訪ねてきていたときだって、ふたりのあいだに何があったのかわかってるわ」

「サラ」グレイソンはうなるように言った。「おまえとこんな会話をするつもりはない」

「どうして？　全然問題ない会話じゃない」

グレイソンは大きな音を立ててクリスタルのグラスを置いた。「おまえは甘やかされすぎだな。明日朝一番に厳しい家庭教師を雇うことにする」

サラはまるで怯える様子を見せなかった。甘くしつけすぎたのはまちがいない。

「イライザに振られたのも当然ね。プロポーズすべきなのに。片膝をついてお母様の指輪を差し出すの。イライザは爵位のある家の出ではないかもしれないけど、貴婦人よ」

グレイソンは立ち上がって指で髪を梳いた。「おまえは自分が何を言っているのかわかってないんだ。現実はおまえが子供のころに読んだお話とはかけ離れている」

「どうして？　イライザがお店を経営してる人だから？　彼女はお兄様が出会ったなかでもっともすばらしい人よ。いっしょにいるとお兄様も幸せそうじゃない。三人でガンターズに行ったときにお兄様がイライザを見つめる様子をわたしはそばで見てたのよ」

サラのことばはみぞおちの深いところを突いた。おちつかない思いと酔いを感じ、グレイソンは行ったり来たりをはじめた。

「それに、彼女が恋しいから、ばかみたいに酔っ払おうとしてるのもわかってる」サラは続けた。

たしかにそうだった。イライザがひどく恋しかった。それでも、それをサラに告白するつもりはなかった。

グレイソンは足を止め、サラをにらみつけた。「結婚など論外だ。そんなことをしたら、おまえにとっていいお手本とはならないだろうからな」

サラの両頬に赤みが差し、唇が薄くなった。「わたしにとって？　わたしのためにこうしているなんて言わないで！　お兄様は彼女を愛してるのよ、ばか」

グレイソンは口をぽかんと開けた。「今何て言った？」驚きのあまり、妹を凝視する。美しい妹は頑固で意固地かもしれないが、兄にそんな口をきいたことは今まで一度もなかった。

サラは苛立ってため息をついた。「イライザと結婚することはすばらしいお手本になると思うわ」

ふいにある考えが浮かんだ。「イライザはガンターズでおまえのことを話していた。そのときは彼女の言っている意味がよくわからなかったが、今はひとつ疑問が湧いてきた」

不安の影がサラの顔をよぎった。「彼女が話したのって――」

「トレント公爵の息子についてだ。おまえは彼のことが気に入らないんだろう？」とグレイソンは訊いた。

サラの肩から若干力が抜けた。「イライザはお兄様に公爵の息子のことを話したの？」

「ああ。ぼくの質問に答えるんだ」

「ええ、全然気に入らないわ。わたしの言うことにはまったく耳を貸さないし、自分のことしか考えていない人だから」

グレイソンは首を振った。「だったら、彼はだめだな。ぼくの妹の相手じゃない。それがわからなかったのは申し訳なかった」

サラはためらい、唇を噛んだ。「イライザはわたしが自分で打ち明けるようにって言ったの。お兄様のことを信頼していいんだって。お兄様はわたしの幸せだけを望んでいるんだからって」

「彼女がそんなことを？」

「ええ」

グレイソンの心は大きく跳ねた。イライザは心の奥底ではぼくを信頼してくれているにちがいない。ぼくが彼女のことを思っていると信じてもらえばいいだけだ。ほんとうに思っていると。

「気に入っている人はいるのよ。頭がよくて、勤勉で――」サラは自分の胸に触れた。

「わたしを特別な存在だと思わせてくれる」

「誰だ？」

「ミスター・サミュエル・ニール」

グレイソンはその若者を覚えていた。昨年、父親といっしょにレディ・ベルモントの舞踏会に参加していた。息子は立派な若者に見えた。事業を継ぐしっかりした跡継ぎがいて父親は幸運だと思ったものだった。

「貴族じゃないな」グレイソンは指摘した。

「イライザだってそうだけど、彼女といると、お兄様は活き活きなさるでしょう？」

ああ、たしかに。ふと、心のなかで何かがかちりとはまった。ウィスキーのデキャンタを半分空にし、妹から驚くべき話を聞かされたおかげかもしれないが、気づいたのはたしかだ。

ぼくはイライザ・サマートンを愛している。

心から、おかしくなりそうなほどに愛している。全身が締めつけられたようになり、それが真実であるのがわかった。彼女のいない人生など想像もできない。イライザを自分のものにしない人生など。彼女以外のことはどうでもいい。

彼女の父の罪に正義の鉄槌を下したいという思いでさえも。

グレイソンはまばたきした。サラが期待するような目でじっと見つめてきていた。「おまえが最初のシーズンを過ごしたあとでもミスター・ニールへの気持ちが変わらなかったら、彼をおまえの求愛者として本気で考えよう」と彼は言った。

「え、ほんとうに！」

グレイソンは片手をあげた。「ただ、まず、彼がおまえを本気で愛していて、おまえを養うつもりだとぼくに信じさせなきゃならない」

「それでいいわ」サラはグレイソンをきつく抱きしめた。「お兄様も同じようにすると約束して。ご自分にも同じ幸せをどうして求めないの？　わたしのためにも。イライザはすばらしい義理の姉になると思うから。それに、彼女がいなかったら、わたしたちがこんな話をすることなんて絶対になかったわ」

サラは兄の頰にキスをして部屋を出ていった。グレイソンはふたたびウィスキーとともにひとり残された。

椅子に戻り、グラスをじっと見つめる。イライザがサラにとってすばらしい義理の姉になるのはまちがいない。すばらしい母親ともなるだろう。彼女が自分の子供を宿すことを考えても怖くはなく、心は喜びで満たされた。

愛人にはならないとしても、妻にはなってくれるだろうか？

ぼくは彼女に愛人になってくれと言いながら、彼女の父親を追及することはやめないと宣言しただけだった。

あれほど長いあいだ、はらわたが煮えくり返るほどに裁きを求めていた思いは、小さくなって消えてしまったような気がした。

初めて会ったときから、ぼくは、力を貸さないと治安判事に訴えると彼女を脅したのだった。ジョナサン・ミラーを監獄送りにしてやりたいと思いながらも、彼女を口説いてベッドをともにさせた。そしてそんな思いを打ち明けすらした。

ああ、どうして彼女がぼくを受け入れてくれるはずがあるだろう?

グレイソンはグラスを下ろした。彼女を永遠に失うかもしれない。もう失ってしまったのかもしれない。サラのためにも彼女とは結婚できないと思っていたのだが、それはサラを守ることにはならない。イライザの影響と愛情を受けることがサラのためにはもっともいいことのはずだ。

ぼくにとっても。

グレイソンは勢いよく立ち上がった。装飾を施した銀の鏡に自分の姿が映った。乱れた髪、青ざめた肌、血走った目、くしゃくしゃのクラヴァットと上着という、ぞっとするような姿だった。

もう遅い時間だった。朝になって酔いが醒めるまで待ち、きちんとした装いをしなければならないだろう。そのまえにやらなければならないことはたくさんある。グレイソンは扉を開け、従者を呼んだ。

26

イライザは蠟燭を近くに引き寄せた。午前零時をだいぶ過ぎた時間だったが、こっそり階下《した》に降り、蠟燭を灯すと、テーブルについて帳簿を開き、店の収支を調べはじめたのだった。妹たちは階上《うえ》でぐっすり眠っており、店のなかはありがたいほどに静かだった。

二階へ戻って寝ようとしても無駄だった。つまらない数字に没頭するのが、正気を保つためにできる精一杯だった。

グレイソンが恋しくておかしくなりそうだったからだ。それはじっさい、ばかばかしいことだった。自分はもっと強い女で、恋煩いするなよなよした女ではないはずなのだ。幸せを感じてしかるべきだ。店の売り上げは着実に改善していたのだから。グレイソンの影響力のおかげであれ、厳しい冬が終わったせいであれ、ありがたく思ってしかるべきだった。クロエも元気になった。アメリアは贋作を売る話をしなくなり、懸案だったヤン・ウィルデンスの贋作もそれがあるべき家に戻ってきた。

そうしたことの何ひとつとして助けにはならなかった。心は破れつつあった。この一週間、何度となくグレイソンのもとへ行きたくなった。

いいわ、愛人になる。かすれた声でそう口に出す自分を想像する。愛の行為についてもっと教えて。何もかもを見せて。

互いのちがいを忘れるのはどれほどたやすいことだろう。レディ・キンズデールの辛辣なことばを忘れるのは。グレイソンがいまだに父を探していることを忘れるのは。

単純にグレイソンの愛人になるのは。

でも、それはどのぐらい続くの？　彼がわたしに飽きて別の愛人を探すようになるまでどのぐらい？　彼が身分の釣り合った貴婦人と結婚して子供を持つまでどのぐらい？　そうなったときに、わたしに何が残るの？

孤独。絶望。

父がいなくなってからは、結婚する夢はあきらめたのだった。今は店の経営者だ。版画店と妹たちを養うことに精力を費やす商人。妹たちには愛情と安泰な暮らしのために結婚してほしいと思っていたが、自分自身は結婚しなければという焦りは感じなかった。グレイソンがあれほどに魅力的ではなく、わたしがこれほど彼を求めていなければ。

店の出窓をひっかくような音がして、物思いから覚めた。

イライザは手に鵞ペンを持って身を凍りつかせた。

あの音は何？

通りすがりの人だろうか？　それとも、帰宅途中の近所の酔っ払い？

もしくは、ああ、強盗だろうか？

扉に目をやり、かんぬきがかけられているのをたしかめる。店の営業が終わると必ず鍵はかけていた。三人の未婚女性が階上で暮らしているのだから、最大限の用心が必要だったのだ。

ひっかくような音はくり返された。今度は小さくノックする音も。

うなじの産毛が総毛立った。午前一時になろうとする時間だ。いったい誰なの？

イライザは立ち上がって燭台を手にとった。ストッキングを履いた足は木の床で足音を立てなかった。これだけ遅い時間には店の外の街灯も灯っておらず、出窓をのぞきこんでも見えるのは暗闇だけだった。

扉に耳を押しつける。

「どなた？」とイライザは訊いた。

「イライザか？」うなるような声が応じた。

イライザは身をこわばらせた。外の人はわたしの名前を知っている。しかし、そうとわかっても安心はしなかった。店の所有者の名前は誰でも知りようがある。真夜中に訪ねてきた知らない人に扉を開けるほど愚かではなかった。

「出窓のところへ行って」

そう言ってイライザは自分も出窓のところへ行き、蠟燭を掲げた。相手はランタンを掲げ、その明かりが顔を照らし出した。

外にいるのが誰かわかって脈が速まり、肺から空気が押し出された。まさか！　石の塀にぶつかった小鳥になった気分だった。

「お父様？」とイライザはささやいた。

震える指でイライザは店の扉を開いた。ひとりの男が店のなかにはいってきた。

中肉中背で、手に持ったランタンによって顔が照らされている。覚えているとおりの整った感じのよい顔立ちだったが、五十がらみという年齢よりも老けて見え、茶色だった髪や頬ひげも灰色が多くなっていた。簡素なズボンと茶色のコーデュロイの上着という目立たない服装をしている。それでも、鋭く値踏みするように娘を見る緑色のまなざしの強さは以前と変わらなかった。

「なんてこと」イライザは言った。「ほんとうにお父様なのね」

「ああ、イライザ。私だ」

イライザは疲れ切っているせいで幻覚を見ているのかもしれないと思いつつ、ぎこちなく突っ立っていた。父を抱きしめたいという思いもあったが、燭台で殴ってやりたいという思いもあった。

父はカウンターの帳簿の横にランタンを置いた。「ようやくおまえに会えてよかった。元気そうだな」

「ここで何をしているの？　もう死んだのかと思っていたわ」

「すべてについてすまないと思っている」

「すまない！　わたしたちを置いてけぼりにして」イライザはようやくわれに返った。血管のなかを血がどくどくと流れた。声を張りあげそうになったが、そこで、眠っている妹たちのことを思い出した。

起こすわけにはいかない。まだ……。

「逃げなければならなかったんだ。そうじゃなきゃ、役人につかまって監獄に入れられただろうからな」

「でも、わたしたちのことは？　クロエはとても幼かった。アメリアだってそれほど年がいっているわけじゃなかった。お父様がいなくなってから、わたしたちは生き延びるのに大変な思いをしたのよ」

父は片足から片足へ体重を移しながら、店のなかを見まわした。「でも、うまくやってきたじゃないか。昔から、おまえなら大丈夫とわかっていたんだ、イライザ」

「でも、五年も何も連絡をよこさないなんて。最悪のことを恐れていたわ。元気でいると伝言を送ってくれることもできたはずよ。なんらかの方法で――」

「すまない」父はことばをはさんだ。「ただ、危険を冒すわけにいかなかったんだ。ほかにも私を追っている連中がいてね。今もまだ追っている」

イライザはグレイソンのことを思い出した。ほかに何人が父にだまされたの？　何十人も？　父の経歴の長さを考えれば、百人ということもあり得るかもしれない。

「お父様は人に害をおよぼしたわ」とイライザは言った。

父の額に皺が現れた。「金をたくさん持っている連中から金を奪っただけさ」

これだけの年月が過ぎても、父はまだ同じゆがんだ信念を抱いているのだ。イライザは昔に引き戻され、作業部屋で絵を描く父のそばに立つ年若い少女になった気がした。〝金持ちってのは汚いものだ、イライザ。私はそういう連中から気づかれずにほんの数ポンド、頂戴するだけだ〟

イライザは首を振った。「いいえ。お金だけの話じゃないわ。お父様はほんとうにほかの人に害をおよぼしたのよ」

一瞬、父の目が険しくなった。「ああ、ハンティンドン伯爵のことを言っているにちがいないな」

きつく張り詰めたものに全身を包まれる。わたしとグレイソンとの関係を父が知っているということがあり得る？

あり得ない。

父は街を離れており、グレイソンとわたしは人目を忍んでいた。イライザは深く息を吸い、速まる鼓動を鎮めようとした。父は人の心を読むのに長けていた。今感じている動揺を表に出すわけにはいかない。父がハンティンドンの名前を持ち出したことにはそれなりの理由がある――わたしの感情とは関係のない理由が。グレイソンが屈辱を受けたことは新聞に書き立てられた。ジョナサン・ミラーを捕まえるよう治安判事に訴えたのも彼だ。父が彼の名前を持ち出すのも道理というもの。

「被害を受けた人はほかにもいたわ。何十人も。多くの贋作を描いたんだから、そのことは知っておかなくちゃ」イライザは指摘した。

父のまなざしが互いのあいだの空間を貫いた。「ハンティンドン伯爵ほど影響力のある人間はほかにいなかった。なあ、娘よ。私は隠れていたかもしれないが、ロンドンで何が起こっているのか、まったく知らないわけじゃないんだ」

話題を変えようと、イライザは五年という長きにわたって抱いていた疑問を口に出すことにした。「これまでずっとどこにいらしたの？」

「遠くないところさ。街のあちこちの友人のところだ」

近くにいたのに、手紙や書きつけひとつよこせなかったの？　病気の父がどこかの路地裏で苦しんでいるのではないかと何度も想像したことを思い出す。もしくは、悪夢を見て目を覚ましたクロエをなだめた夜のことを。アメリアが怒りにまかせて熱に浮かされたようにキャンバスに筆をぶつけ、絵を描いているのを見かけたときのことを。

突然、イライザのことばの端に少しばかり冷たいものが宿った。「ドリアン・リードもそういうお友達のひとりだったの？」

父は問うように娘を見た。「最近はちがう。どうやってミスター・リードのことを知ったんだ？」

「どうやって知ったかはどうでもいいことよ」イライザはきっぱりと言った。「大事なのは、お父様が彼に千ポンド借りがあるってこと」

「運が悪いことに、商売がうまくいかなくてね」

「ほんとうに運が悪いわ！　あの男はわたしたちの生計の手段を奪おうとしたのよ。お父様はわたしたちをなんともひどい立場に置いてくれた」

「でも、どうにかなったんじゃないのか？　ハンティンドン伯爵がおまえの面倒を見てくれたと聞いたんだが」と父は言った。

「何をおっしゃっているのかわからないわ」父がまたグレイソンの名前を持ち出し、イライザの不安が募った。

父は上着のポケットに手を突っこみ、新聞をとり出してカウンターの上に置いた。ランタンの明かりのもと、それは見まちがえようもなかった。

〈タイムズ〉の記事。

「じっさい、ハンティンドン伯爵がおまえの面倒を見てくれるようになってしばらく経つんじゃないのか？」と父は言った。

胸の真ん中が冷たくなった。「どうして戻ってきたの？」

父の目を見てイライザは凍りついたようになった。「資金が必要なんだ。それほど多くなくていい。ほんの数百ポンドで」

胃のあたりに塊ができた。「五年ものあいだ、連絡ひとつよこさなかったのに、真夜中に戻ってきて、お金の無心をするの？」イライザは信じられないという口調で訊いた。

「おまえにじゃない、イライザ。ハンティンドン伯爵にだ」

「ハンティンドン伯爵？　どうやってお金を無心するつもり？」と彼女は訊いた。

「おまえが女の魅力を利用してうまいこと丸めこめばいい」

イライザは驚いて父をじっと見つめた。「そんなことできないわ」

「いや、できるさ。伯爵がおまえに夢中なのは明らかだ。おまえが伯爵の愛人になったことをとやかく言うつもりはない。復讐のために私を探し、今も監獄に送りたいと思っている男の。しかし、多少の義理立てはしてもらいたいね」

父に拳銃で撃たれたとしても、これほどの衝撃を受けることはなかったはずだ。「義理立て！」父の口からそんなことばが発せられるのはばかげているように思えた。

「おまえは私の長女なんだ。ハンティドンはおまえとベッドをともにしたことで私に義理がある」

イライザは突然胸の奥で怒りがふつふつと沸き立つのを感じた。「出ていって」あれほどに見つけたいと思っていた親に自分がそんなことばを吐くとは夢にも思っていなかった。父がペテン師の贋作画家であることは昔からわかっていたが、今目のまえに立つ父を見て、真の姿がわかった。

人を操るのがうまい、人でなし。

父の計画の次の犠牲者はわたし。父が戻ってきたのは、わたしがグレイソンとかかわりを持ったからにすぎない。それが父の額に書かれているかのようにはっきりとわかった。

「ミセス・サマートンがじつは何者か、ハンティンドンが知ったら、なんと言うかな？」父の唇があざ笑うように曲がった。

イライザは父に冷たい目を向けた。「わたしがあなたの娘だと知ったらってこと？」

父は忍び笑いをもらした。「ああ。あの男にとって、それがどれほど屈辱的なことか、想像するしかないね。同じ家族のふたりに二度だまされるなど」

イライザは歯噛みしながら肩をそびやかし、父に向き直った。父が戻ってきた理由がわかった今、これ以上操らせたりはしない。「彼は真実を知っているわ」

父の顔に驚きの色がよぎったが、やがて見慣れた貪欲な光が目に戻ってきた。「だったら、ハンティンドンはほんとうに魅惑されているにちがいないな。おまえにとってたやすいはずだ」

「まちがっているわ。ハンティンドン様とのお付き合いは終わったの。お金をだましとるつもりなら、ほかの方法を見つけなきゃならないわね」

「伯爵とよりを戻すのはおまえにとって手もないことだと思うが」

「出ていって」

「アメリアはどうなんだ？　それにクロエは？　私の訪問を喜んでくれるんじゃないのか？」と父は訊いた。

父とのあいだの緊張は高まるばかりだった。「ふたりがこのことを知ることはないわ」とイライザはきっぱりと言った。

父は帽子をかぶって扉へ向かった。「今のところはおまえの気持ちを尊重するが、私の言ったことを考えてみてくれ」

父が店を出ていくと、イライザは信じられない思いで扉を見つめた。生きていたのだ。これだけ年月が経って、父は生きていた。

そして、腐り切った人間になっていた。

父がカウンターに残していった新聞に目が止まった。新聞をずたずたに引き裂いて叫びたかった。

そうするわけにはいかなかったが。物音を立てるわけにはいかない。イライザは妹たちが起き出してきて父とのやりとりを目撃しなかったことを心のなかで感謝した。きっとふたりとも打ちのめされてしまったことだろう。それぞれちがう理由で。アメリアは父を探したいという思いはずっとまえに捨てていたが、贋作を生み出さずにいられない父の思いは理解しており、画家としての呪いに屈したい誘惑と闘っていた。クロエは父に捨てられたときにはずっと幼く、幼い少女にとって、記憶のなかの父は英雄だった。

自分はどうかと言えば、ジョナサン・ミラーにもいいところはあると信じていた。そう信じずにはいられなかった。

イライザは扉のところへ行ってかんぬきをかけた。父は妹たちと接触すると脅していたが、その試みは失敗することになる。アメリアとクロエには、かつて父に見捨てられたことで被った以上の害をまた父からおよぼされるまえに、真実を話そう。

ただ、グレイソンを利用することについては、父がこれからどうするつもりなのか、見当もつかなかった。ジョナサン・ミラーがどんな筋書きで行動を起こすつもりでいるのか、ありとあらゆる可能性を考えてみる。

父の動機は単純だ。お金が必要だということ。しかし、その罠に落ちるつもりはない。グレイソンに害がおよぼされるのを見過ごすこともできない。父の発することばはひとことも信じられなかった。わたしが〝女の魅力を利用して〟グレイソンからお金を引き出したとしても、父がそれで終わりにすることはないだろう。長女を利用してハンティンドン伯爵からお金を巻き上げられるかぎり、何度も訪ねてくるはずだ。

とはいえ、それを断ったら、父からどんな害をおよぼされることになるのだろう？　ハンティンドン伯爵の親しい友人であるミセス・サマートンがジョナサン・ミラーの娘であり、彼女自身、偽名を使うペテン師だと新聞に知らせることはできる。そうなれば、やはりグレイソンは恥をかくことになる。笑いものになってしまう。ピケンズ子爵が新聞に語ることばも想像できた。レンブラントを失ったことへの絶好の復讐の機会を与えることになる。

それでも、父が金を得るたくらみがうまくいかなかったという単純な理由で新聞に真実を知らせるとは思えなかった。父には得るものが何もないばかりか、グレイソンの怒りをさらに買うことになり、社交界一の贋作画家を探し出そうという思いをいっそう強くさせる危険を冒すことになるのだから。熱い火かき棒で眠れる竜を起こすようなもので、父はそんなことをするほど愚かではない。

そう、わたしとハンティンドン伯爵の関係が終わったと父が信じ、彼との接触をわたしが頑として拒めば、グレイソンも悪い噂を立てられずに済むはず。

わたしは心からグレイソンを愛していて、彼を守るためなら全力を尽くすつもりでいる。イライザは喉に詰まっていた塊を呑みこみ、絶対に涙をこぼすまいとした。たとえひりひりと痛む心だけが残されるとしても、ふたりの関係を終わらせたのはよかったのだ。

過去がついに魔の手を伸ばしてきたのだから。

27

翌朝、イライザは疲弊しきって目を覚ました。出窓のそばのソファーでようやく眠りに落ちたのは、曙光が空に射しはじめたころだった。父が戻ってきて玄関の扉をたたき、妹たちを大声で呼んだらと不安だったからだ。

窓から明るい朝の陽光が射し、イライザは混乱してまばたきした。一瞬、昨晩のことは恐ろしい悪夢にすぎなかったのではないかと考えた。

身を起こして目をこすると、すぐさま、〈タイムズ〉の記事が昨日の晩投げ捨てたごみ箱にはいっているのがわかった。イライザは身をひるませた。悪い夢だったらよかったのに。

クロエとアメリアがのんきにほほ笑みながら階下《した》に降りてきた。

「ここでひと晩過ごしたの？」とアメリアが訊いた。

「帳簿を見ないといけなかったから」とイライザは答えた。

アメリアは腰に手をあてた。「ねえ、ひどい顔よ。仕事しすぎだわ」そう言って近くに来ると、イライザの額に落ちている巻き毛を後ろに撫でつけた。「階上《うえ》に行って新しいドレスのどれかを着てきて。ブリュッセルレースのついた青いのがいいと思うわ」

「あれはわたしもいいと思う」とクロエも口を出してきた。「どうしてわざわざあれを着るの？　あと何時間かで店が開くし、古いドレスのどれかで充分のはずよ」イライザは指摘した。

「女性がきれいな恰好をするのに理由は必要ないわ」とアメリアが言い返した。

イライザが訝しげな顔をすると、クロエが口をはさんだ。「今日は買い物に行くことにしたの。アメリアが画材を買うんだって」

イライザは疲れはてていて、買い物に行きたい気分ではまったくなかった。「ふたりで行って」

クロエはうなずいた。「買い物に行って、お姉様にボンネットを買うつもりよ」

イライザは眉根を寄せた。「ボンネット？　なんのために？」ボンネットなら実用的なものをいくつか持っており、そのことは妹たちも知っていた。

「たのしみのためよ。店も繁盛してるじゃない、そうでしょう？」アメリアは出窓から外に目を向けて言った。「わたしが二階であなたの着替えを手伝っているあいだ、クロエが辻馬車をつかまえるわ」

一瞬、イライザの背筋に不安が走った。妹たちは妙な振る舞いをしている。どうして急に画材が必要になるの？　それに、新しいドレスを着るように言い張るのはなぜ？

昨晩、妹たちも父に会ったのだろうか？　父が寝室の窓に石を投げ、ふたりと話をしたのだろうか？

「あなたたちふたり、どうかしたの？」とイライザは訊いた。

無邪気なふた組の目が見返してきた。父と接触したのだとしても、そのことは目には表れていなかった。

イライザは息を吐き出した。内心の緊張がゆるんだ。「わかったわ。画材が少なくなったのね」

イライザは着替えをしに重い足取りで階段をのぼり、アメリアが髪型を整えるのに雄々しく努力してくれた。ソファーで寝返りを打って夜を過ごしたせいで、漆黒の髪は乱れ、もつれていた。

階下《した》へ降りるころには、辻馬車が待っていた。「ずっとよくなったと思わない？」とアメリアがクロエに訊いた。

クロエはにっこりした。「ほんとうに」

妹たちはマントをはおった。姉のことを品評会で賞をもらった馬であるかのように見つめ、顔に期待するような表情を浮かべている。妹たちの振る舞いが妙であるという感覚は振り払えなかった。

「わたしたち、午後まで戻ってこないわね」店の外へ出ながらアメリアが言った。

イライザは扉を閉めてため息をついた。何時間か静かな時間が持てることはありがたかった。ひとりになる時間はめったになかったからだ。少なくとも、店を開き、階上で生活するようになってからは。考える時間が必要で、単純作業がおちつかない気持ちをなだめ、集中力を高めてくれるはずだ。

イライザが古い装飾品を並べた棚のほこりを拭きはじめたところで、店のベルが鳴り、扉が開いた。

「やあ、イライザ」

聞き慣れた男らしい声がして振り返ると、グレイソンが店にはいってきた。彼の姿を見て鼓動が不規則になり、イライザは手に持った雑巾を落とした。鑿で削ったような顔立ちに目を惹かれ、彼がほしくてたまらなくなる。

「アメリアとクロエの様子が変だと思っていたのよ。あなたが来るのを知っていたの？」とイライザは訊いた。

グレイソンはいたずらっぽい笑みを浮かべた。「昨日、書きつけを送ったんだ」

「だから、あんなに急いで買い物に出かけたのね」イライザは彼にというよりも自分にそうつぶやいた。突然、不安に胃をきつくつかまれる。イライザは出窓の外へ目をやった。

「こんなのはよくない考えだわ」

お父様は店を見張っているのかしら？　グレイソンがなかにいるのを知っている？　今もわたしたちを見ているということがあり得る？

「きみがぼくにもう会いたくないと言ったのはわかっているが、これだけは聞いてもらわないと」と彼は言った。

「ほんとうによくない考えだわ、伯爵様。いっしょにいるのを見られたらいけないのよ」

「心配は要らない。ぼくの馬車は通りを下ったところにいる。きみの評判に瑕がつくことはない」

心配しているのは自分ではなく、グレイソンの評判だった。彼がここへ来たのを父が見ていたら。

「それでも――」

「しっ」グレイソンは彼女の唇に指を置いて言った。

一瞬の触れ合いにイライザは身をこわばらせた。血管を興奮が巡り、そうすべきでないのはわかっていながらも、彼にキスしてほしくてたまらなくなる。

「きみに訊きたいことがあるんだ。とても重要なことだ」とグレイソンは言った。

イライザは窓の外に目をやった。「いいわ」とすばやく答える。「だったら、二階へ行きましょう」彼が帰らないというなら、彼が店にいるのを誰にも見られないようにしなければならない。住まいには通りに面した窓はなかった。

グレイソンは彼女のことばに当惑したとしても、顔には表さなかった。「わかった」そう言ってイライザのあとから階段をのぼった。イライザはテーブルにつくよう身振りで示した。彼は彼女のために椅子を引いてくれたが、自分はすわるのを拒んだ。そして、驚くほど予想外のことをした。

イライザのまえで片膝をついて手をとったのだ。「イライザ、ぼくと結婚してほしい」

イライザは目をぱちくりさせた。「なんですって？」

彼の目は彼女の顔を探るように見つめた。「ぼくをロンドン一幸せな男にしてくれ。ぼくと結婚してくれ」

なんてこと。彼に何を言われるのか、あれこれ予想はしていても、結婚の申しこみはそのなかにはなかった。イライザはびっくりして目をみはった。さまざまな感情が心に押し寄せてくる。

愛、幸福感。

そして絶望。

グレイソンは彼女の手をにぎりしめた。「ぼくはどこまでも愚かだった。互いへの気持ち以外、どうでもいいことなんだ。きみと出会った日から、ぼくは力を貸すよう無理強いしたりして、なんともひどい行動ばかりとってきた。きみの父親の不行状を追及するのはやめないと、そればかりきみに言っていた。その罪ももうどうでもいい。きみの父親を追及することはあきらめると誓うよ」

イライザは唾を呑みこんだ。警戒心を投げ捨てて彼の腕に身を投じたかった。彼が差し出してくれたものを受け入れたくてたまらなかった。「あなたの爵位はどうなの？」と訊く。「あなたは伯爵なのよ」

「それもぼくにはどうでもいいことだ。きみが妻になってくれるなら」

「でも、わたしは自分の過去について嘘をついていたわ」

「ベグリーと話して沈黙を守ってもらうことにするよ。そのことはほかの誰にも知られることはない」と彼はきっぱりと言った。

「あなたの妹さんのサラは？」

「サラはきみを崇拝している。心から祝福してくれるはずだ」グレイソンはイライザの手の甲にキスをし、目を合わせた。「ぼくと結婚してくれるかい？」

イライザの胸に愛があふれた。ああ、結婚すると答えて愛を告白したいとどれほど望んでいることか。しかし、過去が父という形でその醜い魔の手を伸ばしてきていた。父が戻ってきた以上、何をもってしても、自分の素性についての真実を変えることはできない。たとえグレイソンの愛情をもってしても。

このすばらしい男性と結婚して、過去にすでに被ったのと同じ屈辱に彼をさらすことがどうしてできるだろう？　そうなったら、この人は決して赦してくれないはずだ。わたし自身、わたしを絶対に赦せないだろう。

わたしの真の素性を秘密にしておくことなどできない。父が秘密を暴露するはずだ。結婚したら、わたしたちはジョナサン・ミラーの意のままにされることになる。真実が暴かれるのを防ぐためとして、父はいつまでもグレイソンから金をゆすりとろうとするはずだ。

そして、グレイソンが父の意に従わなければ、上流社会がすべてを知ることになる。グレイソンは社交界から締め出され、評判にはとり返しがつかないほどに瑕がついてしまうだろう。ピケンズ子爵のような嫉妬深い男性は容赦ないはずだ。わたしは愛する男性をそんな苦痛にさらすほど自分勝手になれるだろうか？

「ご……ごめんなさい。でも、結婚はできないわ」かすれたささやき声になった。

グレイソンは目をしばたたいた。「できない？　それともしたくないのかい？」

イライザの目に涙があふれた。手を彼の手から引き抜く。「あなたにはわからない」

彼の目が内心の思いを読みとろうとするように彼女の顔を見つめた。「ああ、わからないよ。ほかに誰かいるのかい？」

「ええ、ある意味では。その手から逃れられない誰かが」

グレイソンは眉を下げた。「それはどういう意味だ？」

「あなたを傷つけたくないの。わたしたちふたりにとってこうするのが一番よ。わたしたちは似合いの夫婦にはならない」とイライザは言った。

「似合いの夫婦にならない？　きみほどぼくにぴったりの女性にはこれまで会ったことがないよ。きみがいて初めてぼくは完璧になる。人生で初めて幸せに。ぼくの目を見て、きみはそうじゃないと言ってくれ」

イライザは目を合わせることができなかった。「お願い！　ことをむずかしくしないで。もう帰って」イライザは動揺もあらわな声で言った。

必死の思いで発したことばだった。たくましい腕に身を投げ、渦を巻いて心からあふれそうになっているすべての感情をこめてキスしてしまうまえに、彼には出ていってもらわなければならない。手を伸ばして触れることもできないのはたしかだ。小さな部屋ですぐそばにいるだけで、抑制がきかなくなりつつあった。

「絶対にいやだ」

グレイソンはそううなるように言って立ち上がり、彼女を腕に引き入れた。口がさっと降りてきて彼女の口をとらえた。彼は指を彼女の髪に差し入れて押さえ、舌で口をこじ開けた。自分のものと示すような荒々しいキスに、イライザは降伏せざるを得なかった。互いのあいだに熱が飛び交い、満たしてほしいと懇願する激しい欲望が身の内に募った。

抗わなければという思いは欲望が高まるなかで霧散した。すでにあまりに多くの感情に――過去のせいで負い、今も血を流しつづけるあまりに多くの傷に――抗ってきたため、この激しい欲望と闘う力は残っていなかった。イライザは手でたくましい肩をつかみ、最後に一度彼を知りたいという、やむにやまれぬ思いで、荒々しく濃厚なキスを返した。

彼の手がドレスのボタンを外しはじめた。硬い胸にむき出しの胸を押しつけたくてたまらなくなる。最初のいくつかのボタンが外れると、イライザは称賛するようなかすれた声をもらした。いつもは機敏な彼の指がもどかしそうに動き、最後のいくつかのボタンははじけ飛び、シルクが破れた。そんなことは気にもならなかった。猛々しい欲望を浮かべた黒っぽい目にむさぼるように見つめられている今は。ふたりは残りの服もすばやく脱いだ。

両方の胸にキスするために彼は首をかがめ、ひりひりと焼けつくような感覚がイライザの全身を貫いた。たくましい肩にしがみついて体を支えなければならなかった。グレイソンは彼女を抱き上げてベッドに運んだ。

硬い体に覆いかぶさられ、イライザは太腿のあいだに熱く硬いものを感じた。たかぶったものが深々と差し入れられると、体を弓なりにし、どくどくと脈打ちながら自分を満たすものにこの上ない悦びを感じて声をもらした。なめらかな筋肉と腱を持つ体が動きはじめると、イライザは彼の顔をじっと見つめ、その記憶を永遠に心に焼きつけようとした。そのなかにはいったまま彼が体を上下させるうちに、摩擦が熱を帯びた。なんとも言えずすばらしい悦びの波に体を揺さぶられ、イライザは首をそらして声をもらした。グレイソンもかすれた叫び声をあげて自分を引き出し、彼女の腹に種を散らした。

ふたりはあえぎながら並んで横たわっていた。グレイソンはイライザの髪や背中を撫で、頭のてっぺんにキスをした。「これでもまだぼくらはいっしょになるべきじゃないと思うのかい？」

イライザの心は痛んだ。わたしはこの人のためにならない。どれほど心が痛んでも、彼がどんな思いを抱いてくれているとしても、それを終わりにしなければならない。「ごめんなさい。答えは変わらないわ。こんなこと、すべきじゃなかった」

イライザは身を起こそうとしたが、体にまわされた腕がきつくなった。「こうしたのはまちがいじゃない」と彼は言った。

熱を帯びた情熱のひとときが過ぎた今、不安が戻ってきた。イライザは顔を上げて彼の目をのぞきこんだ。「お願い。妹たちがすぐに戻ってくるわ。こんなふうにしているのを妹たちに見つかるわけにはいかない」

グレイソンはうなずいて手をゆるめた。イライザはすばやくドレスを拾い上げたが、破れているのがわかっただけだった。そこでクローゼットの扉を開き、古いドレスのひとつを引っ張り出した。着替えが終わって振り向くと、彼はズボンを穿いているところだった。たくましい筋肉が伸び縮みし、頭上の窓から射しこむ陽光を受けて広い肩が輝くのを見て、鼓動が大きくなった。なんともすばらしい肉体だ。これからの孤独な年月を耐えるために、この情景を覚えておかなければならない。

いっしょに階下《した》に降りると、イライザは店の入口の扉を開けた。店のそばをうろついている人間がいないか外をたしかめようとしたが、グレイソンの広い肩に視界はさえぎられた。

「ぼくはあきらめないよ、イライザ」と彼は言った。「きみが妻になってくれるまで」

「ごめんなさい。でも、もう決心してるの」

罪の意識が胸を突き刺した。イライザは鋼の重さのみじめな心で彼を見上げた。これほどに愛している人をどうして追い払えるの？

立ち去ろうと振り返ったグレイソンの表情は険しかった。イライザは扉を閉め、側柱にもたれた。

彼の馬車が出発する音が聞こえて初めて、震える手で顔を覆い、失ったものを嘆いて泣いた。

28

グレイソンはブランデーをなみなみと注いだグラスを持ってホワイツのテーブルにひとりついていた。グラスのなかの琥珀色の液体をまわす。ここへ来て二時間になるが、まだ一滴も飲んでいなかった。知り合いが横を通って会釈したが、誰もそばに来ようとはしなかった。グレイソンの表情を見れば、ひとりになりたがっているのはわかったからだ。

この世界はどこかおかしい。

イライザに拒まれてしまった。

おかしいと思ったのは、断られたことだけではなく、その断り方だった。反応として、驚きや、衝撃、ためらいは予想していた。結局、初めは愛人になってくれなどと言って、しかるべき敬意をもって彼女を扱わなかったのだから。しかし、結婚を申しこみ、彼女の父親を探すのはあきらめると誓った以上、彼女にもわかったはずだ。ぼくがどれほど真剣か……どうしようもないほどに彼女を愛していることが。

ためらう気持ちは理解できた。予想もしていた。しかし、拒まれるとは思わなかった。最後の一瞬——彼女が目をそらすまえに、その目に切望とプロポーズを受け入れたいという強い思いが宿っているのがわかった。情熱的な愛の行為は身も心も焼き尽くすほどだった。イライザもやむにやまれぬ欲望に駆られ、情熱に身を焼いていた。きっとプロポーズを受け入れてくれるはずと思うほどに。

何かがおかしい。

とんでもなくおかしい。

グレイソンはブランデーをなみなみと注いだグラスを下ろし、クラブをあとにした。寒い夜で、クラブの石段を降りるときには外套の襟を立てた。馬車が停まっている場所へと角を曲がろうとしたところで、名前を呼ぶ声が聞こえた。

「ハンティンドン伯爵」

グレイソンは足を止め、レンガの建物の壁に寄りかかっている男を見つけた。男は影のなかに立っていたため、名前を呼ばれなければ、気づかずに通り過ぎたことだろう。

「少しお時間をもらえるかな、伯爵」と男は言った。

グレイソンは警戒心を強めた。クラブはロンドンでも安全な界隈にあるが、紳士が掏りや追い剝ぎに遭うのはよくあることだった。

「あんたは誰だ?」とグレイソンは訊いた。

「あんたが探している人間だ」

グレイソンは訝るように目を細めた。男の姿勢と声はどことなく知っているものだった。

「お名前は?」

「あえて口に出しては言わないが、あんたは私が誰か知っている」男は近くのガス灯の明かりのなかに歩み出て帽子を脱いだ。

グレイソンは自分の目を信じられず、凍りついたようになった。「ジョナサン・ミラー。なんてことだ」

ミラーは帽子をかぶり直し、あたりを見まわしてから、目をグレイソンに向けた。「私のことを探していると聞いているが、伯爵」

グレイソンは目を細めた。ミラーがここで待ち伏せしているとはいったいどういうことだ？　この悪党は賢すぎて、当局に自首するはずもない。「役人を呼んだほうがいいかな？」

「過去のことを忘れていなかったようだな」

「忘れると思ったのか？　あんたはロンドンの歴史において、どんな画家よりもたくさんの贋作を生み出した」

「そんなに称賛されているのかい？」

グレイソンは嘲笑し、一歩まえに進み出た。「遠まわしの物言いはやめよう。あんたはもう監獄にはいっていてしかるべきなんだ」

ジョナサン・ミラーはすばやく一歩あとずさり、片手をあげた。「ちょっと待てよ。あんたはうちの娘たちと知り合いだそうじゃないか」

グレイソンは顎を引きしめ、足を止めた。ミラーが突然現れたことに理由があるのはたしかだった。それで、何をたくらんでいる？「あんたも彼女たちに会ったんだな？」

「長女のイライザだけさ」とミラーは答えた。

次の瞬間、グレイソンはミラーの喉をつかみ、路地のレンガの壁に体をたたきつけた。ミラーは息を吸おうとしながら、グレイソンの手に爪を立てた。ほんの一瞬、グレイソンは首を絞めてこの悪党の命を奪ってやるのはどんな感じだろうと想像した。

「彼女に何をした？」とグレイソンはうなるように言った。

ミラーの赤くなった顔のなかで目が飛び出そうになった。「何も」とあえぎながら言う。

「必要なものをくれと頼んだだけだ」

グレイソンは手を下ろした。状況が呑みこめたからだ。「イライザに金を無心したんだな？」

ミラーはぞんざいにうなずき、首をこすった。

「娘を見捨て、ふたりの妹の面倒を見させておいたくせに、そんな娘のまえに顔を見せたということは、よほど差し迫った状況にちがいないな。金も、食べ物も、寝る場所もない。それに比べれば、贋作の罪を犯したことなどたいしたことじゃないというわけだ」

ミラーの目に冷たい侮蔑の色が浮かんだ。「じゃあ、ほんとうなんだな。あんたがイライザに惚れたってのは。あの子が私の娘だとわかって嫌じゃなかったのか？　娘の血管に私の血が流れていることが。娘が私に似ていることが」

「イライザはあんたとはまったくちがう」グレイソンはきっぱりと言った。「勤勉で、思いやり深く、誠実だ。母親に似たにちがいないな」

亡くなった妻に言及され、ミラーは一瞬青ざめた。

ふと、ほんとうのことがわかった。「イライザに金がないことはわかっていて、ぼくから金を得るよう、彼女に頼んだんじゃないのか？　ぼくを利用するように頼んで、彼女はそれを拒んだ、そうだろう？」

何もかも完璧に符合しはじめた。彼を拒むまえに彼女の目には絶望が垣間見えたのだった。

そして、あの感情に訴えることば。〝あなたを傷つけたくないの。〟

イライザはぼくのことを心配していたのだ。父親が現れ、自分がジョナサン・ミラーの娘であるという事実がおおやけになることを。ぼくの評判に再度瑕がつくことを恐れた。

イライザはぼくを守りたかったのだ。

グレイソンは長年の宿敵をにらみつけた。今やすべてがはっきりした。「じつの娘をゆすって金を無心したのか。あんたのことはそれ以前にくそ野郎だと思っていたんだがな」

グレイソンは歯嚙みするように言った。

「私も生き延びなければならないからな」

「金はぼくが払う」とグレイソンは言った。

貪欲な光がジョナサン・ミラーの目に宿った。

「金は払うが、ぼくがあんたの娘と結婚するのを秘密にするためじゃない。世間に知られたってかまいはしない。そうしたかったら、屋根にのぼって大声で触れまわればいい。あんたに彼女の将来や幸せをこれ以上つぶさせはしない。これまでだって充分苦しめてきたんだから」とグレイソンは言った。

「役人を呼んで私を追及させないのか?」

「ああ。これだけのことをされても、イライザはあんたが監獄送りになるのは望まないだろうからな。アメリアとクロエもだ。あんたがつかまったら、彼女たちが悲しむことになる。そんな姿を見るよりは、復讐をあきらめたほうがいい。だから、あんたに永遠に姿を消してもらうために金を払うことにする。ただ、あんたが金を受けとったら、二度と彼女たちに面倒をかけさせはしない」そう言ってまた手を伸ばし、ミラーの喉をつかんで締めつけた。

ミラーは咳こみ、空気を求めてあえいだ。

「わかったか?」グレイソンの声には鋼の響きがあった。

「あ……ああ」

店の扉をたたく大きな音がして、イライザと妹たちは目を覚ました。三人はあたふたとベッドから降りた。

「なんてこと！　夜のこの時間に誰が訪ねてきたの？」アメリアはショールを肩にまわして訊いた。

イライザはランプを灯してそれをクロエに渡した。胸の奥で心臓は太鼓のように激しく鼓動していた。父が戻ってきたの？　イライザは急いで階段を降り、すぐあとにアメリアとクロエも続いた。

扉をわずかに開けてみる。「グレイソン！　いったいここで何をしているの？　真夜中なのよ」

「遅い時間にすまない」彼は店のなかに足を踏み入れながら言った。それから、クロエとアメリアに目を向けた。「悪いが、イライザと二階でふたりきりで話をしなきゃならない。彼女の身の安全は約束する」

クロエとアメリアはうなずいたが、イライザは抗議した。

「いっしょに来てくれ」とグレイソンは言った。それは命令であって要請ではなかった。

「でも、着替えてないし、もう話は――」

グレイソンは身をかがめて耳打ちした。「今日の夕方、きみの父親が訪ねてきたんだ」

イライザは目を丸くした。顔から血の気が引くのが自分でもわかった。数フィートしか離れていないところに妹たちが立っていることが強く意識された。答えようと口を開いたが、ことばは出てこなかった。

「いっしょに来てくれ」

グレイソンはそううながし、イライザの手をとって住まいに続く階段へ導いた。イライザは抗わなかった。頭が混乱し、恐怖に駆られていたからだ。父がグレイソンに接触したことが信じられなかった。それほど大胆な行動をとるとは思わなかったのだ。

グレイソンは怒り狂ったにちがいない。当然ながら。

階段をいっしょにのぼりながら、彼をちらりと見る。その横顔はたくましく、誇り高く、手を包む力強い手は温かかった。

グレイソンは小さなキッチンのテーブルの椅子を引いた。「すわってくれ」

脈が不規則になる。イライザはようやく声を出すことができた。「父があなたに近づいたなんて、ほんとうにごめんなさい」恥ずかしく、怖かった。グレイソンにお金の無心をしたのだろうか？　ゆすろうとしたのだろうか？

「いや」グレイソンは彼女の顎を持ち上げて目と目を合わせた。「彼のために二度と謝るんじゃない。きみはぼく以上にひどい目に遭わされたんだから。かつて彼の犠牲者になった誰よりも」

イライザは困惑した。「でも、父はあなたからお金を得るよう、わたしに言ったのよ！

あなたを利用するようにと」

「しっ。ぼくは気にしないさ。そんなことはどうでもいい。それでも、ぼくはきみを妻にしたい」

イライザは驚いて彼をじっと見つめた。これだけのことがあったのに、まだわたしと結婚したいというの？「でも、父のせいであなたが破滅することになるわ。わたしの真の身許が世間にばれたら？　そうしたらどうなの？　あなたの美術評論家としての評判はどうなるの？　サラは？」

「ほかの人間がどう思おうとどうでもいい。あれから何年も経って、ぼくの美術評論家としての評判は盤石だ。それに、きみがぼくの妻になったと知ったら、評論家仲間はうらやましくて青くなるだろうさ。サラについては、きみが姉や母親の代わりになってくれたらとわくわくするはずだ。どんな悪い噂が立とうとも、それをおぎなって余りあるほどの持参金も用意するし」

イライザは唇を噛んだ。「父がまた訪ねてきたらどうするの？」

「ジョナサン・ミラーがまた来ることはないと思うが、じっさい、来てもぼくは気にしない。それどころか、そのことを次のアカデミーの展覧会で発表してもいい。ハンティンドン伯爵は社交界一の贋作画家の娘と結婚したと」

イライザはぽかんと口を開けた。「おかしくなってしまったの？」

「ただひたすらきみのためにね。きみがいなかったら、ぼくの人生はどうしようもなく空っぽになる」

「正義を下すことについてはどうなの？　ミラーが戻ってきた今、罪の責任を負わせたいとは思わないの？　あなたのことをゆすろうとしたんだから余計に？」

「もうそれもどうでもいいことだ」

「え？　どうして？」

「きみに害をおよぼさないかぎり、彼がつかまらなくてもどうでもいい。もう恨みを晴らしたいとも思わない。彼をつかまえるのは、贋作を買ったほかの人間にまかせるよ。きっと追われる身として、永遠に逃げつづけ、孤独に死ぬんじゃないかな。しかし、もっと重要な疑問は、きみが父親を恋しく思うかどうかだ」

イライザはグレイソンと目を合わせた。彼の額には縦皺が寄っている。イライザは手を伸ばしてその皺を撫でた。「いいえ。恋しいなんて思わない。父がいないほうがいい人生を送れるのはたしかだから」

「それで、きみの妹たちは？　彼女たちにはなんて話す？」

イライザは下唇を噛んだ。「最初は父が戻ってきたことを隠しておこうと思ったんだけど、アメリアとクロエも真実を知るべきだと思ったの。もう秘密はなしにしようって」

グレイソンはほほ笑んだ。「きみはぼくが知っている誰よりも勇敢な女性だ。愛してるよ。全身全霊で」

イライザの目に涙がにじんだ。「ああ、グレイソン」

グレイソンはポケットに手を突っこみ、箱を引っ張り出して蓋を開けた。黒いベルベットの上にダイヤモンドで囲まれた大きなエメラルドが載っていた。彼は片膝をつき、彼女の手をとった。「これはうちの母のものだったんだ。ちゃんとやりたいと思って。イライザ・ミラー・サマートン、ぼくの妻になってくれますか？」

イライザはそのすばらしい指輪をじっと見つめ、やがて彼と目を合わせた。胸が一杯になる。「ああ、グレイソン。あなたを愛するようになってずいぶんになるわ。でも、あなたとの将来に希望を持つ勇気はなかった」

「なると言ってくれ、イライザ。きみがそばにいてくれれば、ぼくは幸せになれる。永遠にぼくのものになってくれるかい？」

「ええ、あなた。ええ」イライザは膝をつき、彼の首に腕をまわした。

腕のなかに引き入れられてやさしくキスをされ、イライザは望むものを手に入れた。ほんの一時間まえには、未来には孤独と不安しか待っていないと思っていたのだった。しかし今、未来はとてもすばらしいものになりそうに思えた。

エピローグ

三カ月後

「ぼくはあとどのぐらい、きみの顔に浮かんだご満悦の笑みに耐えなきゃならないんだい?」とブランドンが訊いた。

グレイソンは居間の向こうにいる妻をちらりと見て笑みを深めた。「慣れてくれ。まだ新婚旅行が続いているようなものなんだから」

グレイソンはこの数カ月で自分の人生がいかに変わったかを考えて驚嘆していた。特別結婚許可証を手に入れてイライザと結婚したのだった。リンカーンシャーの領地を訪ねる新婚旅行から戻ってきたばかりで、アメリアとクロエもロンドンの家でいっしょに暮らすことになった。サラは新しい姉がひとりではなく、さらにふたりもできてわくわくし、三人はすぐに仲良くなった。

ピーコック版画店については、イライザが売るのをためらった。姉妹を救貧院行きになる運命から救ってくれた店だったからだ。グレイソンはイライザの店への思い入れを理解していたので、日々の店の仕事を担ってくれる共同経営者を見つけた。一方、イライザはレディ・ハンティンドンとしての新たな生活をはじめていた。

ブランドンはサラが何か言ったことに笑い声をあげているアメリアをじっと見つめていた。「彼女も伯爵の義理の妹になったんだから、多少ぼくに時間を割いてくれると思うかい？」

グレイソンは肩をすくめた。「きみは公爵の娘と婚約するんだろう？」

ブランドンは首を振った。「まだ婚約してないよ。プロポーズはもちろん、求愛する気にもどうしてもなれなくてね」

グレイソンは友を気の毒に思った。アメリアをちらりと見るたびにブランドンの顔に浮かぶ熱い思いは見逃しようがなかった。ブランドンは彼女を忘れるか、ベッドをともにするか、どちらかをせずにいられないだろう。結局、どっちになるだろうかとグレイソンは考えた。

しかし、それは友のジレンマだ。グレイソンの思いはシャンパンのグラスを持って近づいてくる美しい妻へと戻った。栗色の巻き毛と体にぴったりしたボディスの上にのぞく胸のふくらみを強調する青緑色のドレスを着たイライザは魅惑的に見えた。

「きみのドレスのせいで気が散ってしかたないよ。今夜、それを脱がすのが待ちきれない」グレイソンは妻に耳打ちした。

イライザは夫の手を扇で軽くたたいた。「やめて」と言いつつ、エメラルド色の目はまるでちがうことを伝えていた。

「きみの妹たちがここでの暮らしにうまくなじんでくれてうれしいよ」とグレイソンは言った。

「ええ。でも、新聞で真実が明らかにされたあとも、誰からも悪口を言われないのは今も信じられないわ」

ロイヤル・アカデミーの展覧会に来ていた新聞記者が、新しい画廊の開店について意見を求めてきたのだった。グレイソンは記者の求めに応じたが、新しい画廊について意見を述べる代わりに、新婚の妻が社交界一の贋作画家の娘であると打ち明けたのだった。記者は二度手帳をとり落としてから、猛烈な勢いでその事実を手帳に書きつけた。

記事が新聞に載るやいなや、噂が大いに飛び交った。しかし、イライザが恐れていたような悪意ある噂というよりも、家々の居間で熱心に交わされていたのは、影響力のある伯爵と不当な扱いを受けた女性が、美術への愛によって結びつけられたという噂だった。もちろん、ピケンズ子爵は容赦のない意見を述べていたが、その批判も伯爵の結婚のロマンティックさには太刀打ちできなかった。

「心配要らないって言っただろう」

「でも、どうやってしまいにピケンズ子爵を黙らせたの？」とイライザは訊いた。

「彼も私邸の美術品展示室にきみの父親の贋作を所有しているとわかったんじゃないかな」

イライザは口をぽかんと開けた。「子爵に話したの？」

「ぼくじゃなく、デスフォード公爵が話した」

「どうして公爵が話してくれたの？」

「盗まれたレンブラントをとり戻せたことにとても感謝していたんだ。それで、ピケンズが主催する催しに公爵が参加するとわかって、ピケンズが贋作を所有しているらしいという話を何気なくしたのさ。ピケンズはその後すぐにぼくらへの攻撃をやめた」

イライザは忍び笑いをもらした。「そのときの様子を見たかったわ」

「ぼくもさ」

執事が夕食の時間だと告げ、客たちは晩餐室に向かった。グレイソンはイライザを脇に引っ張った。「きみに愛していると言うのに、もう一秒も待てないよ」

イライザの目に涙が浮かんだ。グレイソンは妻に腕をまわし、イライザは彼の口を自分の口に引き寄せた。胸の奥で鼓動が大きくなるなか、グレイソンはやさしくキスをした。過去の出来事を悔やむことはなかった。一秒たりとも。過去の出来事がなければ、希望と愛に満ちた、これほどに輝かしい未来をもたらしてくれた女性と出会うこともなかったのだから。

訳者あとがき

アメリカでリージェンシー・ロマンスを次々と発表し、好評を博しているティナ・ガブリエルの『緑のまなざしに魅了されて（*An Artful Seduction*）』をお届けします。

美術愛好家で評論家でもあるハンティンドン伯爵グレイソンは、裕福な公爵の事業管理人ベグリーから、盗まれたレンブラントの作品をとり戻す手助けをしてほしいと頼まれます。グレイソンはベグリーに、社交界一の贋作画家で、贋作を売った罪が暴かれて姿を消したジョナサン・ミラーの長女を見つけてもらいます。ミラーの娘ならば、盗品を売買する美術品仲買人を知っているはずという名目でしたが、じつは過去に、ミラーにだまされて美術評論家としての評判に瑕をつけられたことのあるグレイソンは、娘を利用してミラーを見つけ、正義の裁きを受けさせたいと思っていたのです。

ミラーの娘イライザは父が姿を消してから、妹ふたりとともに版画店を開き、店の階上の部屋を住まいとしていますが、一時期生活に困ってやむなく妹アメリアの描いた贋作を売ったことがありました。とある子爵の私的なコレクションに入れられたその贋作が、子爵が亡くなって競売にかけられると知り、どうにかその絵をとり戻そうと競売会に参加します。贋作を売ったことがばれれば、監獄に入れられるとわかっていたからです。とくに、贋作を描いたアメリアの身に害がおよぶのだけは、どうしても避けなければならないと考えたのです。

故子爵の競売会では、イライザがとり戻そうとしていた絵画をグレイソンが競り落とします。そこで初めて会ったふたりは、互いに宿縁の相手とわかっていながら、惹かれ合わずにいられません。グレイソンが買った贋作をどうにかとり戻したいと思うイライザに、イライザを利用してジョナサン・ミラーを探し出したいと思うグレイソンが、盗まれたレンブラントの絵をとり戻すのに力を貸してくれれば、贋作を引き渡すと提案し、ふたりは手を結ぶことになります。そうして、互いに愛してはいけない相手とわかりつつも、惹かれ合う気持ちを抑えきれないふたりは、相反する思いに苦しみながら恋心を募らせていきます。

本書で大きな役割を演じているのが贋作です。巨匠の絵画を弟子が模写することはよくあったことで、模写として売られているかぎりは問題ありませんでしたが、模写が巨匠のオリジナルとして出まわることが増え、贋作が問題となっていきました。オリジナルの作品は凡庸でも、贋作に才能を見せる贋作画家も大勢現れ、最近は日本でも、有名な画家の版画の贋作が出まわり、大問題になったことがありました。絵画が大きな価値を持った十八世紀から十九世紀のヨーロッパでは、贋作の売買も横行したと思われます。現代になって贋作であったことが判明する有名な作品も後を絶ちません。わたしたちも知らず知らずのうちにさまざまな場所で、案外数多くの贋作を目にしているのかもしれません。

美術への情熱がイライザとグレイソンを結びつけるわけですが、当時の貴族たちは自宅に高価な美術品を飾って富を誇示していました。現在のイギリスには、貴族が暮らしていた当時のまま残され、美術館となっている邸宅がいくつもあります。それだけみなすばらしい作品を競って収集していたわけです。貴族が収集品を寄贈することで開かれた美術館も多く、それによって一般の人々もすばらしい美術品を目にする機会を得ることになりました。グレイソンのように、一般の目に触れさせるために美術品を美術館に貸与しようとまで考える貴族が当時ほんとうにいたのかどうかはわかりませんが、現在わたしたちが美術館でこれほど多くのすばらしい美術品を目にできるのも、そういう人々がいたおかげだと考えたい気がします。

著者のティナは弁護士資格を持ち、機械工学士でもありますが、忙しい学究生活のあいだ、ロマンス小説を好んで読み、貴族たちが活躍する物語を夢想して過ごすことが心の慰めとなったそうです。空想は広がり、やがてティナはそれを本の形にしたいと思うようになりました。そうして発表されたデビュー作が評判を集め、その後、リージェンシー時代を舞台とした冒険物のヒストリカル・ロマンスを次々と発表し、それが高く評価されて、ティナは一躍人気作家となります。
本書はそんなティナが美術とロマンスをからめて描く〈悪名高きサマートン家の女たち〉シリーズの第一作です。本国ではすでにイライザの妹のアメリア、クロエをヒロインとした第二作、第三作が発表されています。本書においても、アメリアとブランドンのあいだに何かしらの感情が芽生えつつある様子が描かれています。こちらもいずれご紹介できれば幸いです。

二〇二三年七月　高橋佳奈子

緑のまなざしに魅了されて

2023年8月17日　初版第一刷発行

著 …………………………… ティナ・ガブリエル
訳 ……………………………… 高橋佳奈子
カバーデザイン ………………… 小関加奈子
編集協力 …………………… アトリエ・ロマンス

発行人 ……………………………… 後藤明信
発行所 ………………………… 株式会社竹書房
〒102-0075 東京都千代田区三番町8-1
三番町東急ビル6F
email：info@takeshobo.co.jp
http://www.takeshobo.co.jp
印刷・製本 ………………… 凸版印刷株式会社